同题散文经典

陈子善 蔡翔 ◎ 编

我的三个弟弟
做大哥的人

冰心 巴金 等 ◎ 著

人民文学出版社

图书在版编目(CIP)数据

我的三个弟弟　做大哥的人 / 冰心等著；陈子善，蔡翔编．
—北京：人民文学出版社，2017
　　(同题散文经典)
　　ISBN 978-7-02-012588-3

Ⅰ.①我… Ⅱ.①冰… ②陈… ③蔡… Ⅲ.①散文集-中国-现代②散文集-中国-当代 Ⅳ.①I267

中国版本图书馆 CIP 数据核字(2017)第 068900 号

责任编辑：叶显林　尚　飞
装帧设计：李　佳

出版发行　人民文学出版社
社　　址　北京市朝内大街 166 号
邮政编码　100705
网　　址　http://www.rw-cn.com

印　　刷　山东德州新华印务有限责任公司
经　　销　全国新华书店等

开　　本　890 毫米×1240 毫米　1/32
印　　张　7.75
插　　页　2
字　　数　170 千字
版　　次　2011 年 10 月北京第 1 版
印　　次　2017 年 7 月第 1 次印刷

书　　号　978-7-02-012588-3
定　　价　35.00 元

如有印装质量问题，请与本社图书销售中心调换。电话：010 - 65233595

编辑例言

中国素来是散文大国,古之文章,已传唱千世。而至现代,散文再度勃兴,名篇佳作,亦不胜枚举。散文一体,论者尽有不同解释,但涉及风格之丰富多样,语言之精湛凝练,名家又皆首肯之。因此,在时下"图像时代"或曰"速食文化"的阅读气氛中,重读散文经典,便又有了感觉母语魅力的意义。

本着这样的心愿,我们对中国现当代的散文名篇进行了重新的分类编选。比如,春、夏、秋、冬,比如风、花、雪、月等等。这样的分类编选,可能会被时贤议为机械,但其好处却在于每册的内容相对集中,似乎也更方便一般读者的阅读。

这套丛书将分批编选出版,并冠之以不同名称。选文中一些现代作家的行文习惯和用词可能与当下的规范不一致,为尊重历史原貌,一律不予更动。考虑到丛书主要面向一般读者,选文不再注明出处。由于编选者识见有限,挂一漏万在所难免,因此,遗珠之憾也将存在。这些都只能在编选过程中逐步弥补,敬请读者诸君多多指教。

目录

风筝 ………………	鲁　迅	3
关于鲁迅之二 ……………	周作人	6
三弟手足 ………………	孙伏园	15
悼胞兄曼陀 ………………	郁达夫	19
悼沈叔薇 ………………	徐志摩	22
老哥哥 …………………	臧克家	25
我的三个弟弟 ……………	冰　心	30
做大哥的人 ………………	巴　金	39
逝者如斯 ………………	钟敬文	48
三姐夫沈二哥 ……………	张充和	51
九一八致弟弟书 …………	萧　红	58
二哥 ……………………	金克木	63
哥哥和我 ………………	草　明	67
亡兄济安杂忆 ……………	夏志清	71
哭小弟 …………………	宗　璞	84

芬先生	黄苗子	90
姐弟感情上的疤痕	子　冈	94
世间曾有这么一个人	周汝昌	102
我的弟弟小波	王　征	106
我的五嫂	郭沫若	117
沅君幼年轶事	冯友兰	123
怀念姊妹家庭	苏雪林	126
记杨必	杨　绛	129
阿姊	冯亦代	142
三姐常韦	萧　乾	151
二姐同我	张充和	177
第六只手指	白先勇	183
读书示小妹生日书	贾平凹	201
我的嫂子	李辉英	205
碗花糕	王充闾	210
姐姐	范　用	219
哀歌	林贤治	223
她这一辈子	韦君宜	228
手足	蒋子丹	238

风筝

◎鲁迅

　　北京的冬季,地上还有积雪,灰黑色的秃树枝丫叉于晴朗的天空中,而远处有一二风筝浮动,在我是一种惊异和悲哀。

　　故乡的风筝时节,是春二月,倘听到沙沙的风轮声,仰头便能看见一个淡墨色的蟹风筝或嫩蓝色的蜈蚣风筝。还有寂寞的瓦片风筝,没有风轮,又放得很低,伶仃地显出憔悴可怜模样。但此时地上的杨柳已经发芽,早的山桃也多吐蕾,和孩子们的天上的点缀相照应,打成一片春日的温和。我现在在那里呢?四面都还是严冬的肃杀,而久经诀别的故乡的久经逝去的春天,却就在这天空中荡漾了。

　　但我是向来不爱放风筝的,不但不爱,并且嫌恶他,因为我以为这是没出息孩子所做的玩艺。和我相反的是我的小兄弟,他那时大概十岁内外罢,多病,瘦得不堪,然而最喜欢风筝,自己买不起,我又不许放,他只得张着小嘴,呆看着空中出神,有时至于小半日。远处的蟹风筝突然落下来了,他惊呼;两个瓦片风筝的缠绕解开了,他高兴得跳跃。他的这些,在我看来都是笑柄,可鄙的。

　　有一天,我忽然想起,似乎多日不很看见他了,但记得曾见他在后园拾枯竹。我恍然大悟似的,便跑向少有人去的一间堆积杂物的小屋去,推开门,果然就在尘封的什物堆中发见了他。他向着大方凳,坐在小凳上;便很惊惶地站了起来,失了色瑟缩着。大方凳旁靠着一个胡蝶风筝的竹骨,还没有糊上纸,凳上是一对做眼睛用的小风轮,正用红纸条装饰着,将要完工了。我在破获秘密的满足中,又很愤怒他的瞒了我的眼睛,这样苦心孤诣地来偷做没出息孩子的玩艺。我即刻伸手折断了胡蝶的一支翅骨,又将风轮掷在地下,踏扁了。论长幼,论力气,他是都敌不过我的,我当然得到完全的胜利。于是傲然走出,留他绝望地站在小屋里。后来他怎样,我不知道,也没有留心。

然而我的惩罚终于轮到了,在我们离别得很久之后,我已经是中年。我不幸偶而看了一本外国的讲论儿童的书,才知道游戏是儿童最正当的行为,玩具是儿童的天使。于是二十年来毫不忆及的幼小时候对于精神的虐杀的这一幕,忽地在眼前展开,而我的心也仿佛同时变了铅块,很重很重地堕下去了。

但心又不竟堕下去而至于断绝,他只是很重很重地堕着,堕着。

我也知道补过的方法的:送他风筝,赞成他放,劝他放,我和他一同放。我们嚷着,跑着,笑着。——然而他其时已经和我一样,早已有了胡子了。

我也知道还有一个补过的方法的:去讨他的宽恕,等他说,"我可是毫不怪你呵。"那么,我的心一定就轻松了,这确是一个可行的方法。有一回,我们会面的时候,是脸上都已添刻了许多"生"的辛苦的条纹,而我的心很沉重。我们渐渐谈起儿时的旧事来,我便叙述到这一节,自说少年时代的胡涂。"我可是毫不怪你呵。"我想,他要说了,我即刻便受了宽恕,我的心从此也宽松了罢。

"有过这样的事么?"他惊异地笑着说,就像旁听着别人的故事一样。他什么也不记得了。

全然忘却,毫无怨恨,又有什么宽恕之可言呢?无怨的恕,说谎罢了。

我还能希求什么呢?我的心只得沉重着。

现在,故乡的春天又在这异地的空中了,既给我久经逝去的儿时的回忆,而一并也带着无可把握的悲哀。我倒不如躲到肃杀的严冬中去罢,——但是,四面又明明是严冬,正给我非常的寒威和冷气。

1925年1月24日

关于鲁迅之二

◎周作人

我为《宇宙风》写了一篇关于鲁迅的学问的小文之后便拟暂时不再写这类文章,所以有些北平天津东京的新闻杂志社的嘱托都一律谢绝了,因为我觉得多写有点近乎投机学时髦,虽然我所有的资料都是事实,并不是普通《宦乡要则》里的那些祝文祭文。说是事实,似乎有价值却也没价值,因为这多是平淡无奇的,不是奇迹,不足以满足观众的欲望。一个人的平淡无奇的事实本是传记中的最好资料,但唯一的条件是要大家把他当做"人"去看,不是当做"神",——即是偶像或傀儡,这才有点用处,若是神则所需要者自然别有神话与其神学在也。乃宇宙风社来信,叫我再写一篇,略说豫才在东京时的文学的修养,算作前文的补遗,因为我在那里边曾经提及,却没有叙述。这也成为一种理由,所以补写了这篇小文,姑且当作一点添头也罢。

豫才的求学时期可以分作三个段落,即自光绪戊戌(一八九八)至辛丑(一九〇一)在南京为前期,自辛丑至丙午(一九〇六)在东京及仙台为中期,自丙午至己酉(一九〇九)又在东京为后期。这里我所要说的只是后期,因为如他的自述所说,从仙台回到东京以后他才决定要弄文学。但是在这以前他也未尝不喜欢文学,不过只是赏玩而非攻究,且对于文学也还未脱去旧的观念。在南京的时候豫才就注意严几道的译书,自《天演论》以至《法意》,都陆续购读。其次是林琴南,自《茶花女遗事》出后,随出随买,我记得最后的一部是在东京神田的中国书林所买的《黑太子南征录》,一总大约有二三十种罢。其时"冷血"的文章正很时新,他所译述的《仙女缘》、《白云塔》,我至今还约略记得,还有一篇嚣俄(Victor Hugo)的侦探谈似的短篇小说,叫作什么尤皮的,写得很有意思,苏曼殊又同陈独秀在《国民日日新闻》上译登《惨世界》,于是一时嚣俄成为我们的爱读书,搜来些英日文译本来看。末了是梁任公所编刊的《新小说》。《清议报》与《新民丛报》的确都读过也很受影响,但是《新小说》的影响总是只有更大不会更小。梁任公的《论小说与群治之关系》当初读了的确很有影响,虽然对于小说的性质与种类后来意见稍稍改变,大抵由科学或政治的小说渐转到更纯粹的文艺作品上去了。不过这只是不看重文学之直接的教训作用,本意还没有什么变更,即仍主张以文学来感化社会,振兴民族精神,用后来的熟语来说,可以说是属于为人生的艺术这一派的。丙午年夏天豫才在仙台的医学专门学校退了学,回家去结婚,其时我在江南水师学堂,前一年的冬天到北京练兵处考取留学日本,在校里闲住半年,这才决定被派去学习土木工程,秋初回家一转,同豫才到东京去。豫才再到东京的目的他自己已经在一篇文章中说过,不必重述,简单的一句话就是欲救中国须从文学始。他的第一步的运动是办杂志。那时留学生办的杂志并不少,但是没有一种是讲文学的,所以发心想要创办,名字定为《新生》,——这是否是借用但丁的,有点记不清楚了,但多少总有关系。其时留学界的空气是偏重实用,什九学法政,其次是理工,对于文学都很轻视,《新生》的消息传出去时大家颇以为奇,有人开玩笑说这不会是学台所取的进学新生么。又有人(仿佛记得是胡仁源)对豫才说,你弄文学做甚,有什么用处?答云,学文科的人知道学理工也有用处,这便是好处。客乃默然。看这种情形,《新生》的不能办得好原是当然的。《新生》的撰述人共有几个我不大记得了,确实的人数里有一位许季黻(寿裳),听说还有袁文薮,但他往西洋去后就没有通信。结果这杂志没有能办成,我曾根据安特路朗(Andrew Lang)的几种书写了半篇《日月星之神话》,稿今已散失,杂志的原稿纸却还有好些存在。

办杂志不成功,第二步的计划是来译书。翻译比较通俗的书卖钱是别一件事,赔钱介绍文学又是一件事,这所说的自然是属于后者。结果经营了好久,总算印出了两册《域外小说集》。第一册上有一篇序言,是豫才的手笔,说明宗旨云:

《域外小说集》为书,词致朴讷,不足方近世名人译本,特收录至审慎,移译亦期弗失文情。异域文术新宗,由此始入华土。使有士卓特,不为常俗所囿,必将犁然有当于心,按邦国时期,籀读其心声,以相度神思之所在。则此虽大海之微沤与,而性解思惟,实寓于此。中国译界,亦由是无迟莫之感矣。己酉正月十五日。

过了十一个年头,民国九年春天上海群益书社愿意重印,加了一篇新序,用我出名,也是豫才所写的,头几节是叙述当初的情形的,可以抄在这里:

我们在日本留学的时候,有一种盲漠的希望,以为文艺是可以转移性情,改造社会的。因为这意见,便自然而然地想到介绍外国新文学这一件事。但做这事业,一要学问,二要同志,三要工夫,四要资本,五要读者。第五样逆料不得,上四样在我们却几乎全无。于是又自然而然的只能小本经营,姑且尝试,这结果便是译印《域外小说集》。

当初的计划,是筹办了连印两册的资本,待到卖回本钱,再印第三第四,以至第多少册的。如此继续下去,积少成多,也可以约略介绍了各国名家的著作了。于是准备清楚,在一九〇九年二月,印出第一册,到六月间,又印出了第二册。寄售的地方,是上海和东京。

半年过去了,先在就近的东京寄售处结了账。计第一册卖去了二十一本,第二册是二十本,以后可再也没有人买了。那第一册何以多卖一本呢?就因为有一位极熟的友人,怕寄售处不遵定价,额外需索,所以亲去试验一回,果然划一不二,就放了心,第二本不再试验了。但由此看来,足见那二十位读者,是有出必看,没有一人中止的,我们至今很感谢。

至于上海,是至今还没有详细知道。听说也不过卖出了二十册上下,以后再没有人买了。于是第三册只好停板,已成的书便都堆在上海寄售处堆货的屋子里。过了四五年,这寄售处不幸失了火,我们的书和纸板都连同化成灰烬。我们这过去的梦幻似的无用的劳力,在中国也就完全消灭了。

这里可以附注几句。《域外小说集》第一册印了一千本,第二册只有五百本。印刷费是蒋抑卮(鸿林)代付的,那时蒋君来东京医治耳疾,听见译书的计划甚为赞成,愿意帮忙,上海寄售处也即是他的一家绸缎庄。那个去试验买书的则是许季黻也。

《域外小说集》两册中共收英美法各一人一篇,俄四人七篇,波兰一人三篇,波思尼亚一人二篇,芬兰一人一篇。从这上边可以看出一点特性来,即一是偏重斯拉夫系统,一是偏重被压迫民族也。其中有俄国的安特来夫(Leonid Andrejev)作二篇,伽尔洵(V. Garshin)作一篇,系豫才根据德文本所译。豫才不知何故深好安特来夫,我所能懂而喜欢者只有短篇《齿痛》(Ben Tobit),《七个绞死的人》与《大时代的小人物的忏悔》二书耳。那时日本翻译俄国文学尚不甚发达,比较地绍介得早且亦稍多的要算屠介涅夫,我们也用心搜求他的作品,但只是珍重,别无翻译的意思。每月初各种杂志出版,我们便忙着寻找,如有一篇关于俄文学的绍介或翻译,一定要去买来,把这篇拆出保存,至于波兰自然更好,不过除了《你往何处去》,《火与剑》之外不会有人讲到的,所以没有什么希望。此外再查英德文书目,设法购求古怪国度的作品,大抵以俄、波兰、捷克、塞尔比亚、勃耳伽利亚、波思尼亚、芬兰、匈加利、罗马尼亚、新希腊为主,其次是丹麦瑙威瑞典荷兰等,西班牙义大利便不大注意了。那时日本大谈自然主义,这也觉得是很有意思的事,但是所买的法国著作大约也只是茀罗贝尔、莫泊三、左拉诸大师的二三卷,与诗人波特莱耳、威耳伦的一二小册子而已。上边所说偏僻的作品英译很少,德译较多,又多收入勒克阑等丛刊中,价廉易得,常开单托相模屋书店向丸善定购,书单一大张而算账起来没有多少钱,书店的不惮烦肯帮忙也是很可感的,相模屋主人小泽死于肺病,于今却已有廿年了。德文杂志中不少这种译文,可是价太贵,只能于旧书摊上求之,也得了许多,其中有名叫什么 Aus Fremden Zungen(记不清楚是否如此)的一种,内容最好,曾有一篇批评荷兰凡蔼覃的文章,豫才的读《小约翰》与翻译的意思实在是起因于此的。

这许多作家中间,豫才所最喜欢的是安特来夫,或者这与爱李长吉有点关系罢,虽然也不能确说。此外有伽尔洵,其《四日》一篇已译登《域外小说集》中,又有《红花》则与莱耳孟托夫(M. Lermontov)的《当代英雄》,契诃夫(A. Tchekhov)的《决斗》,均未及译,又甚喜科洛连珂(V. Korolenko),后来只由我译其《玛加耳的梦》一篇而已。高尔基虽已有名,《母亲》也有各种译本了,但豫才不甚注意,他所最受影响的却是果戈里(N. Gogol),《死灵魂》还居第二位,第一重要的还是短篇小说《狂人日记》、《两个伊凡尼支打架》,喜剧《巡按》等。波兰作家最重要的是显克微支(H. Sienkiewicz),《乐人扬珂》等三篇我都译出登在小说集内,其杰作《炭画》后亦译出,又《得胜的巴耳得克》未译至今以为憾事。用幽默的笔法写阴惨的事迹,这是果戈里与显克微支二人得意的事,《阿 Q 正传》的成功其原因亦在于此,此盖为不懂幽默而乱骂乱捧的人所不及知者也。(《正传》第一章的那样缠夹亦有理由,盖意在讽刺历史癖与考据癖,但此本无甚恶意,与《故事新编》中的《治水》有异。)捷克有纳卢陀(Neruda)、扶尔赫列支奇(Vrchlicki),亦为豫才所喜,又芬兰乞食诗人丕佛林多(Päivärinta)所作小说集亦所爱读不释者,均未翻译。匈加利则有诗人裴彖飞(Petöfi Sandor),死于革命之战,豫才为《河南》杂志作《摩罗诗力说》,表章摆伦等人的"撒但派",而以裴彖飞为之继,甚致赞美,其德译诗集一卷,又小说曰《绞手之绳》,从旧书摊得来时已破旧,豫才甚珍重之。对于日本文学当时殊不注意，森鸥外、上田敏、长谷川二叶亭诸人，差不多只重其批评或译文，唯夏目漱石作俳谐小说《我是猫》有名，豫才俟其印本出即陆续买读，又热心读其每日在《朝日新闻》上所载的《虞美人草》，至于岛崎藤村等的作品则始终未曾过问，自然主义盛行时亦只取田山花袋的《棉被》，佐藤红绿的《鸭》一读，似不甚感兴味。豫才后日所作小说虽与漱石作风不似，但其嘲讽中轻妙的笔致实颇受漱石的影响，而其深刻沉重处乃自果戈里与显克微支来也。豫才于拉丁民族的艺术似无兴会，德国则只取尼采一人，《札拉图斯忒拉如是说》常在案头，曾将序说一篇译出登杂志上，这大约是《新潮》吧。尼采之进化论的伦理观我也觉得很有意思，但是我不喜欢演剧式的东西，那种格调与文章就不大合我的胃口，所以我的一册英译本也搁在书箱里多年没有拿出来了。

　　豫才在医学校的时候学的是德文，所以后来就专学德文，在东京的独逸语学协会的学校听讲。丁未年（一九〇七）同了几个友人共学俄文，有季黻，陈子英（濬，因徐锡麟案避难来东京），陶望潮（铸，后以字行曰冶公），汪公权（刘申叔的亲属？后以侦探嫌疑被同盟会人暗杀于上海），共六人，教师名孔特夫人（Maria Konde），居于神田，盖以革命逃至日本者。未几子英先退，独自从师学，望潮因将往长崎从俄人学造炸药亦去，四人暂时支撑，卒因财力不继而散。戊申年（一九〇八）从太炎先生讲学，来者有季黻，钱均甫（家治），朱遏先（希祖），钱德潜（夏，今改名玄同），朱蓬仙（宗莱），龚未生（宝铨），共八人，每星期日至小石川的民报社，听讲《说文解字》。丙丁之际我们翻译小说，还多用林氏的笔调，这时候就有点不满意，即严氏的文章也嫌他有八股气了。以后写文多喜用本字古义，《域外小说集》中大都如此，斯谛普虐克（Stepniak）的《一文钱》(这篇小品我至今还是很喜欢)曾登在《民报》上，请太炎先生看过，改定好些地方，至民九重印，因恐印刷为难，始将这些古字再改为通用的字。这虽似一件小事，但影响却并不细小，如写鸟字下面必只两点，见梁字必觉得讨嫌，即其一例，此所谓文字上的一种洁癖，与复古全无关系，且正以有此洁癖乃能知复古之无谓，盖一般复古之徒皆不通，本不配谈，若穿深衣写篆字的复古，虽是高明而亦因此乃不可能也。

　　豫才那时的思想我想差不多可以民族主义包括之，如所介绍的文学亦以被压迫的民族为主，俄则取其反抗压制也。但他始终不曾加入同盟会，虽然时常出入民报社，所与往来者多是同盟会的人。他也没有入光复会。当时陶焕卿（成章）也亡命来东京，因为同乡的关系常来谈天，未生大抵同来。焕卿正在联络江浙会党，计划起义，太炎先生每戏呼为焕强盗或焕皇帝，来寓时大抵谈某地不久可以"动"，否则讲春秋时外交或战争情形，口讲指画，历历如在目前。尝避日本警吏注意，携文件一部分来寓属代收藏，有洋抄本一，系会党的联合会章，记有一条云，凡犯规者以刀劈之。又有空白票布，红布上盖印，又一枚红缎者，云是"龙头"。焕卿尝笑语曰，填给一张正龙头的票布何如？数月后焕卿移居，乃复来取去。以浙东人的关系，豫才似乎应该是光复会中人了。然而又不然。这是什么缘故呢？我不知道。我所记述的都重在事实，并不在意义，这里也只是报告这么一件事实罢了。

　　这篇补遗里所记是丙午至己酉这四五年间的事，在鲁迅一生中属于早年，且也是一个很短的时期，我所要说的本来就

只是这一点,所以就此打住了。我尝说过,豫才早年的事情大约我要算知道得顶多,晚年的是在上海的我的兄弟懂得顶清楚,所以关于晚年的事我一句话都没有说过,即不知为不知也,早年也且只谈这一部分,差不多全是平淡无奇的事,假如可取,可取当在于此,但或者无可取也就在于此乎。

廿五年十一月七日,在北平。

三弟手足

◎孙伏园

三弟手足：

艺风社的展览会快开了，你叫我写一篇文字来批评你的思想和艺术。这事在一个意义上是容易得很的，因为我无论如何不了解你的思想和艺术，我总可以站在老兄的立场，说几句冒充的内行话，仿佛比谁都懂得。此间晏阳初兄能写大字，笔致刚劲，颜中夹柳。去年河北省县政建设研究院成立于定县，将县政府作为院中四部之一的实验部，晏君任院长，实验部主任霍君兼任县长。晏君督同霍君改革弊政不遗余力，同时县府内外房屋也都修葺一新，晏君即在县府大堂上写"明德新民"匾额一方，大家都说写得不错。碰巧晏君的老兄到了，晏君问他有什么意见，他干脆地答复"不成！"晏君说"我哥哥也许是真知我者！"我想这样的批评家，我应该还担任得了，一面不必斤斤辩解何以"不成"的理由，一面作家也并不觉得受了批评家的侮辱，原故全在批评家是作家的老兄。

但在另一个意义上，这事却难了：我始终不懂得绘画，而且大家东奔西跑，离多会少，我对于你的思想也像对于你的艺术一般地茫然了。

只是有一点我似乎觉得颇有把握的，抓住了这一点我也许可以说几句话。这便是你的一切和我的一切都有相反的倾向这一点。两弟兄不是往往相像的吗,何以我们会处处有相反的倾向呢?据我的解释,这是有历史的原因的。这原因便是:我是父亲的一切的反动,你是父亲的一切承继。在举例说明以前,我想讲一个小故事来作引子。

父亲不抽烟,我抽烟,你却不抽烟。不抽烟在父亲一生的种种美德中,当然只占极小极小的一部分,现在我且把别的美德搁开不说。在我十五岁,你十一岁的时候,父亲因患喉症去世了。亲友们间或有人说,父亲如果是抽烟的,这个大祸也许可以没有。这种说法里面包含了几分真理,我至今还没有一点把握,但从十五岁起我便存着人必须抽烟的观念了。你也许因为年幼,不十分了解那次大祸对于我们家庭的严重性;也许你不相信那说法里面包含了相当的真实性:总之你自自然然地承继了父亲的美德而不抽烟了。(你也有过几次抽烟的尝试,但是始终没有成功。)

这不过是一个引子;我下面再举几件较为重要的事例:第一是你的伟大。父亲那种做领袖的才能与魄力,对于事业的热烈与忠诚,对于弱者的同情与对于强者的不屈,无疑地你是全盘地承受了。你最爱帮人家的忙,你最勇于负责任。你会在大雷雨中到野外去画风景,你会不为名利所拘牵而牺牲无数的时间与精力去换取一件兴会所注的小事。这种性情表现在你的艺术上,使你少画静物,少画肖像,少画人体,而使你趋向大自然而成为风景画家,看不起繁荣的枝叶与浓艳的花朵而成为傲霜的菊与伴雪的梅的爱好者。

第二是你的精细。父亲因为身心健全,五官富于明辨的能力,所以乌云蔽日能见星辰,数丈以外能辨步声,事实未发现以前能有几分先知的把握;这些,你也无疑地承受了。你从幼就研究虫,研究花,甚而至于哭泣的时候还研究眼泪的气味,同学中都叫你细磨细琢的春苔。这种性情表现在你的艺术上,使你少用极大的篇幅,少用猛烈和幽暗的色彩,少用粗野与凶辣的笔触,而使你在画面上表现的只是温和的,娇嫩的,古典的空气。

第三是你的认真。父亲一生的操行简直是圣人,不抽烟只是他认真的一端,他不苟言笑,不轻许人,不随便然诺。他一生的嗜好只是栽花,因为他真正地爱花,不是为消闲,也不是为图利。他这种认真的性情你也全盘承受了。你对于朋友,对于事业,对于一切,人人知道你是认真的。这种性情表现在你的艺术上,使你少有想象的拼图,新奇的装饰,和空虚的画材,而使你的作品充分表现真实的描写。

以上这三点,都是父亲所有,你所有,而我所无的。这不是父亲的遗传,厚于你而薄于我;也不是父亲的教育,勤于你而忽于我。这也和抽烟一样,是我自发地对于父亲的性情和行为的反动。我还记得父亲去世以后有许多人叹息:

"一生救人的急难而没有人救他的急难!"

当然一半也只能怪病势加重的迅速,和医治方法的晚出;那时血清注射还没有,人们对于喉症有什么方法呢?但是我却从那时就起始,对于"救人的急难"没有多大兴趣了。

把伟大丢开以后,跟着丢开的便是精细和认真。十五岁没有了父亲,叫我觉得狰狞可怕的是人们的真面目,而和蔼可亲的只是敷衍那些在父亲保护之下的孩儿们的假面具。我不想伟大,因为我觉得我实在太藐小;同时我也不想精细与认真。因为我觉得我实在犯不上和那些狰狞可怕的真面目去精细与认真。幼时的印象给我太深了,所以无论如何我也不会和你一般很像父亲的了。

　　我从父亲的性习的正面去找，我的性习的反面去找，也许找到了你的思想艺术的一部分。但是偏有人说我们两弟兄的性习极相像，那才怪！

　　　　　　　　伏园。五月十五日。

　　　　　　　　　　1934年

悼胞兄曼陀

◎郁达夫

长兄曼陀,名华,长于我一十二岁,同生肖,自先父弃养后,对我实系兄而又兼父职的长辈,去年十一月廿三,因忠于职守,对卖国汪党,毫不容情,在沪特区法院执法如山,终被狙击于其寓外。这消息,早就在中外各报上登过一时了。最近接得沪上各团体及各闻人发起之追悼大会的报告,才知公道自在人心,是非必有正论。他们要盛大追悼正直的人,亦即是消极警告那些邪曲的人的意思。追悼会,将于三月廿四日,在上海湖社举行。我身居海外,当然不能亲往祭奠,所以只能撰一哀挽联语,遥寄春申江上,略表哀思。(天壤薄王郎,节见穷时,各有清名闻海内;乾坤扶正气,神伤雨夜,好凭血债索辽东。)

溯自胞兄殉国之后,上海香港各杂志及报社的友人,都来要我写些关于他的悲悼或回忆的文字,但说也奇怪,直到现在,仍不能下一执笔的决心。我自己推想这心理的究竟,也不能够明白地说出。或者因为身居热带,头脑昏涨,不适合于作抒情述德的长文,也未可知。但一最可靠的解释,则实因这一次的敌寇来侵,殉国殉职的志士仁人太多了,对于个人的情感,似乎不便夸张,执着,当是事实上的主因。反过来说,就是个人主义的血族情感,在我的心里,渐渐地减了,似乎在向民族国家的大范围的情感一方面转向。

情感扩大之后,在质的一方面,会变得稀薄一点,而在量的一方面,同时会得增大,自是必然的趋势。

譬如,当故乡沦陷之日,我生身的老母,亦同长兄一样,因不肯离去故土而被杀;当时我还在祖国的福州,接得噩耗之日,亦只痛哭了一场,设灵遥祭了一番,而终于没有心情来撰文以志痛。

从我个人的这小小心理变迁来下判断,则这一次敌寇的来侵,影响及于一般国民的感情转变的力量,实在是很大很大。自私的,执着于小我的那一种情感,至少至少,在中国各沦陷地同胞的心里,我想,是可以一扫而光了。就单从这一方面来说,也可以算是这一次我们抗战的一大收获。

现在,闲谈暂且搁起,再来说一说长兄的历史性行吧。长兄所习的虽是法律,毕生从事的,虽系干燥的刑法判例;但他的天性,却是倾向于艺术的。他闲时作淡墨山水,很有我们乡贤董文恪公的气派,而写下来的诗,则又细腻工稳,有些似晚唐,有些像北宋人的名句。他的画集、诗集,虽则分量不多,已在香港上海制版赶印了。大约在追悼会开催之日,总可以与世人见面,当能证明我这话的并非自夸。至于他行事的不苟,接人待物的富有长者的温厚之风,则凡和他接近过的人,都能够说述,我也可以不必夸张,致堕入谀墓铭旌的常套。在这里,我只想略记一下他的历史。他生在前清光绪十年的甲申,十七岁就以府道试第一名入学,补博士弟子员。当废科举改学堂的第一期里,他就入杭府中学。毕业后,应留学生考试,受官费保送去日本留学,实系浙江派遣留学生的首批一百人中之一。在早稻田大学师范科毕业后,又改入法政大学,三年毕业,就在天津交涉公署任翻译二年,其后考取法官,就一直地在京师高等审判厅任职。当许公俊人任司法部长时,升任大理院推事,又被派赴日本考察司法制度。一年回国,也就在大理院奉职。直到九一八事变起来之日,他还在沈阳作大理院东北分院的庭长兼代分院长。东北沦亡,他一手整理案卷全部,载赴北平。上海租界的会审公堂,经接收过来以后,他就被任作临时高等分院刑庭庭长,一直到他殉职之日为止。

在这一个简短的履历里,是看不出他的为人正直,和临难不苟的态度来的。可是最大的证明,却是他那为国家,为民族的最后的一死。

鸿毛泰山等宽慰语,我这时不想再讲,不过死者的遗志,却总要我们未死者替他完成,就是如何地去向汪逆及侵略者算一次总账!

1940年2月

悼沈叔薇

◎徐志摩

沈叔薇是我的一个表兄,从小同学,高小中学(杭州一中)都是同班毕业的,他是今年九月死的。

叔薇,你竟然死了,我常常地想着你,你是我一生最密切的一个人,你的死是我的一个不可补偿的损失。我每次想到生与死的究竟时,我不定觉得生是可欲,死是可悲,我自己的经验与默察只使我相信生的底质是苦不是乐,是悲哀不是幸福,是泪不是笑,是拘束不是自由:因此从生入死,在我有时看来,只是解化了实体的存在,脱离了现象的世界,你原来能辨别苦乐、忍受磨折的性灵,在这最后的呼吸离窍的俄顷,又投入了一种异样的冒险。我们不能轻易地断定那一边没有阳光与人情的温慰,亦不能设想苦痛的灭绝。但生死间终究有一个不可掩讳的分别,不论你怎样的看法。出世是一件大事,死亡亦是一件大事。一个婴儿出母胎时他便与这生的世界开始了关系,这关系却不能随着他去后的躯壳埋掩,这一生与一死,不论相间的距离怎样地短,不论他生时的世界怎样地仄——这一生死便是一个不可销毁的事实:比如海水每多一次潮涨海滩便多受一次泛滥,我们全体的生命的滩沙里,我想,也存记着最微小的波动与影响……

而况我们人又是有感情的动物。在你活着的时候,我可以携着你的手，谈我们的谈，笑我们的笑，一同在野外仰望天上的繁星，或是共感秋风与落叶的悲凉……叔薇，你这几年虽则与我不易相见，虽则彼此处世的态度更不如童年时的一致，但我知道，我相信在你的心里还留着一部分给我的情意，因为你也在我的胸中永占着相当的关切。我忘不了你，你也忘不了我。每次我回家乡时，我往往在不曾解卸行装前已经亟亟地寻求，欣欣地重温你的伴侣。但如今在你我间的距离，不再是可以度量的里程，却是一切距离中最辽远的一种距离——生与死的距离。我下次重归乡土，再没有机会与你携手谈笑，再不能与你相与恣纵早年的狂态，我再到你们家去，至多只能抚摩你的寂寞的灵帏，仰望你的惨淡的遗容，或是手拿一把鲜花到你的坟前凭吊！

叔薇，我今晚在北京的寓里，在一个冷静的秋夜，倾听着风催落叶的秋声，咀嚼着为你兴起的哀思，这几行文字，虽则是随意写下，不成章节，但在这抒写自来情感的俄顷，我仿佛又一度接近了你生前温驯的、谐趣的人格，仿佛又见着了你瘦脸上的枯涩的微笑——比在生前更谐和的更密切的接近。

我没有多少的话对你说，叔薇，你得宽恕我；当你在世时我们亦很少相互罄吐的机会。你去世的那一天我来看你，那时你的头上，你的眉目间，已经刻画着死的晦色，我叫了你一声叔薇，你也从枕上侧面来回叫我一声志摩，那便是我们在永别前最后的缘分！我永远忘不了那时病榻前的情景！

我前面说生命不定是可喜，死亦不定可畏：叔薇，你的一生尤其不曾尝味过生命里可能的乐趣，虽则你是天生的达观，从不曾羡慕虚荣的人间；你如其继续地活着，支撑着你的多病的筋骨，委蛇你无多沾恋的家庭，我敢说这样的生转不如撒手

悼沈叔薇

去了的干净！况且你生前至爱的骨肉,亦久已不在人间,你的生身的爹娘,你的过继的爹娘(我的姑母),你的姊姊——可怜娟姊,我始终不曾一度凭吊——还有你的爱妻,他们都在坟墓的那一边满开着他们天伦的怀抱,守候着他们最爱的"老五",共享永久的安闲……

十一月一日早三时你的表弟志摩

老哥哥

◎臧克家

秋是怀人的季候。深宵里,床头上叫着蟋蟀,凉风吹一缕明光穿过纸窗来。在我这没法合聚双眼的当儿,一个意态龙钟的老人的影像便朦胧在我眼前了。

可以说,我的心无论什么时候都给老哥哥牵着的。在青岛住过五年,可是除了友情没有什么使我在回忆里怅惘,有那便是老哥哥了。青岛离家很近,起早也不过天把的路程呢。记得在中山路左角一家破旧的低级交易所中常常可以得到老哥哥的消息。前来的乡人多半是贩卖鸡子回头带一点洋货,老哥哥的孙子也每年无定时地来跑几趟,他来我总能知道,临走,我提一个小包亲自跑到嘈杂的交易所里从人丛中从忙乱中唤他出来交到他的手里。

"这是带给老哥哥的一点礼物。"

"这还使得呢!"口在推让着小包却早已接过去了。我知道这点礼物不比鸿毛有分量,然而一想老哥哥用残破的牙齿咀嚼着饼干时的微笑,自己的心又是酸又是甜的。

老哥哥离开我家,算来已经足足十年了。在这个长的期间里,我是一只乱飞的鸟,也偶尔地投奔一下故乡的园林。照例,在未到家以前,心先来一阵怕,怕人家说我变了,更怕有些人我已不认识有些人已见不到了。到了家一定还没坐好,就开始问长问短。心急急想探一下老哥哥的存亡,可是话头却有些不敢往外吐,早晚用话头的偏锋敲出了老哥哥健在的消息,心这才放下了。

前年旧年是在家里过的。正月的日子是无底幽闲,便把老哥哥约到我家来了。见了面我还没来得及看清楚他,他却大声喊着说:"你瘦了!小时候那样地又胖又白!"从他刚劲的声音里我听出了他的康健了。

"老哥哥,你拖在肩上的小辫也秃尖了。"他没有听见,便在我的扶持下爬到我的炕头上了。

我们开始了短短长长的对话,话头随意乱摆是没有一定方向的。他的耳朵重听,说话的声音很高,好似他觉得别人的听觉也和他一样似的。用手势,用高腔,不容易把一句话递进他的耳朵里去。他说,他常常挂念我,他的身子虽然在家里,可是心还在我家呢。

语丝还缠在嘴角上,可他已经虎虎地打起鼾声来了,我心里悲伤地说:"老哥哥老了!"

呼吸像风箱,一霎又咳醒了,愣挣起来吐一口黄痰。他自己仿佛有点不好意思,要我扶他趄搭地到耳房里去,在那儿也许他觉得舒心一点,五十个年头身下的土炕会印上个血的影子吧?于今用了一把残骨他又重温别过十年的旧梦去了。

傍晚了。我留他住一宿。他一面摇头一面高声说:"老了,夜里还得人服侍!日后再见吧!"我用眼泪留他,他像没有看见,起来紧了紧腰踉跄着向外面移步了。我扶着他,走下了西坡,老哥哥的村庄已在炊烟中显出影子来了。

我回步的时候晚霞正灼在西天。回头望望老哥哥,已经有些模糊了,在冷风里只一个黑影在闪。

"日后再见吧!"我一边走着一边味着老哥哥这句话。但是一个熟透了的果子谁料定它哪刹会落呢?

　　回到家来更念念着老哥哥了。老哥哥真是老哥哥,他来到我家时曾祖父还不过十几岁呢。祖父是在他背上长大,父亲是在他背上长大的,我呢,还是。他是曾祖父的老哥哥,他是祖父和父亲的老哥哥。

　　听老人们讲,他到我家来那不过才二十岁呢。身子铜帮铁底的,一个人可以单拱八百斤重的小车。可是在我记事的时候他已是六十多岁的暮气人了。那时他的活是赶集,喂牲口,农忙了担着饭往坡里送。晒场的时节有时拿一张木叉翻一翻。扬场,他也拾起张锨来扬他几下,别人一面扬一面称赞他说:"好手艺,扬出个花来。果真老将出马一个赶俩。"

　　从我记事以来,祖父没曾叫过他一声老哥哥,都是直呼他老李。曾祖父也是一样。曾祖父的脾气很暴,好骂人"王八蛋"。他老人家一生起气来,老哥哥就变成"王八蛋"了。祖父虽然不大骂人,然而那张不大说话的脸子一望见就得叫人害怕。老哥哥赶集少买了一样东西,或是祖父说话他耳聋听不见,那一张冷脸,半天一句的冷话他便伸着头吃上了。我在一边替老哥哥心跳,替老哥哥不平,心里想:"祖父不也是在老哥哥手下长大了的吗?"

　　老哥哥对我没有那么好的。我都是牵着他的小辫玩。他说故事给我听。他说他才到我家来,我家正是旺时。六曾祖父坐大京官,门前那迎风要倒的两对旗杆是他亲手加入竖起来的。那时候人口也多,真热闹。语气间流露着"繁华歇"的感叹。我小时候最是迷赌,到了输得老鼠洞里也挖不出一个铜钱来的困窘时,我便想到老哥哥的那个小破钱袋来了。钱袋放在枕头底下,顺手就可以偷到的。早晚他用钱时去摸钱袋,才发现里面已经空空了。他知道这个地道的贼,他一点也不生气。我后来向他自首时是这样说的:"老哥哥,这时我还小呢,等我长大做了官,一定给你银子养老。"

他听了当真的高兴。然而这话曾祖父小时曾说过,祖父小时也曾说过了!

在黄昏,在雨夜,在月明的树下,他的老话便开始了。我侧着耳朵听他说长毛造反,听他说天上掉下彗星来。然而给我印象最深的要数这一次了。那年我八岁,母亲躺在床上,脸上蒙一张白纸,我放声哭了,老哥哥对我说母亲有病他到吕标去取药吃上就好了。后来给母亲上坟也老是他担着菜盒我跟在后头,一路上他不住地说母亲是叫父亲气死的。"当年大相公,剪了发当革命党,还在外和别的女人好,你小时穿一件时样的衣裳,姑们问一声'又是外边那个娘做来的',这话叫你娘听见,你想心里是什么味?而后,皇帝又一劲地杀革命党,你爹戴上假发到处亡命。这两桩事便把你娘致死了。"

老哥哥一天一天地没用了。日夜蜷缩在他那一角炕头上,像吐尽了丝的蚕一样,疲惫抓住了他的心。背屈得像张弓。小辫越显得细了。他的身子简直成了个季候表,一到秋风起来便咯咯地咳嗽起来。

"老李老了!老李老了!"

大家都一齐这么说。年老的人最不易叫人喜欢。于是老哥哥的坏话塞满祖父的耳朵了。大家都讨厌他。讨厌他耳聋,讨厌他咯咯闹得人睡不好觉,讨厌他冬天把炕烧得太热。他一身都是讨厌骨头,好似从来就没有过不讨厌的时候!祖父最会打算,日子太紧,废物是得铲除的,于是寻了一点小事便把五十年来跑里跑外的老哥哥赶走了。我当时的心比老哥哥的还不好过，真想给老哥哥讲讲情，可是望一下祖父的脸，心又冷了。

老哥哥临走泪零零的，口里半诅咒半咕噜着说"不行了，老了"。每年十二吊钱的工价算清了账，肩一个小包（五十年来劳力的代价）走出了我家大门。我牵着他的衣角，不放松地跟在后面。

老哥哥儿花女花是没有一点的。他要去找的是一个嗣子。说家是对自己的一个可怜的安慰罢了。但是，不是自己养的儿子，又没有许多东西带去，人家能好好养他老吗？我在替他担心着呢！

十年过去了。可喜老哥哥还在人间。暑假在家住了一天，没能够见到他。但从三机匠口里听到了老哥哥的消息，他说在西河树行子里碰到老哥哥在背着手看夕照，见了他还亲亲热热地问这问那。他还说老哥哥一心挂念着我庄里的人，还待要鼓鼓劲来耍一趟，因为不过二里地的远近，老哥哥自己说脚力还能来得及呢。

又是秋天了。秋风最能吹倒老年人！我已经能赚银子了，老哥哥可还能等得及接受吗？

1935年1月

我的三个弟弟

◎冰心

我和我的弟弟们一向以弟兄相称。他们叫我"伊哥"(伊是福州方言"阿"的意思)。这小名是我的父母亲给我起的,因此我的大弟弟为涵小名就叫细哥("细"是福州方言"小"的意思),我的二弟为杰小名就叫细弟,到了三弟为楫出生,他的小名就只好叫"小小"了!

说来话长!我一生下来,我的姑母就拿我的生辰八字,去请人算命,算命先生说:"这一定是个男命,因为孩子命里带着'文曲星',是会做文官的。"算命纸上还写着有"富贵逼人无地处,长安道上马如飞"。这张算命纸本来由我收着,几经离乱,早就找不到了。算命先生还说我命里"五行"缺"火",于是我的二伯父就替我取了"婉莹"的大名,"婉"是我们家姐妹的排行,"莹"字上面有两个"火"字,以补我命中之缺。但祖父总叫我"莹官",和我的堂兄们霖官、仪官等一样,当做男孩叫的。而且我从小就是男装,一直到一九一一年,我从烟台回到福州时,才改了女装。伯叔父母们叫我"四妹",但"莹官"和"伊哥"的称呼,在我祖父和在我们的小家庭中,一直没改。

我的三个弟弟都是在烟台出生的,"官"字都免了,只保留福州方言,如"细哥"、"细弟"等等。

我的三个弟弟中,大弟为涵是最聪明的一个,十二岁就考上"唐山路矿学校"的预科（我在《离家的一年》这篇小说中就说的是这件事）。以后学校迁到北京，改称"北京交通大学"。他在学校里结交了一些爱好音乐的朋友，他自己课余又跟一位意大利音乐家学小提琴。我记得那时他从东交民巷老师家回来，就在屋里练琴，星期天他就能继续弹奏六七个小时。他的朋友们来了，我们的西厢房里就弦歌不断。他们不但拉提琴，也弹月琴，引得二弟和三弟也学会了一些中国乐器，三弟嗓子很好，就带头唱歌（他在育英小学，就被选入学校的歌咏队），至今我中午休息在枕上听收音机的时候，我还是喜欢听那高亢或雄浑的男歌音！

涵弟的音乐爱好，并没有干扰他的学习，他尤其喜欢外语。一九二三年秋，我在美国沙穰疗养院的时候，就常得到他用英文写的长信。病友们都奇怪说："你们中国人为什么要用英文写信？"我笑说："是他要练习外文并要我改正的缘故。"其实他的英文在书写上比我流利得多。

一九二六年我回国来，第二年他就到美国的宾夕法尼亚大学，去学"公路"，回国后一直在交通部门工作。他的爱人杨建华，是我舅父杨子敬先生的女儿。他们的婚姻是我的舅舅亲口向我母亲提的，说是：姑做婆，赛活佛。照现在的说法，近亲结婚，生的孩子一定痴呆，可是他们生了五个女儿，却是一个赛似一个地聪明伶俐。（涵弟是长子，所以从我们都离家后，他就一直和我父亲住在一起。）至今我还藏着她们五姐妹环绕着父亲的一张相片。她们的名字都取的是花名，因为在华妹怀着第一个孩子时，我父亲做了一个梦，梦见一个老人递给他一张条子，上面写着"文郎俯看菊陶仙"，因此我的大侄女就叫宗菊。"宗"字本来是我们大家庭里男孩子的排行，但我

父亲说男女应该一样。后来我的一个堂弟得了一个儿子,就把"陶"字要走了,我的第二个侄女,只好叫宗仙。以后接着又来了宗莲和宗菱,也都是父亲给起的名字。当华妹又怀了第五胎的时候,她们四个姐妹聚在一起祷告,希望妈妈不要生个男儿,怕有了弟弟,就不疼她们了。宗梅生后,华妹倒是有点失望,父亲却特为宗梅办了一桌满月酒席,这是她姐姐们所没有的,表示他特别高兴。因此她们总是高兴地说:"爷爷特别喜欢女孩子,我们也要特别争气才行!"

一九三七年,我和文藻刚从欧洲回来,"七七"事变就发生了。我们在燕京大学又呆了一年,就到后方云南去了。我们走的那一天,父亲在母亲遗像前烧了一炷香,保佑我们一路平安。那时杰弟在南京,楫弟在香港,只有涵弟一人到车站送我们,他仍旧是泪汪汪的,一语不发,和当年我赴美留学时一样,他没有和杰、楫一道到车站送我,只在家里窗内泪汪汪地看着我走。我永远也忘不了那一对伤离惜别的悲痛的眼睛!

我们离开北京时,倒是把文藻的母亲带到上海,让她和文藻的妹妹一家住在一起。那时我们对云南生活知道得不多,更不敢也不能拖着父亲和涵弟一家人去到后方,当时也没想到抗战会抗得那么长,谁知道匆匆一别遂成永诀呢?

一九四〇年,我在云南的呈贡山上,得到涵弟报告父亲逝世的一封信,我打开信还没有看完,一口血就涌上来了!

……大人近二年来,瘦了许多,这是我感到伤心而不敢说的……谁也想不到他走得那样快……大人说:"伊哥住址是呈贡三台山,你能记得吗?"我含泪点首……晨十时德国医生陈义大夫又来打针,大人喘仍不止,稍止后即告我:"将我的病况,用快函寄上海再转香港和呈贡,他们三人都不知道我病重了……"这时大人面色苍白,汗流如雨,又说:"我要找你妈去!"……大人表示要上床睡,我知道是那两针吗啡之力,一时房中安静,窗外一滴一滴的雨声,似乎在催着正在与生命挣扎的老父,不料到了早晨八时四十五分,就停了气息……我的血也冷了,不知是梦境?是幻境?最后责任心压倒了一切,死的死了,活的人还得活着干……

他的第二封信,就附来一张父亲灵堂的相片,以及他请人代拟的文藻吊我父亲的挽联:

分为半子,情等家人,远道哪堪闻噩耗
本是生离,竟成死别,深闺何以慰哀思

信里还说,"听说你身体也不好,时常吐血,我非常不安……弟近来亦常发热出汗,疲弱不堪,但不敢多请假,因请假多了,公司将取消食粮配给……华妹一定要为我订牛奶,劝我吃鸡蛋,但是耗费太大,不得不将我的提琴托人出售,因为家里已没有可卖之物……一切均亏得华妹操心,这个家真亏她维持下去……孩子们都好,都知吃苦,也都肯用功读书,堪以告慰,但愿有一天苦尽甜来……"

这是涵弟给我的末一封信了。父亲是一九四○年八月四日八时四十五分逝世的。涵弟在敌后的一个公司里又挨了四年,我也总找不到一个职业使他可以到后方来。他贫病交加,于一九四四年也逝世了!他最爱的也是最聪明的女儿宗莲,就改了名字和同学们逃到解放区去,其他的仍守着母亲,过着极其艰难的日子……

我的这个最聪明最尽责、性情最沉默、感情最脆弱的弟弟，就这样在敌后劳苦抑郁地了此一生！

关于能把三个弟弟写在一起的事，就是他们从小喜欢上房玩。北京中剪子巷家里，紧挨着东厢房有一棵枣树，他们就从树上爬到房上，到了北房屋脊后面的一个旮旯里，藏了许多他们自制的玩意儿，如小铅船之类。房东祈老头儿来了，看见他们上房，就笑着嚷："你们又上房了，将来修房的钱，就跟你们要！"

还有就是他们同一些同学，跟一位打拳的老师学武术，置办一些刀枪剑戟，一阵乱打，以及带着小狗骑车到北海泅水、划船，这些事我当然都没有参加。

其实我在《关于女人》那一本书里，虽然说的是我的三位弟妇，却已经把我的三个弟弟的性情、爱好等等都已经描写过了。不过《关于女人》是写在一九四三年，对于大弟只写了他恋爱、婚姻一段，对于二弟、三弟就写得多一些。

二弟为杰从小是和我在一床睡的。那时父亲带着大弟，母亲带着小弟，我就带着他。弟弟们比我们睡得早，在里床每人一个被窝筒，晚饭后不久，就钻进去睡了。为杰和一般的第二个孩子一样，总是很"乖"的。他在三个弟兄里，又是比较"笨"的。我记得在他上小学时，每天早起我一边梳头，一边听他背《孟子》，什么"泄泄犹沓沓也"，我不知道这是《孟子》中的哪一章？哪一节？也许还是"注释"，但他呜咽着反复背诵的这一句书，至今还在我耳边震响着。

他的功课总是不太好，到了开初中毕业式那天，照例是要穿一件新的蓝布大褂的，母亲还不敢先给他做，结果他还是毕业了。可是到了高中，他一下子就蹿上来了，成了个高材生。一九二六年秋他考上了燕京大学，正巧我也回国在那里教课，因为他参加了许多课外活动，我们接触的机会很多。有一次男生们演话剧《咖啡店之一夜》，那时男女生还没有合演，为杰就担任了女服务员这一角色。他穿的是我的一套黑绸衣裙，头上扎个带褶的白纱巾，系上白围裙，台下同学们都笑说他像我。那年冬天男女同学在未名湖上化装溜冰，他仍是穿那一套衣裳，手里捧着纸做的杯盘，在冰上旋舞。

一九二九年我同文藻结婚后，我们有了家了，他就常到家里吃饭，他很能吃，也不挑食。一九三〇年秋我怀上了吴平，害口，差不多有七个月吃不下东西，父亲从城里送来的新鲜的蔬菜水果，几乎都是他吃了。甚至在一九三一年二月我生吴平那一天，我从产房出来，看见他在病房等着我，房里桌上有一杯给产妇吃的冰淇淋，我实在太累了，吃不下，冲他一努嘴，他就捧起杯来，脸朝着墙，一口气吃下了！

他在燕大念的是化学，他的学士和硕士的论文，都是跟天津碱厂的总工程师侯德榜博士写的。侯先生很赏识他，又介绍他到美国威斯康星大学读化学博士，毕业时还得了金钥匙奖。回国后就在永利制碱公司工作。解放后又跟侯先生到了化工部。一九五一年我们从日本回到北京，见面的时候就多了。

我是农历闰八月十二日生的，他的生日是农历八月初十，因此每到每年的农历的八月十一日，他们就买一个大蛋糕来，我们两家人一起庆祝，我现在还存着我们两人一同切蛋糕的相片。

一九八五年九月文藻逝世后，他得到消息，一进门还没来得及说话,就伏在书桌上,大哭不止,我倒含着泪去劝他。他晚年身体不好,常犯气喘病,家里暖气不够热时,就往往在堂屋里生上火炉。一九八六年初,他病重进了医院,他的爱人李文玲还瞒着我,直到他一月十二日逝世几天以后,我才得到这不幸的消息。化工部他的同事们为他准备了一个纪念册,要我题字,我写:

> 为杰逝世了,我在深深地自恸自怜之后,终于为有他这么一个对祖国的化工事业,做出应有的贡献的弟弟,我又感到无限的自慰与自豪。

他的爱人李文玲是金陵女子大学音乐系毕业的,专修钢琴。他的儿子谢宗英和儿媳张薇都承继了他的事业,现在都在化工部的附属工程机关工作。

我的三弟谢为楫的一切,我在《关于女人》写我的三弟妇那一段已经把他描写过了:

> ……他是我们弟兄中最神经质的一个,善怀,多感,急躁,好动,因为他最小,便养得很任性,很娇惯。虽然如此,他对于父母和兄姐的话总是听从的,对我更是无话不说……

他很爱好文艺,也爱交些文艺界的年轻朋友。丁玲、胡也频、沈从文等,都是他介绍给我的,我记得那是一九二七年我的父亲在上海工作的时候。他还出过一本短篇小说集,名字我忘了,那时他也不过十七八岁。

他没有读大学就到英国利物浦的海上学校,当了航海学生,在五洲的海上飘荡了五年,居然还得了一张荣誉证书回来。从那时起他就在海关的缉私船上工作。抗战时期,上海失守后,他到了香港,香港又失守了,他就到重庆,不久由港务司派他到美国进修了一年,回来后就在上海港务局工作。他的爱人刘纪华,是我的表兄刘放园先生的女儿,燕大的社会学系优秀的硕士研究生,那时也在上海的"善后救济总署"工作。他们是青梅竹马的恩爱夫妻,工作和生活都很愉快。他们有五个儿女。为楫说,为了纪念我,他们孩子的名字里都要带一个"心"字。长女宗慈,十一二岁就到东北上学,我记得是长春大学,学的是农业机械。他们的二女儿宗爱、三女儿宗恩,学的是音乐,是报考上海音乐学院附中的上千人中考上的五十人中之二。我听见了很高兴,给她们寄去八百元买了一架钢琴,作为奖励。他们的两个儿子宗惠和宗憨那时还小。

一九五七年,为楫响应"向党进言"的号召,写了几张大字报,被划成了右派,遣送到甘肃的武威劳动改造,从此丢弃了他的专业,如同失水的枯鱼一般,全家迁到了大西北。那时我的老伴吴文藻,和我的儿子吴平也都是右派分子,我的头上响起了晴天的霹雳,心中的天地也一下子旋转了起来!但我还是镇定地给为楫写一封封的长信,鼓励他好好改造,重新做人,求得重有报效祖国的机会,其实那几年我自己也不知道是怎么过的!只记得为楫夫妇都在武威一所中学教书,度过了相当艰苦的日子。孩子们在逆境中反而加倍奋发自强,宗恩和宗爱都在西安音乐学院毕了业。两个男孩子都学的是理工,在矿学事业自动化研究所里工作,这都是后话了!

劳瘁交加的纪华得了癌症,一九七六年去世了,为楫就到窑街和小儿子住了些日子,一九七八年又到四川的北碚,同大女儿住了些日子;一九七九年应兰州大学之聘,在兰大教授英

语;一九八四年的一月十二日就因病在兰州逝世了!他的儿女们都没有告诉我们。我和为杰只奇怪楫弟为什么这样懒得动笔,每逢农历九月十九,我们还是寄些钱去(他比纪华大一岁,两人是同一天生日,往常我们总是祝他们"双寿"),让他的孩子们给他买块蛋糕。孩子们也总是回信说:"爹爹吃了蛋糕,很喜欢,说是谢谢你们!"杰弟一直到死,还不知道"小小"已经比他先走了!

在写这一篇的时候,我流尽了最后的眼泪!王羲之在《兰亭序》里说"死生亦大矣,岂不痛哉"。我倒觉得"死"真是个"解脱","痛"的是后死的人!

我的三个弟弟:从小到大,我尽力地爱护了你们。最后也还是我用眼泪来给你们送别,我总算对得起你们了!

1987年7月8日风雨欲来的黄昏

做大哥的人

◎巴金

我的大哥生来相貌清秀,自小就很聪慧,在家里得到父母的宠爱,在书房里又得到教书先生的称赞。看见他的人都说他日后会有很大的成就。母亲也很满意这样一个"宁馨儿"。

他在爱的环境里逐渐长成。我们回到成都以后,他过着一位被宠爱的少爷的生活。辛亥革命的前夕,三叔带着两个镖客回到成都。大哥便跟镖客学习武艺。父亲对他抱着很大的希望,想使他做一个"文武全才"的人。

每天早晨天还没有大亮,大哥便起来,穿一身短打,在大厅上或者天井里练习打拳使刀。他从两个镖客那里学到了他们的全套本领。我常常看见他在春天的黄昏舞动两把短刀。两道白光连接成了一根柔软的丝带,蛛网一般地掩盖住他的身子,像一颗大的白珠子在地上滚动。他那灵活的舞刀的姿态甚至博得了严厉的祖父的赞美,还不说那些胞姐、堂姐和表姐们。

他后来进了中学。在学校里他是一个成绩优良的学生,四年课程修满毕业的时候他又名列第一。他得到毕业文凭归来的那一天,姐姐们聚在他的房里,为他的光辉的前程庆祝。他们有一个欢乐的聚会。大哥当时对化学很感兴趣,希望毕业以后再到上海或者北京的有名的大学里去念书,将来还想到德国去留学。他的脑子里装满了美丽的幻想。

然而不到几天,他的幻想就被父亲打破了,非常残酷地打破了。因为父亲给他订了婚,叫他娶妻了。

这件事情他也许早猜到一点点,但是他料不到父亲就这么快地给他安排好了一切。在婚姻问题上父亲并不体贴他,新来的继母更不会知道他的心事。

他本来有一个中意的姑娘,他和她中间似乎发生了一种旧式的若有若无的爱情。那个姑娘是我的一个表姐,我们都喜欢她,都希望他能够同她结婚。然而父亲却给他另外选了一个张家姑娘。

父亲选择的方法也很奇怪。当时给大哥做媒的人有好几个,父亲认为可以考虑的有两家。父亲不能够决定这两个姑娘中间究竟哪一个更适宜做他的媳妇,因为两家的门第相等,请来做媒的人的情面又是同样地大。后来父亲就把两家的姓写在两方小红纸块上面,揉成了两个纸团,捏在手里,到祖宗的神主面前诚心祷告了一番,然后随意拈起了一个纸团。父亲拈了一个"张"字,而另外一个毛家的姑娘就这样地被淘汰了。(据说母亲在时曾经向表姐的母亲提过亲事,而姑母却以"自己已经受够了亲上加亲的苦,不愿意让女儿再来受一次"这理由拒绝了,这是三哥后来告诉我的。拈阄的结果我却亲眼看见。)

大哥对这门亲事并没有反抗,其实他也不懂得反抗。我不知道他向父亲提过他的升学的志愿没有,但是我可以断定他不会向父亲说起他那若有若无的爱情。

于是嫂嫂进门来了。祖父和父亲因为大哥的结婚在家里演戏庆祝。结婚的仪式自然不简单。大哥自己也在演戏,他一连演了三天的戏。在这些日子里他被人宝爱着像一个宝贝;被人玩弄着像一个傀儡。他似乎有一点点快乐,又有一点点兴奋。

他结了婚,祖父有了孙媳,父亲有了媳妇,我们有了嫂嫂,别的许多人也有了短时间的笑乐。但是他自己也并非一无所得。他得了一个体贴他的温柔的姑娘。她年轻,她读过书,她会做诗,她会画画。他满意了,在短时期中他享受了以前所不曾梦想到的种种乐趣。在短时期中他忘记了他的前程,忘记了升学的志愿。他陶醉在这个少女的温柔的抚爱里。他的脸上常带笑容,他整天躲在房里陪伴他的新娘。

他这样幸福地过了两三个月。一个晚上父亲把他唤到面前吩咐道:"你现在接了亲,房里添出许多用钱的地方;可是我这两年来入不敷出,又没有多余的钱给你们用,我只好替你找个事情混混时间,你们的零用钱也可以多一点。"

父亲含着眼泪温和地说下去。他唯唯地应着,没有说一句不同意的话。可是回到房里他却倒在床上伤心地哭了一场。他知道一切都完结了!

一个还没有满二十岁的青年就这样地走进了社会。他没有一点处世的经验,好像划了一只独木舟驶进了大海,不用说狂风大浪在等着他。

在这些时候他忍受着一切,他没有反抗,他也不知道反抗。

月薪是二十四元。为了这二十四个银元的月薪他就断送了自己的前程。

然而灾祸还不曾到止境。一年以后父亲突然死去,把我们这一房的生活的担子放到他的肩上。他上面有一位继母,下面有几个弟弟妹妹。

他埋葬了父亲以后就平静地挑起这个担子来。他勉强学着上了年纪的人那样来处理一切。我们一房人的生活费用自然是由祖父供给的。(父亲的死引起了我们大家庭第一次的分家,我们这一房除了父亲自己购置的四十亩田外,还从祖父那里分到了两百亩田。)他用不着在这方面操心。然而其它各房的仇视、攻击、陷害和暗斗却使他难于应付。他永远平静地忍受了一切,不管这仇视、攻击、陷害和暗斗愈来愈厉害。他只有一个办法:处处让步来换取暂时的平静生活。

后来他的第一个儿子出世了。祖父第一次看见了重孙,自然非常高兴。大哥也感到了莫大的快乐。儿子是他的亲骨血,他可以好好地教养他,在他的儿子的身上实现他那被断送了的前程。

他的儿子一天一天长大起来,是一个非常聪明可爱的孩子,得到了我们大家的喜爱。

接着五四运动发生了。我们都受到了新思潮的洗礼。他买了好些新书报回家。我们(我们三弟兄和三房的六姐,再加上一个香表哥)都贪婪地读着一切新的书报,接受新的思想。然而他的见解却比较温和。他赞成刘半农的"作揖主义"和托尔斯泰的"无抵抗主义"。他把这种理论跟我们大家庭的现实环境结合起来。

他一方面信服新的理论,一方面依旧顺应旧的环境生活下去。顺应环境的结果,就使他逐渐变成了一个有两重人格的人。在旧社会,旧家庭里他是一位暮气十足的少爷;在他同我们一块儿谈话的时候,他又是一个新青年了。这种生活方式是我和三哥所不能够了解的,我们因此常常责备他。我们不但责备他,而且时常在家里做一些带反抗性的举动,给他招来祖父的更多的责备和各房的更多的攻击与陷害。

祖父死后,大哥因为做了承重孙(听说他曾经被一个婶娘暗地里唤做"承重老爷"),便成了明枪暗箭的目标。他到处磕头作揖想讨好别人,也没有用处;同时我和三哥的带反抗性的言行又给他招来更多的麻烦。

我和三哥不肯屈服。我们不愿意敷衍别人,也不愿牺牲自己的主张,我们对家里一切不义的事情都要批评,因此常常得罪叔父和婶娘。他们没有办法对付我们,因为我们不承认他们的威权。他们只好在大哥的身上出气,对他加压力,希望通过他使我们低头。不用说这也没有用。可是大哥的处境就更困难了。他不能够袒护我们,而我们又不能够谅解他。

有一次我得罪了一个婶娘,她诬我打肿了她的独子的脸颊。我亲眼看见她自己在盛怒中把我那个堂弟的脸颊打肿了,她却牵着堂弟去找我的继母讲理。大哥要我向她赔礼认错,我不肯。他又要我到二叔那里去求二叔断公道。但是我并不相信二叔会主张公道。结果他自己代我赔了礼认错,还受到了二叔的申斥。他后来到我的房里,含着眼泪讲了一两个钟头,惹得我也淌了泪。但是我并没有答应以后改变态度。

像这样的事情是很多的。他一个人平静地代我们受了好些过,我们却不能够谅解他的苦心。我们说他的牺牲是不必要的。我们的话也并不错,因为即使没有他代我们受过承担了一切,叔父和婶娘也无法加害到我们的身上来。不过麻烦总是免不了的。

然而另一个更大的打击又来了。他那个聪明可爱的儿子还不到四岁,就害脑膜炎死掉了。他的希望完全破灭了。他的悲哀是很大的。

他的内心的痛苦已经深到使他不能够再过平静的生活了。在他的身上偶尔出现了神经错乱的现象。他称这种现象做"痰病"。幸而他发病的时间不多。

后来他居然帮助我和三哥(二叔也帮了一点忙,说句公平的话,二叔后来对待大哥和我们相当亲切)同路离开成都,以后又让我单独离开中国。他盼望我们几年以后学到一种专长就回到成都去"兴家立业"。但是我和三哥两个都违背了他的期望。我们一出川就没有回去过。尤其是我,不但不进工科大学,反而因为到法国的事情写过两三封信去跟他争论,以后更走了与他的期望相反的道路。不仅他对我绝了望,而且成都的亲戚们还常常拿我来做坏子弟的榜样,叫年轻人不要学我。

我从法国回来的第二年他也到了上海。那时三哥在北平,没有能够来上海看他。我们分别了六年如今又有机会在一起谈笑了,两个人都很高兴。我们谈了别后的许多事情,谈到三姐的惨死,谈到二叔的死,谈到家庭间的种种怪现象。我们弟兄的友爱并没有减少,但是思想的差异却更加显著了。他完全变成了旧社会中一位诚实的绅士了。

他在上海只住了一个月。我们的分别是相当痛苦的。我把他送到了船上。他已经是泪痕满面了。我和他握了手说一句:"一路上好好保重。"正要走下去,他却叫住了我。他进了舱去打开箱子,拿出一张唱片给我,一面抽咽地说:"你拿去唱。"我接到手一看,是 G. F. 女士唱的《Sonny Boy》①,两个

---

① 格蕾西·菲尔兹唱的《宝贝儿子》。

星期前我替他在谋得利洋行买的。他知道我喜欢听这首歌，所以想起了把唱片拿出来送给我。然而我知道他也同样地爱听它。这时候我很不愿意把他喜欢的东西从他的手里夺去。但是我又一想我已经有许多次违抗过他的劝告了，这一次我不愿意在分别的时候使他难过，表弟们在下面催促我，我默默地接过了唱片。我那时的心情是不能够用文字表达的。

我和表弟们坐上了划子，让黄浦江的风浪颠簸着我们。我望着外滩一带的灯光，我记起我是怎样地送别了一个我所爱的人，我的心开始痛起来，我的不常哭泣的眼睛里竟然淌下了泪水。

他回到成都写了几封信给我。后来他还写过一封诉苦的信。他说他会自杀，倘使我不相信，到了那一天我就会明白一切。但是他始终未说出原因来，所以我并不曾重视他的话。

然而在一九三一年春天的一个早晨，他果然就用毒药断送了他的年轻的生命。两个月以后我才接到了他的二十几页的遗书。在那上面我读着这样的话：

　　卖田以后……我即另谋出路。无如我求速之心太切，以为投机事业虽险，却很容易成功。前此我之所以失败，全是因为本钱是借贷来的，要受时间和大利的影响。现在我们自己的钱放在外边一样收利，我何不借自己的钱来做，一则利息也轻些，二则不受时间影响。用自己的钱来做，果然得了小利。……所以陆续把存放的款子提回来，作贴现之用，每月可收百数十元。做了几个月，很顺利。于是我就放心大胆地做去了。……哪晓得年底一病就把我毁了①,等我病好出外一看,才知道我们的养命根源已经化成了水。好,好!既是这样,有什么话说!所以我生日那天,请大家看戏后,就想自杀。但是我实在舍不得家里的人。多看一天算一天,混一天。现在混不下去了。我也不想向别人骗钱来用。算了罢。如果活下去,那才是骗人呢。……我死之后不用什么埋葬,随便分尸也可,或者听野兽吃也可。因我应得之罪累及家人受此痛苦,望从重对我的尸体加以处罚……

这就是大哥自杀的动机了。他究竟是为了顾全绅士的面子而死,还是因为不能够忍受未来的更痛苦的生活,我虽然熟读了他的遗书,被里面一些极凄惨的话刺痛了心,但是我依旧不能够了解。我只知道他不愿意死,而且他也没有死的必要。我知道他写了三次遗书,又三次把它毁了。甚至在第四次的遗书里他还不自觉地喊着:"我不愿意死。"然而他终于像一个诚实的绅士那样吞食了自己摘下的苦果而死去了。结果他在那般虚伪的绅士眼前失掉了面子,并且把更痛苦的生活留给他的妻子和一儿四女(其中有四个我并未见过)。我们的叔父婶娘们在他死后还到他的家里逼着讨他生前欠的债;至于别人借他的钱,那就等于"付之东流"了。

大哥终于做了一个不必要的牺牲者而死去了。他这一生完全是在敷衍别人,任人播弄。他知道自己已经逼近了深渊,却依旧跟着垂死的旧家庭一天一天地陷落下去,终于到了完全灭顶的一天。他便不得不像一个诚实的绅士那样拿毒药做他唯一的拯救了。

---

① 因为在他的病中好几家银行倒闭了,他并不知道。

他被旧礼教、旧思想害了一生,始终不能够自拔出来。其实他是被旧制度杀死的。然而这也是咎由自取。在整个旧制度大崩溃的前夕,对于他的死我不能有什么遗憾。然而一想到他的悲惨的一生,一想到他对我所做过的一切,一想到我所带给他的种种痛苦,我就不能不痛切地感觉到我丧失了一个爱我最深的人了。

逝者如斯

——此稿焚献于亡兄之灵前

◎钟敬文

这是我此后永远不能忘记的一桩伤心事。你竟脱然化去了,在这样炮声如雷的十四年的重阳节!

我还清楚地记着,虽然是五年前的旧事了。那个时候,也正是一个重阳日子,你只身飘泊异乡,我呢,在家里挨着病。为的愁思的迫逼,我写了一首很悲戚的诗儿寄你。记得那中间有几句道:"……万里战尘多白骨,一年芳事又黄花。酒逢失意添愁绪,病过残秋负物华。倍忆他乡游宦客,登高可也远思家?"那时,谁想到你会在五年后的这个日子猛然地逝世了呢?

在你仅有的二十八载的短生涯中,做过学生,做过教员,做过小官吏,做过军人,做过商贾。这样复杂的生活,至少总使你领略过人生的一些滋味吧。是甘,是苦,只有你自己知道!——虽然你平昔之梦,尚未实现分毫,而当这方壮的年华,正是人生最可宝贵的一程……

你对于家庭太抱悲观了!数年来所以舍弃了它,天涯海角地去流浪,这也是一个重大的原因。但毕竟天性太厚,使你无法长做硬心的事。你终于眷念着回到这可怜的牢狱般的家庭来了!你虽时时要感到家室中恶劣浪潮的驱迫,但总觉得和缓而温暖的气流多,住在家里,比之冷风凄紧的异乡。

不要提起倒好,提起了怪使我心痛!回忆从前十余年中,红灯影下,绿竹轩前,我们长是那样地伴读着,读着,人间许多有用和无用之书。最可恨的,是我少年不羁的行为,使你十分地担心。我现在也许能够不那样地放荡了。然而你呢,你已弃我而去了!从今后,即使我再做了什么不该的行为,白坟碧草下寂卧的你,还能够给我以热情的关怀与督促么?

你患咯血的症,于今三年了。家人——尤其年过半百的母亲——日夜为你忧虑着。因为看过患着这种症候的,十人中没有一二能长活;而且死期之速,是很可预料而惊愕的。你现在终于死去了。家人的哀思苦泪,何时才会休止呢?

你的病,据说是由那年在水东任理军务时所得的。一个小小的上尉之职,竟教你积劳成疾,终于不治。究竟是金钱害了你呢,还是你自己任事太热心之故所致?我不知道,你自己想也不能明白,但你终于为此而死了,死了!死了!

记得我离家来这里时,你的病势已经很沉重了。但我总想不到你便从此一卧不起。我为了饥寒的迫勒,弃了家庭,弃了在床上病卧着的你,来到这荒漠的海滨,已二十多天了。忽接到父亲的来信,说你的病象日坏一日。此际若不急归相见,以后恐晤面无日了!这时正是黄昏之候,我读着读着只见啜泣。第二天,我赶回家里。见你在帆布床上仰卧着,你的面容,已经黄瘦得再不像个活人,你的乱发和胡须,把你装得像长毛的野兽;你的气息,已经微弱得几乎断绝;你的眼睛,已紧闭着不能开视。我硬着喉咙,问了你一声"怎样",热泪便浪浪涌出了。此后,我再不敢问你,也不能问你。隔了几天,我又回到这里来了。不意临行时轻轻转眼一瞥,竟成了我们今生最后的见面！我再到这里，才及十天，你的凶讯便飞来了。"二哥已于初九日下午五点钟身故"，这几个用淡墨写着，而笔端显出十分迟涩与震颤的四弟的来字，使我看了，怎样地凄咽而魂悸呵！天下之人，谁无兄弟，谁能当此而不咽泪呢！愧恨我，你死，不能送你的终；你葬，不能临你的穴。徒在这遥远的海涯，北望着苍茫天野，临风雪泪，怆然心碎而已！早知如此，无论怎样对不起人家，我都要在家里再住上十天，与你作今生仅有的谈聚，以尽最后之缘。而今已矣，一切都成了过去，过去，追悔又何益呢？

只在我脑海中平添了一段永不能磨灭的恨事罢了！

1925年10月28日夜稿于南海之滨

三姐夫沈二哥

◎张充和

　　我家"外子"逼我写点关于沈二哥同三姐的事,他说:"海外就是你一个亲人与他们过去相处最久,还不写!"我呢,同他们相别三十一年,听不完也说不完的话,哪还有工夫执笔!虽回去过一次,从早到晚,亲友不断往来,也不过只见到他们三四次,一半还是在人群中见到的。

　　如何开始呢?虽是三十一年的点滴,倒也鲜明。关于沈二哥的独白情书故事,似乎中外都已熟悉,有的加了些善意的佐料,于人情无不合之处,既无伤大雅,又能增加读者兴趣,就不在此加注加考,做煞风景的事了。

　　一九三二年暑假,三姐在中国公学毕了业回苏州,同姐妹兄弟相聚,我父亲与继母那时住在上海。有一天,九如巷三号的大门堂中,站了个苍白脸戴眼镜羞涩的客人,说是由青岛来的,姓沈,来看张兆和的。家中并没有一人认识他,他来以前,亦并未通知三姐。三姐当时在公园图书馆看书,他以为三姐有意不见他,正在进退无策之际,二姐允和出来了,问清了,原来是沈从文。他写了很多信给三姐,大家早都知道。于是二姐便请他到家中坐,说:"三妹看书去了,不久就回来,你进来坐坐等着。"他怎么也不肯,坚持回到已定好房间的中央饭店去了。二姐从小见义勇为,更爱成人之美,至今仍然如此。等

三姐回来,二姐便劝她去看沈二哥。三姐说:"没有的事!去旅馆看他?不去!"二姐又说:"你去就说,我家兄弟姐妹多,很好玩,请你来玩玩。"于是三姐到了旅馆,站在门外(据沈二哥的形容),一见到沈二哥便照二姐的吩咐,一字不改地如小学生背书似的:"沈先生,我家兄弟姐妹多,很好玩,你来玩!"背了以后,再也想不出第二句了。于是一同回到家中。

沈二哥带了一大包礼物送三姐,其中全是英译精装本的俄国小说。有托尔斯泰、陀斯妥也夫斯基、屠格涅夫等等著作。这些英译名著,是托巴金选购的。又有一对书夹,上面有两只有趣的长嘴鸟,看来是个贵重东西。后来知道,为了买这些礼品,他卖了一本书的版权。三姐觉得礼太重了,退了大部分书,只收下《父与子》与《猎人日记》。

来我们家中怎么玩呢?一个写故事的人,无非是听他讲故事。如何款待他,我不记得了。好像是五弟寰和,从他每月二元的零用钱中拿出钱来买瓶汽水,沈二哥大为感动,当下许五弟:"我写些故事给你读。"后来写了《月下小景》,每篇都附有"给张家小五"字样。

第二次来苏州,是同年寒假,穿件蓝布面子的破狐皮袍。我们同他熟悉了些,便一刻不离地想听故事。晚饭后,大家围在炭火盆旁。他不慌不忙,随编随讲。讲怎样猎野猪,讲船只怎样在激流中下滩,形容旷野,形容树林。谈到鸟,便学各种不同的啼唤,学狼嗥,似乎更拿手。有时站起来转个圈子,手舞足蹈,像戏迷票友在台上不肯下台。可我们这群中小学生习惯是早睡觉的。我迷迷糊糊中忽然听一个男人叫:"四妹,四妹!"因为我同胞中从没有一个哥哥,惊醒了一看,原来是才第二次来访的客人,心里老大地不高兴:"你胆敢叫我四妹!

还早呢!"这时三姐早已困极了,弟弟们亦都勉强打起精神,撑着眼听,不好意思走开。真有"我醉欲眠君且去"的境界。

那时我爸爸同继母仍在上海。沈二哥同三姐去上海看他们。会见后,爸爸同他很谈得来。这次的相会,的确有被相亲的意思。在此略叙叙我爸爸。

祖父给爸爸取名"武龄",字"绳进"。爸爸嫌这名字封建味太重,自改名"冀牖",又名"吉友",望名思义,的确做到自锡嘉名的程度。他接受"五四"的新思潮。他一生追求曙光,惜人才,爱朋友。他在苏州曾独资创办男校"平林中学"和"乐益女中"。后因苏州男校已多,女校尚待发展,便结束平林,专办乐益女中。贫穷人家的女孩,工人们的女儿,都不收学费。乐益学生中有几个贫寒的,后都成了社会上极有用的人。老师中也有几位真正革命家,有的为革命贡献了他们可贵的生命,有的现在已成为当代有名的教育家或党的领导人。爸爸既是脑筋开明,对儿女教育,亦让其自由发展。儿女婚姻恋爱,他从不干涉,不过问。你告诉他,他笑嘻嘻地接受,绝不会去查问对方的如何如何,更不要说门户了。记得有一位"芳邻"曾遣媒来向爸爸求我家大姐。爸爸哈哈一笑说:"儿女婚事,他们自理,与我无干。"从此便无人向我家提亲事。所以我家那些妈妈们向外人说:"张家儿女婚姻让他们'自己'去'由'或是'自己''由'来的。"

说爸爸与沈二哥谈得十分相投,亦彼此心照不宣。在此之前,沈二哥曾函请二姐允和询爸爸意见,并向三姐说:"如爸爸同意,就早点让我知道,让我这乡下人喝杯甜酒吧。"二姐给他发了一个电报,简约地用了她自己名字"允"。三姐去电报中却说:"乡下人,喝杯甜酒吧。"电报员奇怪,问是什么意思,

三姐不好意思地说："你甭管,照拍好了。"

于是从第一封仅只一页,寥寥数语而分量极重的情书,到此时为止,算是告一大段落。

一九三三年初他们订婚后同去青岛。那时沈二哥在青岛大学教书、写作。暑中杨振声先生约沈二哥编中小学教科用书,与三姐又同到北平,暂寄住杨家。一天杨家大司务送沈二哥裤子去洗,发现口袋里一张当票,即刻交给杨先生。原来当的是三姐一个纪念性的戒指。杨先生于是预支了五十元薪水给沈二哥。后来杨先生告诉我这件事,并说："人家订婚都送给小姐戒指,哪有还没结婚,就当小姐的戒指之理。"

一九三三年九月九日,沈二哥三姐在北平中山公园的水榭结婚,没有仪式,没有主婚人、证婚人。三姐穿件浅豆沙色普通绸旗袍,沈二哥穿件蓝毛葛的夹袍,是大姐在上海为他们缝制的。客人大都是北方几个大学和文艺界朋友。家中除大姐元和,大弟宗和与我外,还有晴江三叔一家。沈家有沈二哥的表弟黄村生和他的九妹岳萌。

新居在西城达子营。小院落,有一枣一槐。正屋三间,有一厢,厢房便是沈二哥的书房兼客厅。记得他们结婚前,刚把几件东西搬进房那天夜晚,我发现有小偷在院中解网篮,便大声叫："沈二哥,起来!有贼!"沈二哥亦叫"大司务!有贼!"大司务亦大声答话,虚张一阵声势。及至开门赶贼,早一阵脚步,爬树上屋走了。后来发现沈二哥手中紧紧拿了件武器——牙刷。

新房中并无什么陈设,四壁空空,不像后来到处塞满书籍与瓷器漆器。也无一般新婚气象。只是两张床上各罩一锦缎百子图的罩单有点办喜事气氛,是梁思成、林徽因送的。

沈二哥极爱朋友，在那小小的朴素的家中，友朋往来不断，有年长的，更多的是青年人。新旧朋友，无不热情接待。时常有困穷学生和文学青年来借贷。尤其到逢年过节，即使家中所剩无多余，总是尽其所有去帮助人家。没想到我爸爸自命名"吉友"，这女婿倒能接此家风。记得一次宗和大弟进城邀我同靳以去看戏，约定在达子营集中。正好有人来告急，沈二哥便向我们说："四妹，大弟，戏莫看了，把钱借给我。等我得了稿费还你们。"我们面软，便把口袋所有的钱都掏给他，以后靳以来了，他还对靳以说："他们是学生，应要多用功读书，你年长一些，怎么带他们去看戏。"靳以被他说得眼睛一眨一眨的，不好说什么。以后我们看戏，就不再经过他家了。一回头四十多年，靳以与宗和都已先后过世了。

　　七七事变后，我们都集聚在昆明，北门街的一个临时大家庭是值得纪念的。杨振声同他的女儿杨蔚、老三杨起，沈家二哥、三姐、九小姐岳萌、小龙、小虎，刘康甫父女。我同九小姐住一间，中隔一大帷幕。杨先生俨然家长，吃饭时，团团一大桌子，他南面而坐，刘在其左，沈在其右，座位虽无人指定，却自然有个秩序。我坐在最下首，三姐在我左手边。汪和宗总管我们伙食饭账。在我窗前有一小路通山下，下边便是靛花巷，是中央研究院史语所所在地。时而有人由灌木丛中走上来，傅斯年、李济之、罗常培或来吃饭，或来聊天。院中养个大公鸡，是金岳霖寄养的，一到拉空袭警报时，别人都出城疏散，他却进城来抱他的大公鸡。

　　那时沈二哥除了教书、写作外，仍还继续兼编教科用书，地点在青云街六号。杨振声领首，但他不常来。朱自清约一周来一两次。沈二哥、汪和宗与我经常在那小楼上。沈二哥是总编辑,归他选小说,朱自清选散文,我选点散曲,兼做注解,汪和宗抄写。他们都兼别的,只有汪和宗和我是整工。后来日机频来,我们疏散在呈贡县的龙街。我同三姐一家又同在杨家大院住前后楼。周末沈二哥回龙街,上课编书仍在城中。

由龙街望出去,一片平野,远接滇池,风景极美,附近多果园,野花四季不断地开放。常有农村妇女穿着褪色桃红的袄子,滚着宽黑边,拉一道窄黑条子,点映在连天的新绿秧田中,艳丽之极。农村女孩子、小媳妇,在溪边树上拴了长长的秋千索,在水上来回荡漾。在龙街还有查阜西一家,杨荫浏一家,呈贡城内有吴文藻、冰心一家。我们自题的名胜有"白鹭林"、"画眉坪"、"马缨桥"等。

一九四一年后,我去重庆。胜利后我回苏州他们回北平。四七年我们又相聚在北平。他们住中老胡同北大宿舍。我住他家甩边一间屋中,这时他家除书籍漆盒外,充满青花瓷器。又大量收集宋明旧纸。三姐觉得如此买下去,屋子将要堆满,又加战后通货膨胀,一家四口亦不充裕,劝他少买,可是他似乎无法控制,见到喜欢的便不放手,及至到手后,又怕三姐埋怨,有时劝我收买,有时他买了送我。所以我还有一些旧纸和青花瓷器,是那么来的,但也丢了不少。

在那宿舍院中,还住着朱光潜先生,他最喜欢同沈二哥出外看古董,也无伤大雅地买点小东西。到了过年,沈二哥去向朱太太说:"快过年,我想邀孟实陪我去逛逛古董铺。"意思是说给几个钱吧。而朱先生亦照样来向三姐邀从文陪他。这两位夫人一见面,便什么都清楚了。我也曾同他们去过。因为我一个人,身边比他们多几文,沈二哥说,四妹,你应该买这个,应该买那个。我若买去,岂不是仍然塞在他家中,因为我住的是他们的屋子。

　　沈二哥最初由于广泛地看文物字画,以后渐渐转向专门路子。在云南专收耿马漆盒,在苏州北平专收瓷器,他收集青花,远在外国人注意之前。他虽喜欢收集,却不据为己有,往往是送了人;送了,再买。后来又收集锦缎丝绸,也无处不钻,从正统《大藏经》的封面到三姐唯一的收藏《宋拓集王圣教序》的封面。他把一切图案颜色及其相关处印在脑子里,却不像守财者一样,守住古董不放。大批大批的文物,如漆盒旧纸,都送给博物馆,因为真正的财富是在他脑子里。

　　这次见面后,不谈则已,无论谈什么题目,总归根到文物考古方面去。他谈得生动,快乐,一切死的材料,经他一说便活了,便有感情了。这种触类旁通,以诗书史籍与文物互证,富于想象,又敢于用想象,是得力于他写小说的结果。他说他不想再写小说,实际上他哪有工夫去写!有人说不写小说,太可惜!我认为他如不写文物考古方面,那才可惜!

1980年12月5日深夜

九一八致弟弟书

◎萧红

可弟：

　　小战士，你也做了战士了，这是我想不到的。

　　世事恍恍惚惚地就过了：记得这十年中只有那么一个短促的时间是与你相处的，那时间短到如何程度，现在想起就连你的面孔还没有来得及记住，而你就去了。

　　记得当我们都是小孩子的时候，当我离开家的时候，那一天的早晨你还在大门外和一群孩子们玩着，那时你才是十三四岁的孩子，你什么也不懂，你看着我离开家向南大道上奔去，向着那白银似的满铺着雪的无边的大地奔去。你连招呼都不招呼，你恋着玩，对于我的出走，你连看我也不看。

　　而事隔六七年，你也就长大了，有时写信给我，因为我的漂流不定，信有时收到，有时收不到。但在收到信我读了之后，竟看不见你，不是因为那信不是你写的，而是在那信里边所说的话，都不像是你说的。这个不怪你，都只怪我的记忆力顽强，我就总记着，那顽皮的孩子是你，会写了这样的信的，会说了这样的话的哪能够是你。比方说——生活在这边，前途是没有希望。这是什么人给我的信，我看了非常地生疏，又非常地新鲜，但心里边都不表示什么同情，因为我总有一个印象，你晓得什么，你小孩子，所以我回你的信的时候，总是愿意说一些空话,问一问家里的樱桃树这几年结樱桃多少?红玫瑰依旧开花否?或者是看门的大白狗怎样了?关于你的回信,说祖父的坟头上长了一棵小树。在这样的话里,我才体味到这信是弟弟你写给我的。

但是没有读过你的几封这样的信,我又走了。越走越离得你远了,从前是离着你千百里远,那以后就是几千里了。而后你追到我最先住的那地方,去找我,看门的人说,我已不在了。

而后婉转地你又来了信,说为着我在那地方,才转学也到那地方来念书。可是你扑空了。我已经从海上走了。

可弟,我们都是自幼没有见过海的孩子,可是要沿着海往南方去了,海是生疏的,我们怕,但是也就上了海船,飘飘荡荡的,前边没有什么一定的目的,也就往前走了。

那时到海上来的,还没有你们,而我是最初的。我想起来一个笑话,我们小的时候,祖父常讲给我们听,我们本是山东人,我们的曾祖,担着担子逃荒到关东的。而我们又将是那个未来的曾祖了,我们的后代也许会在那里说着,从前他们也有一个曾祖,坐着渔船,逃荒到南方的。

我来到南方,你就不再有信来。一年多又不知道你那方面的情形了。

不知多久,忽然又有信来,是来自东京的,说你是在那边念书了。恰巧那年我也要到东京去看看。立刻我写了一封信给你,你说暑假要回家的,我写信问你,是不是想看看我,我大概七月下旬可到。

我想这一次可以看到你了。这是多么出奇的一个奇遇。因为想也想不到,会在这样一个地方相遇的。

我一到东京就写信给你，你住的是神田町，多少多少番。本来你那地方是很近的，我可以请朋友带了我去找你。但是因为我们已经不是一个国度的人了，姐姐是另一国的人，弟弟又是另一国的人。直接地找你，怕与你有什么不便。信写去了，约的是第三天的下午六点在某某饭馆等我。

那天，我特别穿一件红衣裳，使你很容易地可以看见我。我五点钟就等在那里，因为我在猜想，你如果来，你一定要早来的。我想你看到了我，你多少喜欢。而我也想到了，假如到了六点钟不来，那大概就是已经不在了。

一直到了六点钟，没有人来，我又多等了一刻钟，我又多等了半点钟，我想或者你有事情会来晚了的。到最后的几分钟，竟想到，大概你来过了，或者已经不认识我。因为始终看不见你，第二天，我想还是到你住的地方看一趟，你那小房是很小的。有一个老婆婆，穿着灰色大袖子衣裳，她说你已经在月初走了，离开了东京了，但你那房子里还下着竹帘子呢。帘子里头静悄悄的，好像你在里边睡午觉的。

半年之后，我还没有回上海，不知怎么的，你又来了信，这信是来自上海的，说你已经到了上海，是到上海找我的。

我想这可糟了，又来了一个小吉卜西。

这流浪的生活，怕你过不惯，也怕你受不住。

但你说，"你可以过得惯，为什么我过不惯。"

于是你就在上海住下了。

等我一回到上海，你每天到我的住处来，有时我不在家，你就在楼廊等着，你就睡在楼廊的椅子上，我看见了你的黑黑的人影，我的心里充满了慌乱。我想这些流浪的年轻人，都将流浪到哪里去，常常在街上碰到你们的一伙，你们都是年轻的,都是北方的粗直的青年。内心充满了力量,你们是被逼着来到这人地生疏的地方,你们都怀着万分的勇敢,只有向前,没有回头。但是你们都充满了饥饿,所以每天到处找工作。你们是可怕的一群,在街上落叶似的被秋风卷着,寒冷来的时候,只有弯着腰,抱着膀,打着寒战。肚里饿着的时候,我猜得到,你们彼此地乱跑,到处看看,谁有可吃的东西。

在这种情形之下,从家跑来的人,还是一天一天地增加,这自然都说是以往,而并非是现在。现在我们已经抗战四年了。在世界上还有谁不知我们中国的英勇,自然而今我们都是战士了。

不过在那时候,因此我就有许多不安。我想将来你到什么地方去,并且做什么?

那时你不知我心里的忧郁,你总是早上来笑着,晚上来笑着,似乎不知道为什么你已经得到了无限的安慰了。似乎是你所存在的地方,已经绝对地安然了,进到我屋子来,看到可吃的就吃,看到书就翻,累了,躺在床上就休息。

你那种傻里傻气的样子,我看了,有的时候,觉得讨厌,有的时候也觉得喜欢,虽是欢喜了,但还是心口不一地说:"快起来吧,看这么懒。"

不多时就七七事变,很快你就决定了,到西北去,做抗日军去。

你走的那天晚上,满天都是星,就像幼年我们在黄瓜架下捉着虫子的那样夜,那样黑黑的夜,那样飞着萤虫的夜。

你走了,你的眼睛不大看我,我也没有同你讲什么话。我送你到了台阶上,到了院里,你就走了。那时我心里不知道想什么,不知道愿意让你走,还是不愿意。只觉得恍恍惚惚的,

把过去的许多年的生活都翻了一个新,事事都显得特别真切,又都显得特别地模糊,真所谓有如梦寐了。

可弟,你从小就苍白,不健康,而今虽然长得很高了,仍旧是苍白不健康,看你的读书,行路,一切都是勉强支持。精神是好的,体力是坏的。我很怕你走到别的地方去,支持不住,可是我又不能劝你回家,因为你的心里充满了诱惑,你的眼里充满了禁果。

恰巧在抗战不久,我也到山西去,有人告诉我你在洪洞的前线,离着我很近,我转给你一封信,我想没有两天就可看到你了。那时我心里可开心极了,因为我看到了不少和你那样年轻的孩子们,他们快乐而活泼,他们跑着跑着,当工作的时候嘴里唱着歌。这一群快乐的小战士,胜利一定属于你们的,你们也拿枪,你们也担水,中国有你们,中国是不会亡的。因为我的心里充满了微笑。虽然我给你的信,你没有收到,我也没能看见你,但我不知为什么竟很放心,就像见到了你的一样。因为你也是他们之中的一个,于是我就把你忘了。但是从那以后,你的音信一点也没有的。而至今已经四年了,你到底没有信来。

我本来不常想你,不过现在想起你来了,你为什么不来信。

于是我想,这都是我的不好,我在前边引诱了你。

今天又快到九一八了,写了以上这些,以遣胸中的忧闷。

愿你在远方快乐和健康。

二哥

◎金克木

  二哥也是个苦命人，一辈子一事无成。

  他生下来就是倔强性子，长不到几岁上母亲就死了。最后来的继母就是现在这位母亲，对他并不怜爱。他常因为不听话而挨打。有了三弟以后，继母顾不得管他了，他更自由自性。同弟弟玩不到一起。大姐年纪太大，另两个姐妹还都是不许出闺门的女孩子，更不接近大哥，从不在一起，对他谈不上有什么感情。

  只有父亲看重他。特意从家乡请来教书先生在家开馆。没等他念完经书，就忙着花钱给他捐了一个所谓"国子监"，其实只是一个报考科举的名义，一个资格。那时清朝政府即将崩溃，捐官的花样多得很。衙门只知要钱，好歹有钱有势就能做官。不料朝廷闹"变法"，虽然"戊戌变法"失败，可是"洋学堂"的兴起已经阻止不住了。父亲一则看到潮流趋向，二则看到这个孩子没有多大希望读书成材，恰好江西省办了一个"陆军测绘学堂"，就把他送进去。这时大哥在山西、陕西也是混进了什么"武备学堂"当所谓"督监"，大概父亲也看到天下大势文不如武了。

  二哥进了学堂，穿上一身制服，照了一张相片，还有什么"同学录"一类的照相册，什么"东文读本"（日本课本）之类的油印讲义，又有石印的"报单"式的考试证件，真是风光得很，俨然是个小小年纪却大有前途的未来官僚了。

不幸二哥并不是做官的材料，习文习武都不适合。他的头脑似乎是只能走直线，听什么都相信，做什么都不成，既不能"闻一知二"，也不能"举一反三"，不会联想，不能推理，心血来潮，或则听信了什么，就一鼓劲干到底，碰破头也不转身。他进学堂，连操法都只是勉强及格，什么课程只会死背，几乎是一窍不通。他唯一成功的只有一件事，这使父亲不但大失所望，简直气得说不出话。

原来清朝政府腐败已到极点，办这个学堂毫无培养人才之意，只有敷衍门面之心，不过是官僚们弄一笔公款立个衙门叫学堂以便大家瓜分而已。入学只看报名者家庭地位，不管本人，于是收罗了一批官僚子弟。这群十几岁的孩子聚在一起，好比候补官僚，学习目标除父兄之外就是"洋官"。眼前的"洋大人"是教军操和教"东文"的日本教官，恰巧都戴着眼镜，十分神气。这群纨绔子弟羡慕的正是这种神气，错误地把打扮当成了做官的主要因素。军帽、军服都一样，只差一副眼镜。于是没有多久，学生们一个个都在鼻梁上架上了金丝眼镜。二哥当然也不能例外。

父亲见他这身打扮也还满意，只对眼镜不赞成，说："小小年纪，又不是大近视眼，戴什么眼镜？成何体统？见到长辈、上司，行礼时都要取下，也不方便。我也有点近视，可从来不戴眼镜。快取下来，不准戴。"

二哥当时答应，心中却另有主意。他回学堂以后，天天早晚在朦胧天色中总找一本洋书凑到眼前看，越看越近，没有多久，本来是轻度近视成了高度近视，配上了一对酒盅似的凹进去很深的眼镜,摘下来对面认不得人。这一来,父亲也拿他没办法,金丝眼镜陪了他一辈子。辛亥革命前,这个学堂就关了门。他的毕业文凭只是这副眼镜。什么"测绘"技术连影子也不见,日文字母认不全,立正、开步走都不成样子,只好回家当少爷,准备当老爷。

　　父亲还想换条路子培养他,没有来得及便去世了。大哥一看这个弟弟毫无能耐,就打发他回家乡看守门户。他也藉此自得其乐,喝酒,吸水烟和纸烟,养鸟,养猫,也找了些年轻亲友子弟到一起"言不及义"。脸上的变化是上唇添了两撇胡子。这当然是大哥不在家时留下的。

　　后来他在大哥去世和分家自立以后,也曾出门找事,但几次都是落魄而归,到家一文不名,甚至行李都卖掉了。二嫂的一点陪嫁首饰经不住他几次出门就卖光了。二嫂气得生病后,拖延了几年,撇下两个女儿去世了。二哥只好在家吃地租;不够吃,先把大女儿托亲戚送到乡下一家沾亲的人家当童养媳。不多久,又把第二个女儿也送到乡下另一家仍然当童养媳。他每次当女儿这样"出门"时一人躲在厨房灶前哭,也没有人安慰他。

　　他剩下一个人,生活稍为好些。又有人说媒,续娶了一位老小姐。这位续弦二嫂只因幼年出天花,脸上添了麻点,以致三十岁左右才由她哥哥做主出嫁当"填房"。她却是一个能干人,但也管不住二哥。生下两个女孩以后,日子更难过了。二嫂出主意,卖掉一部分地,搬下乡去,自己种地。据说后来夫妇去世时只有五亩地,村子里认他为贫农。两个当童养媳的女儿都中年就离开人世了。两个小女儿在母亲故去前定了亲,父亲故去前结了婚,都是劳动人民。

这位鼻架金丝镜脚眼镜的候补未成的小胡子官僚是个"浑人",二嫂的评价一点不错。不过他并没有害过人,只除了他那可怜的大女儿和二女儿,还有三十几岁就抑郁而死的二嫂,受了他的连累。可是这能怪得了他吗?假如清朝不亡,他这样的人说不定就能当上大小什么官的。

1984年

哥哥和我

◎草明

　　我的哥哥,在我们家一带是有名的顽皮男孩子,爬屋顶、上树、挖野芋、摸蜢蜞不用说,凡是大人不让做的事他偏偏要做。妈妈也奈何他不得。妈妈对男孩子的野是能理解的,最担心的是怕他把我带野了。我呢,崇拜我哥哥,一切都学他的样。因此,七八岁的我,爬屋顶、摸蜢蜞,整天跟男孩子们一块儿闹。当然许多事我还是比不上我哥哥,他究竟比我大四岁呀!他那种不信邪,勇于试试的脾气,尽管十分孩子气,有时还闯些祸,但毕竟具有一种探索精神,总比那些呆头呆脑的"听话"孩子要有出息得多。有些事,就是现在想起来也禁不住好笑。好,这里就讲两件有趣的事给小朋友听听吧。

　　乡下请巫婆是一件顶隆重的事。大人们在屋里摆上香案,香炉里点上顶好的香,还摆上面饼(广东没有馒头)、水果、白酒、斋菜,再把门窗闭得严严的,用布遮起来,屋里就黑漆漆的了。据说巫婆又唱又跳,嘴里念念有词,就能把那一家早已死去的人的灵魂请来,附在巫婆那失去了知觉的躯体上,家人便可以随意和那灵魂说话了。

　　那一回正好我家对门的李二婶请巫婆。这个消息对我们这一帮孩子来说,是个新鲜有趣的事。但是我妈妈早就告诫我们要呆在家里,不能去捣乱,否则得罪了灵魂,灵魂一生气

会把那个捣蛋的人的灵魂带走。

我们议论纷纷,有个大点的女孩子说这是真的,说那巫婆去请鬼魂时,她的身子变硬了,像木头那样什么也不知道了。我哥哥自然不相信,只是在一边笑,他的笑是很特别的,总在否定别人的见解时带点嘲讽意味的笑。

我们都很听话,呆在家里不出去。过了一阵子,大家沉不住气了,一个一个地悄悄溜出了门。哥哥领我到对门,然后想办法在李二婶家的门上掀开一条缝,让我往里面瞧,可我什么也看不见,只见里面黑森森的十分可怕,香的味道从门缝冒了出来。不久,我哥哥从家里偷出来几支香,点着了,不让我跟着他,一忽儿工夫,不知他上哪儿去了。我只好还守着那所黑洞洞的屋子的门外,再也不想往里瞧了。忽然间听见屋里"哇"的一声惨叫,吓得我一步跳离那扇门。我捂着两耳坐在台阶上,心里很不痛快。只见哥哥绕屋后出来了,他手里还拿着那几支香,小孩们瞪着惊诧的眼睛向他围拢来。他一面熄灭香火,一面悄悄地说:"假的,骗人!我起先捏捏她的腿,哼,软软的,跟着用香火往她腿上碰,她马上缩了一下,于是我把香火对准她的腿狠狠地烧,她受不了啦,叫了起来啦。她的肉不烧烂也让她烧掉一层皮。"

我们几个小孩咯咯地笑了,把我哥哥紧紧围起来,七嘴八舌地问他是怎样钻进去的,大人们怎么没有发觉,巫婆怎么没有打他……我哥哥好像不屑回答,只是摹仿巫婆伪装那个死去的老头的声音说话;李二婶如何哭哭啼啼地请示老头的呜咽颤抖的声音;巫婆怎么牛头不对马嘴地回答等等。哥哥连说带动作地学样,乐得我们十分开心,大家把他当作探险的英雄了。这件事没有让妈妈知道,否则,准挨一顿尅。

我们乡下有个大神庙,庙不算大,烧香许愿的善男信女可不少,后殿有一尊永远微笑的佛爷和他的仆人,佛爷两旁还有许多小菩萨。最叫人害怕的是进门左右两旁站立的哼哈二将,凶神恶煞,手中拿刀,脚下还踏着一条蛇或怪兽,好不威风。我们小孩子并不需要求菩萨为我们做点什么,感兴趣的还是庙里的那个放生池。这池中有只大乌龟,还有许许多多的大大小小的鱼,这些鱼就是那些善男信女放进了这个池,给他们第二次生命,绝对不会有人吃它们,倒有不少人把面饼包子扔给它们吃哩。大人是为了积善做好事,而我们是为了看放生池里的大乌龟和鱼才进庙门的。我怕那两位哼哈二将,进庙时总是躲在哥哥背后,扯着他的衣角才进去的。哥哥虽然多次宽慰我,说哼哈二将不可怕,是装凶相吓人的,但我总是不放心,只能胆怯地斜着眼睛瞅它一眼。

妈妈老是告诫我们,说进庙不能动那些菩萨。

我哥哥不服气地说:"为什么不能动?动它怎么的?"

我妈妈怕的就是我哥哥,他什么都要动动、摸摸,甚至拆开看看。家里的家具、器皿,没有一样不经他手"研究"过的(只有案上先人的牌位他还没有动手拿起来玩)。

妈妈吓唬我们说:"要敬神,要是动手摸摸捏捏,菩萨就会发怒,就会让我们肚子痛。"

的确,小孩子不懂人们的痛苦,什么死啦愁啦都不相干,怕只怕肚子痛。肚子痛是最难受的。

我哥哥听了妈妈的话,又偏着脸嘲讽地笑了。我看他那模样,没准已摸捏过那些菩萨了哩。

妈妈的话对我是生效的,所以每次进庙时,我都有点胆战心惊。没有哥哥壮胆,我独个儿不敢进去。

又过了一段时间,哥哥悄悄对我说:"妈妈也骗我们了。那两个哼哈二将没什么了不起。有一天我朝它身上撒泡尿,我也没有肚子痛。后来,我又拿了把小刀在它身上刮几刮,又在那怪兽身上刮,原来它们都是泥做的哩!那还能咬人?笑话!"他又嘱咐我要对妈妈保密。

我听了虽然很高兴,但又想,哥哥现在肚子不痛,谁知日后肚子痛不痛?不过我相信哥哥是有勇气尿哼哈二将一身的。日子长了,哥哥一直没有肚子痛,我也再不用扯着哥哥的衣角进庙,还睁眼细看那两位装模作样的凶神呢。

妈妈白操心了,哥哥和我都健康地长大了。后来他学了机械,当了工人,闯过南洋。回国后一直工作得很好,是那个单位最守纪律的干部。我一直是受他的影响长大的,以至后来我做事敢冲、敢闯、不信邪、不屈服的精神,没准是得益于我哥哥的哩。

1988.10

亡兄济安杂忆

◎夏志清

三月一日①从旧金山飞回纽约,随身带了五只手提箱,所装的差不多全是济安哥的遗物。其中最珍贵的一部分是我自己和许多朋友一二十年来寄给他的信件和他一九四六年正月至七月所记的一本日记。济安对朋友给他的信件特别珍惜,每一封都连信封保存着,即是仅具署名的贺年卡也舍不得扔掉。好多老朋友的信都是一九五九年三月出国时带出来的,我自己的旧信重睹后感触最多的是一九四六年五月十三日从台北寄出的那一封。那时济安才三十岁,在昆明西南联大教书,对他大一英文班上的一位女生发生了强烈的爱情,但因为他从来没有好好交过女朋友,为了此事不免手足无措,还没有追求先存了退却之心。我在信上鼓励他不计成败,努力去追,想不到济安竟把这封信当作座右铭,从昆明带回上海,从上海带到北平,后来逃出北平,重返上海,从上海转飞香港,去台北,两度出国,这封信想来一直在他身边。济安同他最亲密的朋友也避免讨论自己的恋爱生活,他情愿自己受苦,不愿意诉苦求助,增加朋友们精神上的负担。他给台湾、美国好多朋友的印象是明朗愉快的性格和与世无争安命乐天的态度,只有

---

① 一九六五年。济安同年二月二十三日故世。

在他自己的日记上和给我的信上才能看到他内心生活的深刻和求爱专一无我无邪的精神崇高处。我所见到的济安高足（现在都是我的好友）他们都把他敬为诲人不倦的良友益师，把自己在文艺创作和学术研究上的努力都归功于夏老师的启发；曾与济安同事的好友，因为日常接触机会更多，想起他的谈笑风度，机智才华，学问人品，更是如丧了自己亲人一样地哀悼他。他们所留下的一个济安生前的印象是正确的，但我总觉得假如济安没有一个充实的内心生活，他不可能成为众人所景仰的良师挚友，更不可能成为促进文坛繁荣的领导人物和在学术界有特殊成就的学者。济安发表的创作不多：一首诗，两篇中文小说，一篇在《宗派杂志》(*Partisan Review*)上所发表的《耶稣会教士的故事》(*The Jesuit's Tale*)，但凡读过他近年发表的英文专著的，都知道他是创造力极强的传记家。他那几篇中国现代文人研究（将由美国华盛顿大学出版成书）①，一贯法国大批评家圣伯甫和美国当代批评家威尔逊(Edmund Wilson)的传统，把那些文人的作品和生活打成一片，抓住中国近代社会的复杂性，夹议夹叙地道出他们内心的苦闷和病痛。那些作家自己的作品可能是幼稚粗糙的，但在济安细腻的文笔素描下，他们都变成中国社会大转变时期的不朽的典型。

济安对那些现代作家特别寄于同情，因为他自己也是过渡时期的人物，对新旧社会交替下的生活现象特别注意，对这

---

① 该书一九六八年出版，题名《黑暗的闸门》(*The Gate of Darkness: Studis on the Leftist Literary Movement in China. University of Washington Press*)，正文前有 Franz Michael 教授的《前言》和我写的长序。

种社会中所长大的青年所面临的问题特别敏感。济安二三十年前就有志写一本英文长篇小说，记录他自己在抗战前后中国所有的印象。一九四六年他曾寄两章给我看（可惜那些早期的文稿和信件都留在上海家里，不知何时再能看到），一九四六——一九四七年我们在北大同事一年，没有见他续写，想这个写作的计划，一直没有完成。我奔丧回来，不断地重读他的旧信，忽然想到他二十年来给我的一大束书信，实在比那本假以年月可能写成的长篇是更好的生活实录，更可为传世的文学作品。在我所读过的文人书简中，只有英国诗人济慈的信件给我同样的真切感觉。济慈对诗的创作和文艺的欣赏，悟力特别高，这是任何以书简闻世的文人都不能和他相比的。济安同济慈一样，能把自己的灵魂在书信中表露出来：任何感想，率直道来，没有半点虚伪；任何琐事，在他的笔下，变成了有风趣有代表性的人生经验。济慈的弟弟乔治结婚后移居美国，他那贫病交加而不断为恋爱苦恼着的长兄竟一封一封长信写给他。我自一九四七年十一月来美国后，每两三星期济安总有一封长信寄来，带给我安慰和喜悦，也让我分担着他生活上的烦恼。和济慈的弟妹一样，我从小有这样一位长兄照顾我，信托我，这是我一生最大的福气。济安早年也生过肺病，抗战初期在上海他身体一直不太好，但后来到了内地后，把身体锻炼得结实了，第二次来美国，我更觉得他精力充沛，远胜当年。想不到天不假年，竟因脑溢血倒地后，神志不清，永远不能再醒过来了。

　　童年时代我们常在一起。"一·二八"事变前后，济安曾在上海立达学园、上海中学读过一阵书，但我那时不在苏州，即随父母逃难避居上海租界，还谈不到通信。我读小学时，他在圣公会办的桃坞中学读初中。高中时期济安最崇拜的思想家是尼采,他受了他超人哲学的影响,要打倒偶像,在自己的书上爱签着"耶和华·夏"的英文名字。我那时在初中读书,尼采根本看不懂,但我模仿性极强,在高中二三年竟把罗马主神周必特(Jupiter)的名字当作我的英文名字,后来想想觉得自己幼稚可笑。

济安在苏州中学读高中三的一年,我们有一天逛玄妙观,吃了不清洁的点心,回家后济安竟染上了猩红热,这一场病相当严重,复原期间体重不能恢复正常,种了后来患肺结核症的根苗。因为爱好哲学,高中毕业后他考进了中央大学哲学系。那时父亲也在南京,济安想锻炼身体,老在南京宽阔的马路上骑脚踏车,不多时竟吐血病倒了。我高中二那年(一九三五),全家搬到南京,有一天晚上我同济安去新都大戏院看《战地英魂》(*The Lives of a Bengal Lancer*),戏院人太挤,济安受不住逼人的热气,电影看了一小半就离开了戏院。我因为贪看戏,没有伴他回家,这事至今印象很深。

一九三七年六七月间,父亲把全家搬到上海租界区,自己到内地去。父亲收入不多,加上那时内地汇款到沦陷区不很方便,母亲凭一些积蓄在生活费日夜高涨的上海度日子,还得送我们兄弟读大学,生活是极艰苦的。那时济安转读光华大学英文系,我在大夏大学附中读完高中三后,也进沪江大学读英文系。我们先在迈尔西爱路靠近兰心大戏院的一幢弄堂房子内做三房客,不久搬入地段相近,国泰大戏院斜对过的一幢弄堂房子。两幢房子格局相仿,我们租住的是三楼一层加上一间亭子间。亭子间是济安的卧室,我则每晚在会客室兼书房兼餐室的那间三楼正房内用两条长凳搭铺睡觉,数年如一日。那间正房靠窗处直放着两只书桌,兄弟两人对坐读书,济安坐在右边,我坐了左边,右边靠墙放着一只书架。我右手靠墙放着两只单人沙发,作会客之用。这些便宜的家具都是济安初到上海在廉价铺子买来的,但到济安一九四三年离开上海时还一直用着。一九四四年我们搬到靠近兆丰公园的兆丰别墅,房子比较像样些,但我们租住的面积仍是三楼一层加亭子间,并不大。

济安光华的同学都是比较阔的,至少乡下有些田地。济安最怕有不太熟的朋友登门拜访,看到他住所的狭小鄙陋。但熟朋友来聊天则很欢迎,常来的有苏中老同学、现任洛杉矶加州大学数学系教授的胡世桢,光华英文系同学郑之骧和宋奇。光华外文系没有什么名望,但抗战初期有哈佛博士张歆海和张夫人韩湘眉在那里执教,阵容还不算弱,学生方面,除济安外,宋奇和张芝联都是北平名大学转学来的优秀学生。宋奇和张芝联毕业后主编了一种杂志叫《西洋文学》,济安也是编辑委员之一,常常撰稿。《西洋文学》办了一年多就停刊,我在上海家里还存着全套,但这套杂志在台湾和国外恐怕绝少见到。

在未办《西洋文学》前,济安即以"夏楚"的笔名在《西风》杂志上发表过不少译述的文章。《西风》是模仿美国《读者文摘》较俗气的刊物,济安为它撰稿完全是因为可以领到些稿费,否则要看电影,买旧书,身边都没有零钱。那时在《西风》上经常撰稿的有乔志高,他好几篇报道美国生活的文章,极受读者欢迎。张爱玲的处女作《天才梦》也是在《西风》上发表的,我当时读了觉得这女孩子对中国文字这样敏感,就留下了很深刻的印象。多少年后,张爱玲曾在济安主编的《文学杂志》上发表过小说和译文，他们还同译了一本《美国散文选》，虽然一直都没有见过面。一九六四年三月下旬，美国亚洲学会在华府开会，济安的老友吴鲁芹介绍他和乔志高相见。乔志高带我们弟兄去见张爱玲，还在一家馆子开了一瓶香槟，同席有济安的挚友陈世骧。回想起来，对我这也是最有纪念性的一次聚会。当天下午济安伴我飞回纽约，顺便去看看他的弟媳妇和他最疼爱的侄女儿。但他在我家也只留了一晚上，第二天(三月二十三日，星期一)在哥大附近新月酒家吃了午饭后，即匆匆送他到机场，赶回柏克莱。以后一直再没有谈话的机会，今年二月廿一日星期日飞西岸，在 Oakland 城一家医院病房相见时，他早已不省人事，带着热度，呼吸急促地为自己的生命作最后挣扎了。

  在上海数年给我印象最深的即是济安潜心自修学习写英文的那一段努力。近年来，他英文愈写愈漂亮，读起来令人觉得口颊生香，这种成就，还得归功于上海数年所打的基础。张歆海夫妇开了不少英国文学的课，但教来教去好像都是十九世纪。济安那时有两本厚厚的、上海龙门书店翻印的美国教科书——一本是十九世纪英国诗选，因为封面是绿色的，我们叫它"绿书"；一本是十九世纪英国散文选，我们叫它"红书"。这两本书，字印得密密的，加上是翻印，读起来很吃力。济安对"绿书"好像兴趣不太大(虽然后来他对华滋华斯很下过一番研究功夫，在北大五十周年纪念论文集上还发表过一篇论文，题名 *Wordsworth By the Wye*，专论 *Tintern Abbey* 那首诗)，但对那本"红书"读得特别起劲，我坐在书桌对面，他摇头朗咏的情形，至今犹在目前。他今天读麦考来，隔一阵时间读亚诺德，再隔一些时间读纽门。此外卡莱尔、罗斯金的名著他也照样地一读再读。那些维多利亚时代的散文大家都以气势见胜,文句特别长,文法结构特别复杂,普通学写英文的人,学了这种文体,往往反而学坏。济安后来教英文,也劝学生多学二十世纪名家干净利落少铺张的文体,但他自己学维多利亚文体却是学到家了。他两次来美所写的文章,用的字和成语都是二十世纪的,但在句法、章法上显然深得十九世纪文体的好处。不论说理或叙事,他运用很多句子,把事理细细道来,起初给人清丽"婉约"的印象,但读完全文,觉得文气这样足,文章这样前后有照顾,又不能不令人叹服他"婉约"中所含蓄的"豪放"。前两天读他的旧信,读到一九五九年十一月廿日所写的一段,比较我们兄弟英文的风格:

> 现在再仔细看看:你的文章和我的大不同是你的是一句有一句的分量,一段有一段的分量;我的大约是这样:有一点 idea,至少总要写上三句句子,求 embellishment,求 variations on the theme;而且非但一处出现,隔了一些时候,这个 idea 似乎还有一个漂亮的说法,我是还要叫他再出现一次(或两次、三次)的。你的文章看了一句得一句之益;我的是一句只好算一个"分句":句子本身并不成为"思想的单位"。看你的文章,随时应该停下来想一想;看我的,是一口气地带过去的。

他所夸奖我"思想紧密"的文体,其实只好算是没有个性的 academic style。在研究院多写了学期报告,再写一两篇硕士博士论文,人人都可学会这种看上去"思想紧密"而读起来枯燥无味的文章。济安这种活泼泼有生气读了使人不忍释手的文章才是真正好文章。《耶稣会教士的故事》发表后,我曾写信给济安,告诉他这篇小说在文体和结构上都和康拉德(Conrad)好多篇以第一人称玛路(Marlow)为讲故事人的中短篇小说有相似处。现在想想,这个比较很妥帖,康拉德也是外国人苦心自修,熟读维多利亚散文后自成风格的散文大家。当今外国人用英文写小说,文章灵活而深得十九世纪散文神髓的,当推纳白喀夫(Vladimir Nabokov)为首屈一指。但纳白喀夫虽是俄国人,然而从小保姆就用英法语同他说话,严格说来,英语对他不能算是外国语言。

在光华读书那几年,济安不时在同学自办的英文刊物和毕业同学纪念册上发表些小品文。写这些文章的动机,完全在测验自己运用英语的能力,内容在其次,而在用字造句方面特别下功夫。有两篇数易稿子写成后济安自己比较满意的,我至今还记得。一篇是《万世师表》(Goodbye, Mr. Chips)的影评,一篇是记述他监考时在考堂上所得的印象,风格学兰姆(Charles Lamb),调子力求轻松幽默,文句力求精炼而读起来铿锵悦耳。这篇文章济安伏案写了两三个星期,后来在一本毕业同学纪念册上发表,所以当时苦心写作的情形我至今还记得。

太平洋战争发生后,上海完全在日本人控制之下,济安爱国热诚极高,实在觉得不能再留在上海,一直想去内地。但他那时肺病未愈,经常还注射空气针,我们都不放心。直到一九四三年他才走成,先在西安中央军校第七分校教了一年英文,一九四四年夏天去重庆,入秋后在云南呈贡国立东方语文专校任讲师,一九四五年秋被聘任教西南联大。在联大日常来往的好朋友有光华老同事钱学熙和诗人卞之琳。一九四六年六月济安返上海,我抗战胜利后跟亲戚去台北当了十个月小公务人员，一九四六年七八月间返沪，济安到码头上来接我，我们三年多没有见面，见面后特别高兴。济安知道我太平洋战争发生后，看不到美国电影，对平剧颇感兴趣，第三天晚上即请我去天蟾舞台看了一场戏，那晚叶盛兰李玉茹合演《翠屏山》，特别精彩，至今还记得。同场还有李少春和叶盛章，那晚他们合演的是《三岔口》还是《铁公鸡》，则记不清楚了。

一九四六年九月我们兄弟乘船到天津，再改乘火车到北平，同住北大红楼四楼，卧房贴隔壁。我教一门大一补习班英文，学生程度异常之差，加上我的上海官话，有一半学生听不懂，颇以为苦，但翌年我侥幸考到了一笔奖学金，被送出国。七月间济安送我到机场，济安英文造诣比我高，学问各方面都比我广博，现在他留在政治局面极不安定的北平，我竟先飞沪去办出国手续，二人临别，不觉黯然神伤。

一九四三年开始，我们除了四六年在上海重聚后，差不多有一年工夫朝夕相处和一九五五年暑期我们同住在纽海文(New Haven)天天见面外，一直靠着书信互通手足之情。很可惜的，除了济安带在身边的那一封信外，我们四三年到四六年一大束书信都留在上海，虽然不致遗失，却一时难以见到。济安在内地的一段生活，除了那本日记上所记载的外，回想起来，都很模糊。可喜的是在西安一年，气候高爽，济安肺病差不多已完全治好，到昆明后他还学会了游泳，身体更结实了。内地书籍缺少，研究西洋文学条件很差，但济安在昆明时期搜集不知多少美国政府印行供兵士们消遣的袖珍本纸面书，我记得红楼卧房书架上还装满了这种红绿封面的小书。这些小书不少是当代英美文学名著，济安读了这些书，对现代文学培养了极大的兴趣。一九五九年台湾商务印书馆出版了济安选注的《现代英文选评注》，其中所选的四五十位当代名家，都是一二十年来他常读的作家。

从一九四七年十一月我抵旧金山后寄北平的第一封信，到今年二月十九日晚上所写而济安没有读到的最后一封信，我都已带归。同时期济安给我的信更多，可能有四五百封，我一直珍存着，一封也没有遗失。将来当按发信日期好好整理，把我们的信从头读一遍，重温这十七八年来二人的生活。我来美国后，生活一直很沉寂，每隔两三星期，总得空出一个晚上给济安写信，把心中要说的话说完了，才觉得全身舒泰。我的信大多数四五页，有时也写七八页，但很少有十页以上的，一方面因为我中文拙劣，写得慢，一方面生活上没有什么特别可兴奋的 events 可以报告。济安则不同，他落笔快，要报告的事情多，所以一写就是七八页，十页以上的信也很普遍，尤其晚近两三年，可说是生平第一次认真地和异性交朋友，有时不免很沮丧，但兴奋的时候居多数，一写信即是十五页，有的信长至二十页。济安年轻时没有结婚，中年了，对结婚之事不免抱着些疑惧的心理。但晚近他爱同女孩子交际谈话，一改以往避免和女性来往缺少自信心的态度。我每读到他报告同女友来往的信，即回信打气鼓励他。

济安和我年轻时多读了西洋文学，都可以说是浪漫主义者。济安对待男性朋友，永远这样率直忠诚，同女性朋友交往，该有更伟大的天长地久海枯石烂的 potential，可惜这种 potential 一直没有充分发展的机会，这是我认为他终生惟一的遗憾。一九四六年他写了封二十页的长信，报告他钟情于那位女学生的经过后，我回信上曾提到我们少年时代生活的空虚：

到台湾前偶读唐诗"郎骑竹马来",心中有说不出的辛酸,我们的 childhood 是多么地空白,从没有一个姐妹或年龄仿佛的游伴,或者我们对待异性不自然的态度就在那时无形中养成了。在 adolescence 时,我们都有,或者现实生活上或者银幕上,不少美丽的 images 都在日常忙碌工作中,在压制下,在梦幻间,渐渐地消失;真正同一个有血有肉的女子接触时,反而有说不出的恐怖,而这种恐怖必然妨碍情感的传达。我在上海虽然爱过几个女人,始终脱离不了这种紧张的初恋状态;也同你一样,在爱人的一颦一笑间,获求精神上的快乐,分析对方的心理反应。然而这种敏感式的精神享受,是否是一个 lover 最大的快乐? 我现在怀疑。

信的下半节有几句话,鼓励济安,也是鼓励自己:

只有尼采"快乐的科学"中可以得到 wisdom,只有在爱情的 consummation 中发现生活的快乐,上帝造物的恩惠,自己天才无穷无尽的泉源;叔本华式的智慧是不完全的智慧。

济安对女性美的感受力比我强得多,他在那本日记上竟说过:"我对自然不大有兴趣,我认为除女人以外,没有美(Kierkegaard 也有此感)。我要离脱了人世后,才会欣赏自然。我欢喜一个人住在荒山古庙里,这不是为了自然之美,而是对人生的反抗。在此世界上,只有女人是美的。"我结婚已十年,自己信上所提及的"恐怖"、"紧张"、"敏感式的精神享受",依稀想到,心头仍不免带些怅惘。济安一直到最后,见了自己所爱的女子,多少还抱着些"恐怖"的心理。因为"恐怖"的作祟,终身没有一个以身相托矢志不移的异性知己。

　　联大那位女学生,我在北平时也见过一两面。她是长沙人,生得眉清目秀。济安遗物中有一张电影明星林翠十年前的相片,我想济安不爱看中国电影,也没有收藏明星照片的习惯(遗物中有一张爱娃嘉德纳(Ava Gardner)游香港时亲笔签名的照片,那是好友程靖宇送的),他珍藏了这张照片,可能因为林翠同那位小姐生得很像。有一次那位小姐带了一位女同学,到红楼来找济安。她好像有什么紧急事求助于他,济安立即把刚领到的月薪钞票一大叠全数交给了她。在台北时朋友有困难,济安总爱仗义相助。但在北平时我们生活很窘迫,每月薪金只够吃豆浆油条、炸酱面和最简便的饭菜,他那次倾囊救急,对方反应如何,我不大清楚。这一次后,我好像一直没有见到她。

　　近日常读济安的日记信札,写这篇杂忆,不免多涉及他的私生活,而这种私生活,对他整个成就来讲,可能是没有多大关系的。其实我悼济安,也等于自悼,以后不可能再同他通信,自己的生命也将是一片空白。去年丧父,今年丧兄,不久前写信给留在上海的母亲六妹,只好把噩耗瞒了,免得她们伤心。母亲风烛之年,虽然知道两个儿子在国外争气成人,得到不少安慰,但她还不断祈望着济安早日成亲,我再生一个男孩。现在济安已不在人世,这个消息她迟早揣度到了,对她将是一个如何惨重的打击!

　　所可告慰者,人虽死了,济安的人品风度,好学不倦的精神,多方面的成就,已在他朋友学生间留下了不可磨灭的印象。我在柏城奔丧期间,见到世骧夫妇、树方兹(Franz Schurmann)夫妇、济安光华老友萧俊、顾孟余先生和不便一一举名的加大同事学生们悲痛莫名的情形,使我万分感慨,济安有这样许多痛悼他的朋友,也可算是不虚此生了。台湾、香港和美国别处的朋友,他们悲痛的情形,我没有亲眼看到,但读他们吊慰的信札和电报,只觉得他们心头的沉重。返纽约后,不少济安的高足到我家里来亲致唁意,不在纽约的,有的打长途电话来,有的写信来,转达他们对最敬爱的老师一番不可名状的悼意。这些台大外文系高材生——我日常见到或保持通信关系的有刘绍铭、白先勇、谢文孙、庄信正、丛甦、陈若曦、叶维廉、李欧梵、熊玠、张婉莘——都在课堂课余曾经济安启导,而现在仍遵守着他指导的方向,在创作上在学术研究上作不断努力的有为青年。白先勇在济安未逝世前已告诉我,他要用英文写一本大规模记录中国抗战前后的小说。三月中旬刘绍铭写信告诉我,他已下决心写一部英文长篇,以谢济安十年来循循善诱没世不忘之恩。信是用英文写的,最扼要的一段抄译如下:

  他的去世标记我生命上的一个转换点;我这样敬爱他,我至少得试写一部小说奉献在他的灵前。他知道我写成了一部像样的小说,一定比知道我被聘哈佛大学当教授更为高兴。

  济安抗战时就在试写英文长篇,后来因为种种原因,此志未酬。他若知道两位入室弟子有志继续他未完成的工作,他一定可以含笑黄泉。这种创作企图才是最对得起济安的纪念性工作,也最能证实他在台大教书多年,为国家培植人才不朽的功绩。

哭小弟

◎宗璞

> 飞机强度研究所技术所长
> **冯钟越**

我面前摆着一张名片,是小弟前年出国考察时用的。名片依旧,小弟却再也不能用它了。

小弟去了。小弟去的地方是千古哲人揣摩不透的地方,是各种宗教企图描绘的地方,也是每个人都会去,而且不能回来的地方。但是现在怎么能轮得到小弟!他刚五十岁,正是精力充沛、积累了丰富的学识经验、大有作为的时候,有多少事等他去做啊!医院发现他的肿瘤已相当大,需要立即做手术,他还想去参加一个技术讨论会,问能不能开完会再来。他在手术后休养期间,仍在看研究所里的科研论文,还做些小翻译。直到卧床不起,他手边还留着几份国际航空材料,总是"想再看看"。他也并不全想的是工作。已是滴水不进时,他忽然说想吃虾,要对虾。他想活,他想活下去呵!

可是他去了,过早地去了。这一年多,从他生病到逝世,真像是个梦,是个永远不能令人相信的梦。我总觉得他还会回来,从我们那冬夏一律显得十分荒凉的后院走到我窗下,叫一声"小姊——"

可是他去了,过早地永远地去了。

我长小弟三岁。从我有比较完整的记忆起,生活里便有我的弟弟,一个胖胖的、可爱的小弟弟,跟在我身后。他虽然小,可是在玩耍时,他常常当老师,照顾着小朋友,让大家坐好,他站着上课,那神色真是庄严。他虽然小,在昆明的冬天里,孩子们都生冻疮,都怕用冷水洗脸,他却一点不怕。他站在山泉边,捧着一个大盆的样子,至今还十分清晰地在我眼前。

"小姊,你看,我先洗!"他高兴地叫道。

在泉水缓缓地流淌中,我们从小学、中学到大学,大部分时间都在一个学校。毕业后就各奔前程了。不知不觉间,听到人家称小弟为强度专家;不知不觉间,他担任了总工程师的职务。在那动荡不安的年月里,很难想象一个人的将来。这几年,父亲和我倒是常谈到,只要环境许可,小弟是会为国家做出点实际的事的。却不料,本是最年幼的他,竟先我们而离去了。

去年夏天,得知他患病后,因为无法得到更好的治疗,我于八月二十日到西安。记得有一辆坐满了人的车来接我。我当时奇怪何以如此兴师动众,原来他们都是去看小弟的。到医院后,有人进病房握手,有人只在房门口默默地站一站,他们怕打扰病人,但他们一定得来看一眼。

手术时,有航空科学研究院、623所、631所的代表,弟妹、侄女和我在手术室外;还有一辆轿车在医院门口。车里有许多人等着,他们一定要等着,准备随时献血。小弟如果需要把全身的血都换过,他的同志们也会给他。但是一切都没有用。肿瘤取出来了,有一个半成人的拳头大,一面已经坏死。我忽

然觉得一阵胸闷,几乎透不过气来——这是在穷乡僻壤为祖国贡献着才华、血汗、生命的人啊,怎么能让这致命的东西在他身体里长到这样大!

我知道在这黄土高原上生活的艰苦,也知道住在这黄土高原上的人工作之劳累,还可以想象每一点工作的进展都要经过十分恼人的迂回曲折。但我没有想到,小弟不但生活在这里,战斗在这里,而且把性命交付在这里了。他手术后回京在家休养,不到半年,就复发了。

那一段焦急的悲痛的日子,我不忍写,也不能写。每一念及,便泪下如绠,纸上一片模糊。记得每次看病,候诊室里都像公共汽车上一样拥挤。等啊等啊,盼啊盼啊,我们知道病情不可逆转,只希望能延长时间,也许会有新的办法。航空界从莫文祥同志起,还有空军领导同志都极关心他,各个方面包括医务界的朋友们也曾热情相助,我还往海外求医。然而错过了治疗时机,药物再难奏效。曾有个别的医生不耐烦地当面对小弟说,治不好了,要他"回陕西去"。小弟说起这话时仍然面带笑容,毫不介意。他始终没有失去信心,他始终没有丧失生的愿望,他还没有累够。

小弟生于北京,一九五二年从清华大学航空系毕业。他填志愿到西南,后来分配在东北,以后又调到成都、调到陕西。虽然他的血没有流在祖国的土地上,但他的汗水洒遍全国,他的精力的一点一滴都献给祖国的航空事业了。个人的功绩总是有限的,也许燃尽了自己,也不能给人一点光亮,可总是为以后的绚烂的光辉做了一点积累吧。我不大明白各种工业的复杂性,但我明白,任何事业也不是只坐在北京就能够建树的。

我曾经非常希望小弟调回北京,分我侍奉老父的重担。他是儿子,三十年在外奔波,他不该尽些家庭的责任么?多年来,家里有什么事,大家都会这样说:"等小弟回来","问小弟"。有时只要想到有他可问,也就安心了。现在还怎能得到这样的心安?风烛残年的父亲想儿子,尤其这几年母亲去世后,他的思念是深的,苦的,我知道,虽然他不说。现在他永远失去他的最宝贝的小儿子了。我还曾希望在我自己走到人生的尽头,跨过那一道痛苦的门槛时,身旁的亲人中能有我的弟弟,他素来的可倚可靠会给我安慰。哪里知道,却是他先迈过了那道门槛啊!

一九八二年十月二十八日上午七时,他去了。

这一天本在意料之中,可是我怎能相信这是事实呢!他躺在那里,但他已经不是他了,已经不是我那正当盛年的弟弟,他再不会回答我们的呼唤,再不会劝阻我们的哭泣。你到哪里去了,小弟!自一九七四年沉君姑母逝世起,我家屡遭丧事,而这一次小弟的远去最是违反常规,令人难以接受!我还不得不把这消息告诉当时也在住院的老父,因为我无法回答他每天的第一句问话:"今天小弟怎么样?"我必须告诉他,这是我的责任。再没有弟弟可以依靠了,再不能指望他来分担我的责任了。

父亲为他写挽联:"是好党员,是好干部,壮志未酬,洒泪岂止为家痛;能娴科技,能娴艺文,全才罕遇,招魂也难再归来!"我那惟一的弟弟,永远地离去了。

他是积劳成疾,也是积郁成疾。他一天三段紧张地工作,参加各式各样的会议。每有大型试验,他事先检查到每一个螺丝钉,每一块胶布。他是三机部科技委员会委员,他曾有远见地提出多种型号研究。有一项他任主任工程师的课题研制获国防工办和三机部科技一等奖。同时他也是623所党委委员,需要在会议桌上坦率而又让人能接受地说出自己对各种事情的意见。我常想,能够"双肩挑",是我们五十年代到六十年代初期出来的知识分子的特点。我们是在"又红又专"的要求下长大的。当然,有的人永远也没有能达到要求,像我。大多数人则挑起过重的担子,在崎岖的、荆棘丛生的,有时是此路不通的山路上行走。那几年的批判斗争是有远期效果的。他们不止是生活艰苦,过于劳累,还要担惊受怕,心里塞满想不通的事,谁又能经受得起呢!

  小弟入医院前,正负责组织航空工业部系统的一个课题组,他任主任工程师。他的一个同志写信给我说,一九八一年夏天,西安一带出奇地热,几乎所有的人晚上都到室外乘凉,只有"我们的老冯"坚持伏案看资料,"有一天晚上,我去他家汇报工作,得知他经常胃痛,有时从睡眠中痛醒,工作中有时会痛得大汗淋漓,挺一会儿,又接着做了。天啊!谁又知道这是癌症!我只淡淡地说该上医院看看。回想起来,我心里很内疚,我对不起老冯,也对不起您!"

  这位不相识的好同志的话使我痛哭失声!我也恨自己,恨自己没有早想到癌症对我们家族的威胁,即使没有任何症状,也该定期检查。云山阻隔,我一直以为小弟是健康的。其实他早感不适,已去过他该去的医疗单位。区一级的说是胃下垂,县一级的说是肾游走。以小弟之为人,当然不会大惊小怪,惊动大家。后来在弟妹的催促下,乘工作之便到西安检查,才做手术。如果早一年有正确的诊断和治疗,小弟还可以再为祖国工作二十年!

往者已矣。小弟一生,从没有"埋怨"过谁,也没有"埋怨"过自己,这是他的美德之一。他在病中写的诗中有两句:"回首悠悠无恨事,丹心一片向将来。"他没有恨事。他虽无可以彪炳史册的丰功伟绩,却有一个普通人的认真的、勤奋的一生。历史正是由这些人写成的。

小弟白面长身,美丰仪;喜文艺,娴诗词;且工书法篆刻。父亲在挽联中说他是"全才罕遇",实非夸张。如果他有三次生命,他的多方面的才能和精力也是用不完的;可就这一辈子,也没有得以充分地发挥和施展。他病危弥留的时间很长,他那颗丹心,那颗让祖国飞起来的丹心,顽强地跳动,不肯停息。他不甘心!

这样壮志未酬的人,不止他一个啊!

我哭小弟,哭他在剧痛中还拿着那本航空资料"想再看看",哭他的"胃下垂"、"肾游走";我也哭蒋筑英抱病奔波,客殇成都;我也哭罗健夫不肯一个人坐一辆汽车!我还要哭那些没有见诸报章的过早离去的我的同辈人。他们几经雪欺霜冻,好不容易奋斗着张开几片花瓣,尚未盛开,就骤然凋谢。我哭我们这迟开而早谢的一代人!

已经是迟开了,让这些迟开的花朵尽可能延长他们的光彩吧。

这些天,读到许多关于这方面的文章,也读到了《痛惜之余的愿望》,稍得安慰。我盼"愿望"能成为事实。我想需要"痛惜"的事应该是越来越少了。

小弟,我不哭!

1982年11月

芬先生
——纪念大哥祖芬

◎黄苗子

我妈妈生下兄弟姊妹共十多人,大哥黄祖芬出生于清光绪末年,正是孙中山等领导的反清革命潮流澎湃之际,先父冷观先生,在香山(后改中山)县奔走革命,大哥即勤助母亲,操持家务。父亲遭袁世凯爪牙、广东督军龙济光逮狱,大哥还是青年,四出奔走。后来父亲出狱到香港任《大光报》主编,大哥得以就读华仁书院,结业后留校任教。同时兼任父亲所办的中华中学英文课。其时父亲以劳瘁致疾,经常卧病,家务校务,逐渐由大哥肩负这副担子。其时二哥英年早逝,四哥为了愤恨日寇侵略,离开香港,经延安派赴晋察冀边区,最后在敌人五月扫荡下壮烈牺牲。我在一九三二年淞沪抗日战争时期就已到了上海。其他弟妹的衣食教育,都是母亲和祖芬操心。由于大哥早年就饱经风霜,所以他个性沉默,克俭克勤,一生忠于教育事业,勤恳培育下一代,读书之外,没有其他嗜好。如果说一个人一辈子结下一笔总账是给予人的多,取诸人的少,那么祖芬就是这样一位典范,而这种人,往往又是不大被人注意的。

大哥祖芬逝世,我因远在澳洲,无法来香港奔丧。现在已过数月,从亲友来的电传及剪报中,知道悼念仪式、丧葬等事已经完毕,给自己记下一点哀思,向国内朋友介绍一点他的生平事迹,我想,还是必要的。

我个人觉得一个人的生死,并不是一件了不得的大事,无须惊动社会,我曾经半开玩笑(其实是很认真的)写下两次"遗嘱"公之于世,大致是:不搞追悼会,不出丧,不发"讣闻",不要骨灰盒,不留骨灰等等。但这仅是我个人对自己身后的处理方式,我自然也尊重别人和自己亲友的方式。这次的追悼仪式,听说亲朋学生,有一千多人(当然绝大部分应是他的学生),可见一个好人离开这个世界,舍不得他的人还是不少的。

大哥在我们父亲冷观先生生前创办的中华中学教书多年,一九三八年父亲逝世后,他接着主持中华中学。日寇侵港时一度在广西柳州筹办复校,不久柳州沦陷,辛勤筹划的学校就随之荡然。日寇投降后,大哥回港恢复了中华中学,直到七十年代,中华中学又改为育华中学,他为香港的教育事业,奋斗了一辈子。

说大哥奋斗了一辈子,这不是空话,二三十年代,在香港主持一家私立学校是十分艰苦的。学费抵不上物价,年初收入的学费,马上要还去年的欠债。家中经常一贫如洗。甚至靠母亲做点心补贴。大哥不爱交游,不近权贵,全心全意地把心思放在教好学生做人向学、读书明理。他可以说是教书之外,什么嗜好都没有的"完人"。(现在已九十余高龄、抗战初期在香港曾和祖芬有来往的文艺界前辈夏衍,当年曾戏称祖芬为"万世师表"。)

教师和学生,都亲切地称祖芬为"芬先生"或"黄校长",黄校长是始终受到尊敬的。我曾对朋友说:我哥哥是陶渊明笔下的"五柳先生",他"闲静少言,不务名利"。这"不务名利"的背后,有一股力量在支持他"首先是教育家的身教",对同事、对学生以身作则;其次是当年殖民地气息浓重的香港,激发他的爱国情绪，日寇的侵略，更使他明白一个教育家的沉重担子，他孜孜于教育青年，目的是让后一代明白，自己的"小我"之外，更重要的还有一个国家民族的"大我"，大我富强康盛，小我也就无上光荣。否则黑头发黄皮肤，到哪里也只是个二等、三等公民。他不久前曾说过，若能活到"九七"，亲见英国国旗在香港降下，是人生一大快事。"芬先生"一心放在教育上，名利，至少在一位教育工作者，是不分心去"务"的。

八十多年来，大哥始终随着国家民族的忧乐而忧乐，这一点，他的同事和学生比我知道得更清楚。一九三八年广州被日寇侵占，香港许多青年热血沸腾，都切望北上为危急的祖国效力。那时四哥祖雄（又名黄中坚、黄万夫）决心辞去中华的教职，参加抗战，大哥支持他。他曾在延安抗大二分校学习，后调北方局领导的《新华日报》任编辑。一九四二年日寇扫荡太行根据地，四哥终于在晋察冀边区牺牲，和许多抗日烈士一样，为祖国流尽了最后一滴血。一九三九年以后，许多爱国民主力量在香港从事文化活动，中华中学在课余时间，经常借给新闻学院（主持人乔冠华），作活动场地。据上海施蛰存教授最近发表的短文，当年曾借用中华中学作会址的文艺界抗日协会香港分会，他曾在那里担任工作。记得那时在香港主持保卫中国同盟的宋庆龄夫人，曾由我陪同，到过中华中学，给同学们发表抗日救国的讲话。

即使是退下来，"芬先生"对同事和学生的关怀，对香港教育事业的关怀，还是鞠躬尽瘁，有求必应。他把学校结束后的公积金，捐给香港的爱国学校，又通过民主评定，为老教师发给了退休待遇，而自己则住在狭小的校友会后座不到三百尺的小间。在香港的同事和同学，都众口一词地对他表示崇敬，称赞芬先生有良知，以诚待人。这是我每次来港，都听得到的对他的颂扬。他晚年当了好几届全国政协委员，但他还是"闲静少言"，据他说："除了教育方面我有意见就提之外，其他我是外行，香港小道消息太多，各种说法都有，叫你信又不是，不信又不是。不是真知灼见我宁可沉默。"也许是复杂的时代，使他增长了经验。

从"芬先生"出生到他的逝世，经历了八十五个年头。这是戊戌政变、辛亥革命以来，一系列政治风暴演变剧烈的时期，也是知识分子忧患最深的时代。祖芬大哥经常在风雨飘摇中，为国家，为社会，出了一辈子的力，按正常的自然规律，他也可以永远休息了。

当一个人离开人世之际，眼前出现"问心无愧"四个字，这就是无上的幸福与安慰。他可以毫无包袱、毫无牵挂地"归真"。大哥是做到这一点了。

因为分离的日子多，即使是兄弟，也无法列举大哥这一生行事。按照佛的教言，尘世众生"如梦幻泡影，如露亦如电"，所以对于逝者，如以"世本无常，会必有离"的达观精神去看，总应是对的吧。但自己毕竟是凡人，一个既是长兄，又是老师（我是中华中学毕业的），并且毕生以身作则来培育人，无愧于"师表"的人的离去，终难免于悒悒。近年每次来港，看着他老人家呻吟床笫之苦，总是心中恻然。当他眼瞪瞪地瞧着我时，我知道他有一肚子话要对我说，这也许还是佛家所谓"执着"吧，他如果悟到"以智、慧、明，灭诸痴暗"，他当然可以静静地瞑目。

安息吧！大哥。

1993年2月

姐弟感情上的疤痕

◎子冈

当"四人帮"还嚣张于台上的时候,外交部的一位司长每次到我家来,总是很少提及他工作中的实际问题,在照例问过我和徐盈的健康之后,便尴尬地沉默了……

这尴尬的沉默,像一道不可逾越的鸿沟,把本来是同一方的战友和至亲,活生生隔在了两边!一边是他——弟弟、共产党员、高级干部;一边是我们——姐姐和姐夫、记忆中的共产党员、现实中的"右派分子",尽管早摘了"帽"!

总沉默也不像话,司长把手伸向刚刚洗净的苹果,并推开我递过去的小刀,连着皮就啃起来。啃了一个不等再让,又拿起第二个……苹果这般好吃?想他心里也必有隐衷。看来他不仅是司长,而且还是我的弟弟!每逢此时,我的眼睛总要发酸,为了避免泪水落在当面,我便时常借口厨房有事而离开房间。——于是我站在院子里,临窗偷窥弟弟吃苹果,偷窥他和徐盈聊着真正无聊的话……我难过,缅想着往昔亲密无间的姐弟情,又深深埋怨事情已过去近二十年,弟弟还要和我们"划清界限"!但是后来,我终于同情起弟弟——在他被"安东尼奥尼事件"牵扯进去的时候。

安东尼奥尼——著名电影导演、意共的党员,是有关方面已经决定了要请他访问并拍片,于是弟弟便履行了以司长名义签发邀请的例行手续……这到底算谁的责任呢？我搞不懂。一九五七年后，弟弟在我心中的形象明显起了变化——他急遽地"稳重"和"成熟"起来，幼年间的稚气和青年期的朝气都已扫荡殆尽。他工作是一丝不苟并夜以继日的，但不能说就是无可挑剔，因为创造性越来越看不到了。是不善于创造，还是不敢创造？……且不管我是如何穷思冥想，反正我是见不到亲爱的弟弟了——他已从司长的位子被拉下马，被遣送到京郊干校去看管劳动工具。尽管每个周末都可回城一天，但弟弟——这位正在过江的泥菩萨，却再不敢登上我家的门坎了。

　　幸喜没过多久，就盼到了那个举国狂欢的时刻！我们合家高兴——只为国家、民族能逃脱劫难而欢呼，却未敢期冀自己有朝一日会得到改正。而此际，弟弟被任命为驻非洲一个国家的大使，当月就必须和我们告别，和他那久患肝病的妻子和三个在外地的女儿告别，独自背着大使重任及因"安东尼奥尼事件"带来的耻辱去上任。为此，当弟弟急匆匆在"东来顺"举行告别家宴时，亲戚们纷纷起身祝酒，我却呆坐不动——心潮就像火锅中的汤水那样翻腾！最后没奈何，把突然冒出来的两句话送给了弟弟："但愿人长久，千里共婵娟……"

　　在弟弟赴非的五年当中，我已获得改正，并重新担任了《旅行家》的主编。当弟弟也终于洗清不白之冤并奉调回国的时候，我却因脑血栓躺在一间有十六张床的大病室中抢救。同来的弟媳在我面颊上轻轻一吻，使我从昏迷状态中醒了过来——啊，弟弟，我终于又见到了你！弟弟向我的孩子问过病况，没顾上多谈，——医生也不准他多谈，便匆匆告辞。不一会又乘车转来，一个人蹑手蹑脚把病房门推开条缝儿，把侍奉床侧的外甥招出室外，交给他一盒刚从老战友处拿来的进口针剂，自己则从门缝儿外向我的病床凝视了许久，才转身慢慢走去……

当弟弟开始在另一个机关任职，我开始回家疗养之后，我们见面机会渐渐多了，我和弟弟的谈话又恢复到幼年间那种带有高度随意性的自由状态。我十分感慨：姐弟情上的裂痕能够得以弥合，当然是件好事；但出身于同样家庭、同时走上革命道路的亲姐弟，后来却有着"天壤之别"的境遇，这究竟是什么原因？是姐弟天性不同所致，还是参加革命后的经历差异所形成？我长期咀嚼着，思考着……终于欣喜地有了一点发现！然而我又必须先追述一些往事……

我长弟弟六岁。我们出生在一个曾经留日的植物学教授的家庭里。弟弟出生时，教书的父亲还在北京的教育部中兼了一份"视学"，恰与鲁迅同事。不久家道中落，举家迁回故乡苏州。我在苏州读完高中，毅然辞家返回北平继续求学，不久进入《大公报》，开始了漫长的采访生涯。由于我和徐盈的影响，弟弟自幼便读过不少革命书刊，后来到北平上高中时，更接触到一些进步组织，并参加了救亡活动。一九三七年，弟弟高中毕业转赴武汉——因我当时在武汉的《大公报》办事处工作。由于我和徐盈的介绍，八路军驻武汉办事处的董必武同志接见了弟弟，并介绍他转道延安，当了"抗大"学员。次年，我和徐盈在武汉入党，弟弟在延安入党。不甘国破家亡而热血沸腾，是培植我们姐弟情的共同土壤，同时参加了先锋队组织，使已经破土成长的姐弟情更绽开了鲜花。

抗战八年，我和徐盈在"陪都"重庆度过。弟弟先后在延安、五台等地锻炼成长。胜利后，我和徐盈转到北平的《大公报》办事处,弟弟在一九四六年也一度调到北平,参加军调部中共办事处方面的工作。在那一段时间,通过与弟弟及其战友的频繁接触,大大增加了我对解放区的向往,我甚至不安心继续以秘密党员的身份留在《大公报》,而想随同弟弟一道回解放区工作。弟弟明了我的心思,但又知道这些想法是不可能实现的,于是只好隐瞒了离开日期不辞而别。为此,我十分难过,使用我那不善于虚构的笔,写了一篇自传体小说《惆怅》,发表在《大公报》的文艺副刊上。我是这样描写女主人公方静在听到分别八年的弟弟,已从太行山来到北平向中共办事处报到,并马上要从那里来看自己的心情:

> 八年了,这是一股地下水,在方静心上缓缓地流,暗暗地流,生怕它汩汩出了声音,或走漏了消息。战争把这小小书香门第的唯一宠儿带走了,且是带到那遥远的、在政治情况黯淡下说不得提不得的一个地方。在情况恶劣的时候,可以一年两年得不到一个音信。每当这种情形,便用自慰的猜想把一颗不安定的心稳定住了……整整的八年,弟弟该也由少年变成青年!姐姐呢,怕是做母亲的痕迹已然深镂在眼梢眉角。最大的变异不是容貌,而是旋转在头脑里不可捉摸的情绪以及不敢发掘的思想。弟弟游泳在延河里的照片,还并无多大改变。信里是不能也不敢谈得深长的,虽说自己也曾有过光明理想,可是几年的平淡生活,怕已和弟弟小脑子里所转所想断隔,凤日以为自己的理想的一半已然随阿弟带走,今天幸从天外飞回,却又慌张得不敢接受了……
>
> 当穿了一身灰色棉军服,睁着流萤一般眼睛的弟弟站到

方静面前的时候,我让这个大兵对自己那双变得十分粗壮的大手,发出一片直抒胸臆的谈话:

  弟弟呷了一口姐姐倒给他的茶,从一双手谈起:"看我这双手!这手是参加了生产劳动的成绩!满是老茧,可是有用的!我们太行山也有成百成千的吴满有一样的好庄稼汉,我从他们那里学习的知识太多了,认识的中国农村问题太多了。去年我突击成绩多打了两斗五升,捐做公粮啦,就靠这双手还挣了个——"说时他从怀中掏出一个小小胸章,上面是一对亿万人认得出的小小头颅。一文一武。这两个小小浮雕头像在十余年前内战烽火里,便已有了每颗若干元的定价。"把这送给我小外甥当见面礼吧,给他挂在围嘴上多美!"……

这个送浮雕头像的细节,我是在见到弟弟之前,早就孕育在胸的。夏喆同志原是我早年在北平中国大学就读时的同学,后到解放区搞妇联工作。她早在弟弟之前来到北平,当面送给我这枚朱毛并列的头像,并郑重告我这是她参加大生产运动成绩优秀获得的奖励。

《惆怅》在《大公报》刊出之后,朝野震动。国民党方面觉得《大公报》这家一向标榜"中立"的报纸,竟然刊出怀念"匪区"、"匪民"的文章,真是胆大包天!而广大读者则对作者抱有深深的同情。清华大学中文系李广田曾引用此文讲课,杨刚在香港读到此文,感动之余还托人带了一段锦缎给我。敬爱的周恩来同志乘回延安之际,特地召见了我的弟弟,嘱他写信安慰我,并赞扬这篇文章"把革命感情与骨肉感情结合到一起了"。

建国之后，我先后在《人民日报》和《旅行家》杂志工作，徐盈改行到国务院做宗教事务工作。弟弟却被派到驻瑞士使馆去了。在其后的七八年中，只有一九五五年弟弟回国休假的两个月里，我和他各携子女一道南游苏沪，重忆童年生活。这两个月倒真应了陈老总"一闲对百忙"的诗句，仿佛是一曲田园交响乐中的抒情慢板。我当时哪里想到，姐弟情已平和发展到顶点了。

弟弟一九五七年初回国，即分配到颐和园附近的一个机关工作。我们未及见上几面，"运动"就伴随着夏季的雷雨爆发了。很快，我和徐盈戴着"帽子"分别去河北和湖北的农村劳动，弟弟虽然无恙，却更加谨慎地在原部门工作。我在农村能偶然地接到弟弟来信，但信封上却刺眼地写着"彭子冈女士收"！要是按我过去的脾气，真想一把撕碎！但毕竟是挫折教训了我——我默默地撕开信封，总希冀从字里行间获得一些来自骨肉的温暖……然而我失望了，弟弟的信像那种年代的社论一样缺少温馨。每逢此时，我便又愤愤不平：像弟弟这样机械地按照指示精神办事的人，也太缺乏个性了。尽管能保住平安，但不知他心灵中可能保持宁静？我得不到答案，只意识到姐弟情已经荡然无存。在以后越来越走向绝对化的年月里，我只有通过违心的自我批判来压抑痛苦——"世界上从来没有抽象的姐弟情，标榜它就是鼓吹人性论"……

又过了若干年，我的境遇有了微弱好转；社会上和工作中的诸多实际问题，也促使弟弟有所思考，尽管我们双方都力图联络感情，但是被彻底摧垮的姐弟情，是很难得到真正的修复的。

"史无前例"一开始，我家倒还平静，弟弟却被戴上高帽游了街。还听说他回家后把高帽完整地藏到卫生间的高层隔板上(是想到以后还要用吧?)然后洗净脸,若无其事地出现在妻子面前。当被问起挨揪原因时,他虽实在找不出答案,却仍然真心诚意地一再表示:"尽管自己一时不能理解,但绝不能怀疑他们的大方向……"弟弟是何等善良和驯顺,然而机关中的造反派还是不肯放过他,硬说他一九四六年在北平工作期间有叛变行为,并派人四处"外调"去寻求"根据"。这时我十分害怕——欲加之罪,何患无辞?同时又有点糊涂——弟弟常年注意坚持延安工作作风,怎么也会不管事了?幸好过了不久,弟弟作为中央和国务院系统首批被结合的干部之一,被安排到外交部做了一名司长。据说,为配备这个人选,曾提了三个名字呈报总理,总理则圈定了弟弟。此后那几年,弟弟是相当劳碌的,常陪总理飞来飞去的。我在寂寞的房间里,每逢看见电视中弟弟那一闪即逝的身影,就忍不住在心中大声呼叫:"弟弟,你就跟定总理,好好地干吧!"

往事都已过去。叹息、埋怨、愤怒乃至诅咒,对于已成过去的一切,都没有实际意义。我只求一条——能够明白过去了的一切到底是怎么回事,于自己便能心安理得,对后人也算是种启迪。终于,十一届三中全会的东风在祖国各条战线上吹出一片新绿,同时也使我最终解开了那个系死多年的思想疙瘩。回顾我所走过的道路,琢磨弟弟所经历过的途程——从基本相同变成大不相同,又从大不相同变成基本相同。第一个"变"属于历史的反动,第二个"变"则是飞跃!作为革命者,不论其战斗的场所是在延安或是西安,首要任务都是阻止历史实行反动,而促进历史进行飞跃。就在这阻止或促进的过程中,势必会付出代价。可不是吗?现在在我和弟弟的躯体上,在我们的姐弟情上,不就明显地留有疤痕?当我们今天去抚摸时,正如老友萧乾在他的回忆录中所说:"没有了生理上的疼痛,剩下的却只是一片仿佛还值得骄傲的、平滑而光润的疤痕。"确实,在我们这个大时代中,不经过搏斗、不在自己躯体和感情上留有疤痕的人,恐怕是太少了。问题是当自己(或别人)受到创伤之后,如何予以正确的对待!由于时代条件的限制,我们因陷于不自觉状态而长期精神上受到痛苦,肉体上受到折磨。今天应该庆幸的是:痛苦和折磨使我们聪明起来了,使我们坚强、坚定起来了!我们已从那平滑光润的疤痕表面——(那不是历史的明镜吗?)——给后人留下了极其珍贵的经验和教训。我为自己、弟弟及一切战斗者躯体和感情上留有的疤痕,感到光荣、幸福和有价值。

世间曾有这么一个人
——悼亡兄祜昌

◎周汝昌

我写下这个题目,已是心酸目润。我原不忍也不能撰述此文,因为感情上文笔上都不容许我落墨于纸上,词不逮意,更对不住逝者。但故乡政协诸位热情人士,要为祜兄编印纪念文册,使我感激不已,如我不能贡一言,又何以对沽中父老亲厚?是以再三延搁,今始下笔,其不足以副题,更无待多陈了。

我们兄弟五人,祜兄行四,我居最幼。长兄为震昌,字伯安,深造于德文,为外籍师友盛赞,不幸早亡。二兄祚昌,字福民,三兄泽昌,字雨仁,二人皆在津市"学生意",一为钱庄行,一为木行。此两兄亦俊材,其珠算之精,无不叹服,而浮沉于旧社会,一无建树,识者惜之。二兄寿至九旬,无疾而终。三兄遭"文革"之难,其卒也至为惨痛,余不忍言。先父鉴于祚、泽学徒之无成,采纳至亲的劝说,于是祜昌兄与我,皆得升学(天津市内中学),以求深造。我与祜兄年最接近(相差六龄),故自幼形影不离,心迹最密。——这种不离与最密,不止幼年,而是直贯于后来的数十年寒暑炎凉,曾无少改。

除长兄早逝外,活下来的四兄弟,感情融洽,相亲相敬,大不同于有时常见的同室操戈、反目争吵,是以乡里之间,多有称羡之语。一次,我随雨仁三兄晚间散步于河畔土围墙上,田家坟小学校役名周海福者,过而见之,自叹曰:"看人家兄弟,从没见(他们之间)红过脸(红过脸,谓怒恼争执也)。"可是,一般乡亲却很难想见我与四兄祜昌的这种非同寻常的手足之情,棠棣之切,更不知道我们在学术上的密契。

从三十年代后期起,熬到抗战胜利,我挣扎回到了燕京大学,一段时间内,经济十分困难,是祜昌按月寄钱给我。更重要者,也是他将我引入了研究《红楼梦》这一巨大无比的中华文化课题上来的。

从那以后,我二人来往书信,数量之大,内容之丰富,大约世上兄弟之间是罕有的!每封信都以研究红学、曹学为主要内容。我把新收获及时告知他,他欢喜无量,除了给我鼓励,也有启迪建议。这种特殊的通讯直到他永辞人世,期间从未中断过(不幸,这种重要文史资料,动乱中毁失殆尽)。

拙著《红楼梦新证》的出版,四十万言的巨著,稿如山积,是祜兄一笔一画工楷抄清的。对于这个事业,我也一度心灰意懒过,想不再做这吃苦而挨批的傻事了,祜兄则不以为然,一力劝我坚持努力,探求真理。一九七四年受命重整《新证》,也仍然是他到京,做我的左右臂助。功绩辛劳,片言难尽。

一九五四年,我奉中央特调由四川大学回京,从此,我二人又得每年一度相聚。因他后来做业余中学教师,故暑期假日,一定来共研红业。联床夜语,剪灯清话,总到深宵不知疲倦,不愿就寝。我们同访西山雪芹足迹,同寻敦敏槐园残痕,同入石虎胡同右翼宗学,同绕什刹海恭王旧府,左右四邻⋯⋯凡古城内外与雪芹相关之地,必有我二人的踪影,而祜兄的痴心笃志,远过于我,往日见我工作忙不得抽身,他便独自出游,重到那些地方,徘徊瞻眺,依依不舍。我们写稿,我们作诗,我们论字……晚上散步,我们在古城墙拆后基址大石土块上共坐,互相讨论,许多好的见解,都因他的启发而愈谈愈获深切。我们走过的胡同里,有老太太看到我们形影,就说:"你们是弟兄吧?哪儿去找这么老哥儿俩!"言语间流露出赞羡之情。

就是这样,他每次来,都"住恋了",不愿离开。回沽后来信说:"在京像在家里,回了家倒像是在客居中……"我读了他这话,十分难过。

而每当他走后,我一个人顿时如离群之雁,踽踽凉凉,倍感寂寞,总要赋诗寄给他,满纸的怀念之音。他三五日必有信来,从无间断。有一年,时入寒冬,祐兄来信中提到,近患重感冒咳嗽甚剧。我遥念不释,作诗相慰开头说:"每读子由诗,恻然肝肺动"(苏子由与其兄东坡感情最笃),"只身念老兄,寒嗽畏风冻",中言家室之难,力作之苦,幅末勉以梅馨暗动,春光不远。他看了深为感动,回信说:"余阅之,老泪纵横矣!"

我们弟兄,就是这样度过数十年的炎凉寒暑。我想追写过去的种种经历,悲欢离合,患难忧思,那是写一部书也写不尽的。

我们都酷爱文学艺术,书画、戏曲、音乐、民俗工艺……祐昌在兄弟五人中,聪敏颖慧稍逊于雁行昆仲,但他的审美鉴赏能力极为高明,远远超越一同侪流辈。他做小职员时,薪水微薄,可是他节衣缩食,攒下钱买的都是些与艺术相联的物事(什)——红楼宫灯,年节悬上,红烛生辉;弦子鼓板,摹拟鼓书、弹唱;法鼓铙钹,过庙会的用品……祐兄以此为无上至乐,以为艺术生命比物质生活重要得多。

祐昌的为人,也是罕见的,其忠厚老实,世上大约难得同样的,口讷讷不能言辞,言则时时憨直,惹人误会、不快。他表里如一，心显于面，赤诚待人，不知人间什么叫坏叫恶，以致有些人把善良软弱过分的祜昌视为傻瓜、窝囊、废物。

我们弟兄命途都不怎么太好。但祜兄一生尤为坎坷，他由于主客观的多种原由，所陷入的困境，是外人难以想象的，他承受了极大的考验，没有垮倒。他忍辱含垢，耳闻不忍闻之言，身受非常人所能堪的对待，他一古脑儿吞咽在肚里……

这是一位最让人倍觉可悯、可疼而更可敬的少与伦比的好人。

他为寻求真理，几乎耗尽了所有的力量，他的后半生，可说就是为了《石头记会真》一书而奋斗到底的。这是一部颇为求真的巨大工程，其艰苦实难以我拙笔表述。只说一手抄写之工，已逾千万字，这是一个常人万难荷担的沉重担子，而他竟以那达八旬之弱躯，一力完成了这项崇伟的巨业！

现在他的这部《会真》正在我面前，只剩下付梓前稍为加工最后一道工序，而我与女儿由此所感觉到的这点儿加工的艰巨，才更深地体会祜兄一人在清贫孤室中，完成这项巨业是如何地艰难。

祜兄耗尽了他一生的心血和精力。他溘然长逝了。我至今不大能相信：这个与我不能分离的人，怎么就没有了？他分明在沽中活着——我上次还看见他……

但是，祜昌的信札，再也来不到我的书案了。我还在盼着……

他对我这弟弟的深情厚望，那更非笔墨能宣，他把所有的理想、愿望、慰藉、欢喜，都寄托在我身上。

愿我们二人，如有来生，仍为兄弟。

我的弟弟小波

◎王征

弟弟小波去世两个半月了。

我终于可以坐下来为他写点什么了。

这两个半月,我的心碎了,精神几乎到崩溃的边缘。用女儿的话来说,是剥了一层皮。

两个半月前,一天深夜,接到秀东打来的越洋电话,他告诉我:"小波去世了……"我听在耳里,半天回不过神来,拿着话筒一遍遍地问:"什么?什么?"最后终于晓得了,但不能相信这是事实。小波从来没讲过,他有什么不舒服,从来没讲过,他有心脏病。最后我终于明白了。心如刀绞,泪如雨下。那一晚上,不能成眠。

清晨,独自跑到房后的树林中,向着天空,向着东方,向着广袤的苍穹,我像疯子一样大喊:"小波!小波!小波……"感觉就像小波真的在天上,在 God 身边,能够听到一样。

我喊到声嘶力竭,说不出话来,但我对他的思念和心中的悲痛也只有一点点得到抒写。小波就盘旋在我脑中,我心里,只要脑子一空下来,想的就是他。我不敢开车,怕开车脑子走神想他,会出车祸;不敢一个人待在家里,怕想他想得受不了。

我想写写小波,让世人都知道,他是个什么样的人。让世人知道,他简朴,性格单纯,心灵博大精深、善良细腻;他头脑机智,出语幽默惊人。但我这写惯病历和医学报告的拙笔能写出他来吗?我只能尽我之心,尽我之力,写出我心中的小波。

一九九六年十二月初,我离京赴美国,从烟台到北京住了半个月。这是几年来与小波相处最长的一段时间。他住在楼下,每天上楼来和我聊天。我们聊家人,聊社会,聊电影、电视甚至文学。话题天南海北,杂七杂八,可就是从没说到过他自己的身体,他有哪儿不舒服,有什么病。他对我的依恋、关切,那份亲情,那份善意,总在几句话中,在那微微斜视的目光中透露出来。虽然,我们口中聊的往往是些不相干的事。

我的赴美,对他的感情造成很大的冲击和折磨,姐姐、哥哥、弟弟都在美国,我走后,大陆就只剩他一人与妈妈相守了。提到此事,他就叹气。一天,我轻描淡写地说:"我怎么也没觉得到美国有什么的,现在通讯、交通这么发达,十几个小时就能从北京飞到底特律,我觉得就跟到烟台一样。"

可是,这毕竟是不一样的,现在我深深地感觉到了,这毕竟是不一样的。如今小波走了,我竟因为种种原因不能回去送他一程。我只能每天思念他,独自流泪,我这个他相依相恋的姐姐太对不住他了。

小弟弟晨光去北京送别,带回小波的遗体解剖报告和遗著《时代三部曲》。我看了报告心痛不已,不知该怎么想,就像祥林嫂一样,每天反复地想着小波的死因。我几十遍、几百遍地问自己:他知不知道自己有心脏病?他为什么不告诉我们?他为什么不去看医生?

据遗体解剖报告说,小波是由于心内膜弹力纤维增生症,导致心力衰竭死亡。可我知道,这种病引起的心力衰竭是逐渐发展的,有一个长期的过程。我十二月份看到他,只有懒懒的样子(现在想,那已是早期心衰),那时到他去世,只有四个月,病情不该发展得这么快。报告中还提到,有冠状动脉粥样硬化;而心内膜弹力纤维增生者有四分之一的病人容易发生血栓。我想,当天晚上,很可能产生了血栓,心肌梗死,加重了心衰,而血栓以后自溶了。可他忍受了多少痛苦,只有上帝知道了。据人们推测,他独自一人在室内挣扎了几个小时,晨光看到白灰墙上留下了他牙咬过的痕迹,死后牙缝里还留有白灰。为什么?为什么他独自挣扎而听到他惨叫的人却没能帮忙送他去医院?哪怕听见了的人去报警也好。

他选择死亡吗?不,他爱生活,爱亲人,爱文学事业。电脑中还有他未完成的《黑铁时代》。想想他的性格,他的为人,也就能理解了。他从不愿麻烦别人,有事宁肯自己忍着。他对什么都很洒脱,他就那样走了,可给我们留下了那么多遗憾!那么多心痛!那么多惋惜!那么多泪水!

他知不知道自己有心脏病?以他的智慧、他的广博。他读过很多医书,从小他看书就杂,什么都看。细读《白银时代》,我认为,他一定有心脏病的感觉。他在书中多次提到"我的舅舅"有心脏病,做过心脏手术,裤带一紧就胸闷憋气,游泳时水到胸部就胸闷,心脏在快速衰老。书中有忧郁但无悲伤,更无对死的恐惧,但是有那么多的无奈和对世俗的嘲讽。

他说:"……所谓创造力,其实是出于死亡的本能。人要是把创造力当成自己的寿命,实际上就是把寿命往短里算。把吃饭屙屎的能力当作寿命,才是益寿延年之妙法。"(《白银时代》,第108页)

他从小藐视行尸走肉的活法,小时候他常跟我们谈笑大院里的干部有的十分庸碌,他斥之为"烫面饺子干部",他更多注重的是精神。我们早说过他是吃精神的人,是靠精神活命的人。那么他是宁肯有用而短地活,而不肯无用地延年益寿了。

从书中看,他早有症状,但他为什么不肯向任何人讲他的病,特别是不向他的至亲们讲?我想他不忍告诉他七十四岁的老母亲,他是个公认的大孝子,就在他去世前两个月,妈妈病了,他急得要命,到处发 E-mail;妈妈好了,他却去了。

他是我们姐弟中最多爱心最少私心的一个。他不忍告诉他的妻子,他们之间感情至好,人所公认。他不忍告诉姐姐、哥哥、弟弟,怕给别人增加烦恼,却自己一个人忍着。这最后一忍就成永诀了。他的善良,只有亲人心知,只能让亲人们现在深深地痛心痛悔。据说他曾在电话里跟北京的朋友说,他快死了。可大家只把这话当成他的又一次幽默,谁也没把这话当真。因为他从心智到身体看上去都那么高大健壮,所以听到他的死讯,就像晴天霹雳。回想他平时懒懒的样子,恐怕也是疾病所至。如今当他去了,才感受到失去了一个多么善良的亲人,失去了一个多么博爱的心灵。

小波是生于忧患,这不是套用老话。

一九五二年,他还在母亲腹中的时候,爸爸被诬陷,打成阶级异己分子。天降大祸于我们家,爸爸因精神折磨和疾病死去活来,妈妈天天以泪洗面。全家处在惊恐、悲惨、愤恨、屈辱当中。他在这样的气氛中降生,父母给他起名"小波",希望这灾祸像大海中的小波浪一样过去。谁知在那样的年代,这阴影笼罩我们二十余年。它对我们的影响是终生的,对小波的影响更是深入血液。妈妈常说:没把他生成怪胎已经不错了。

　　我们姐弟五个,小时候,爸爸妈妈没有很多精力管我们。我们从小由姥姥带大。姥姥最疼惜小波了,她老说小波福相。其实小波是儿时严重缺钙,长成一个大头。就这样没有太多管束,小波自由地、自我教育地成长起来。

　　五十年代末六十年代初,大姐带着我们,在人民大学的校园中乱跑。我们打枣、捅马蜂窝,干一些孩子们自得其乐的事情。接下来我和姐姐到城里上了中学,弟弟们在西郊人大,小波的"蔫淘"更是出名。有一次,好像是他打死了邻居的鸡,七八岁的年龄,自己一个人走了四十里路,跑到城里找我们,搞得爸爸哭笑不得。他的能吃苦,那时就显出来了。

　　他小学时转学到了城里,和妈妈、姐姐、晨光、我同住在教委大院,星期天大家都到人大,和爸爸、小平、姥姥团聚。星期六从城里到人大,他常常是走回去,省下路费,跑书摊。那时,大家常说,小波真能走路。

　　"文化革命"开始时,他才是个初一的学生。爸爸妈妈受冲击,无人顾及我们。他在教委大院和一帮小朋友干尽了各种恶作剧。他们玩各种男孩子们的把戏,爬树、上房玩火。有一次一个小朋友告诉我:你弟弟在红星楼顶走边沿呢,比谁都不怕死。当时吓了我一大跳,那是个五层的高楼。

　　他从小嗜书,读书极快极多,记忆力极好。上小学时,他最喜欢去的地方就是西单商场的旧书摊。他在那里读了多少书,天知道。从小他的记忆力就让家人们惊异。有一次,好像是他小学一二年级时,姐姐弟弟们一起闲聊,他大段大段地背诵起马雅可夫斯基的长诗,他还说,那是读着玩的,其实并不太喜欢马雅可夫斯基。他读完了《十万个为什么》,就成了全家的顾问。家中有什么日常问题,常去问小波。那时,他也才是小学二年级。

我读书比起他来要慢多了,记得"文革"初期,一九六六年时,姐姐拿回家一本希特勒的《我的奋斗》,说明天就要还给借书人。我和小波就争着读,最后谁也争不过谁,索性并着头一起看那本书。当时我有一种奇怪的感觉,好像是他的脑电波影响了我,我也能很快地读书,脑子突然非常灵了。当时我就想,他的脑子与众不同。他能一天就读完厚厚一本大书,还能记住全部内容,真让我羡慕不已。

但是他最热爱的还是文学。从小他对文学就有执著的爱,他用文学、用大量的文学书籍,完成了自我教育。小学五年级时,他写了一篇关于刺猬的作文,被选作范文在学校的广播里播送。"文革"后,他去了云南农场,休假回京,他写了不少杂文、随笔,记述云南的生活和见闻。我当时在山西插队,每次回京,首先要读的就是小波写的文章。那些文章是那么生动、幽默、引人入胜,让人忍俊不禁。从那时起,他就没有停止过写作。他的文章写在一些纸头上,写完了,也满不在乎地乱扔。可他的文章很快就成为全家人最爱读的东西,也在一些朋友中间流传。

后来,我到了山东烟台,他当时由云南回京。在北京待不住,他也到了山东,在青虎山插队,吃了两遍苦。这些生活也成了他文章的素材,可惜当时的文章没有存留下来。一九七一年他到了我自己的家,看了我的藏书后,他郑重其事地告诉我:你可要好好保存着你的这些书。那些书当时都是禁书,是一些文学名著。那时他在青虎山连肚子都吃不饱,可每次跑到烟台首先是看书,再填他的肚子。我和秀东常常感叹,他是

个书痴。

恢复高考后,我们都上了大学。小波毕业后不久去了美国。他获得硕士学位,又受了洋插队的罪。其中的艰辛,他不愿意多说。学成回国后,我曾劝他写写美国的生活。那是一九八八年,从美国回来的人很少,关于美国的文章也很少。我想,他写出来一定会受人欢迎的。可听了我的建议,他不屑地说:我不愿意写美国。直到多年以后,他才开始写在美国的经历,写欧洲的旅游。我从其中读到了他的经历,他深藏心中的甘苦。轻松风趣的语言背后,有他身心所受过的磨难。

回国后,他换了几份工作。最后发现自己最喜欢的仍是文学,是写小说、编故事。他执著地走上了文学之路,投身于这个熬人心血的事业。一个负责任、真诚的作家对自己的作品付出的是全部心血。小波就是这样的作家。他的小说几十易其稿,以他的心智,还写得如此艰苦,这样磨炼才使作品达到他满意的程度。我相信《岭南文化时报》为悼念小波发表的编辑部文章中所说:"王小波的去世对中国文学的损失,可能是难以估量的。这位非同凡响的行吟诗人和自由思想者在《时代三部曲》中显示出来的才华和深度,使我们听到了某种类似天籁的声音。"真希望小波能激起大浪,希望他的作品能对中国文坛的创新起到推波助澜的作用。

小波从山东回了北京,我在山东上学,接下来留在那里工作。我在烟台的时候,有时无意中打开电视,忽然见到我千里之外的弟弟,于是大呼小叫,兴高采烈地欣赏他一番。然后想,他出名了,报章、杂志上常见他的名字,现在的他不知会是什么样子。

回北京后,一交谈一接触,我感到他还是我几十年前的弟弟。他依然善良、纯朴、聪明、幽默，还是邋邋遢遢，不修边幅，有时还有点羞怯。他说，其实他很不喜欢上电视台，很不喜欢那些场合。但因为朋友请，却不过情面，就去了。他连发表的文章也并不拿给我看，从不收集自己发表的作品，随便一扔就是了。他的文章，都是妈妈收集了，给我看的。我仍像以前一样爱看他的东西，只要回北京就找他的文章看。

我离开北京来美国，临行前，全家到东单的广式餐厅吃了顿饭。那个餐厅可以由客人自己到冷藏柜中选菜，是包装在盒子里的半成品，然后拿到里面加工。大家都去选，秀东和外甥姚勇都爱吃海鲜，小波不喜海味，拿了一盒粉丝肉丸子之类的东西，说："拿这个吧？"

那东西太让人看不上眼了。大家都说不好。小波立刻把那盒尔西放了回去，像个做错了事的大孩子。那眼神，让我至今难忘。现在想起来，总觉对不起他。连跟他吃的最后一顿饭，也没让他吃到自己喜欢的东西。虽然这东西是最不讲究，最不值钱的。这就是小波，忍己奉人。他对自己那么不在乎，对自己的生活不在乎，对自己的身体不在乎，甚至对自己已经发表了的作品也不甚在乎。他只在自己的思想中遨游，在世人争名逐利的时候，他还是那样超凡脱俗。这就是我的弟弟，小波。

安息吧，小波！

1997年6月26日写于美国，密歇根州

我的五嫂

◎郭沫若

第二天清早,在母亲房里遇见我们的新五嫂。五哥在去年年底回来之后,在今年三月初头才结婚的,五嫂到我们家里还不上两个礼拜。

母亲为我指示,说:"这是你的五嫂。"

我说:"我们从前是见过的。"

五嫂红着脸给我一揖,我也还了一揖。

五嫂是王畏岩先生的次女,她长我不过一两个月的光景。王先生的家是在草堂寺附近的,当我在小学校的时候,每逢休假进城、出城,都要打从他房子面前经过。那王师母是喜欢站在门口闲望的。有时候在她的后边立着一个发才覆额的姑娘,只露出半面来偷看外边。假使一看见有人经过,她便要立刻躲开。有时候也可以看见这个同样的姑娘站在门槛里面的侧门旁边,微微把侧门移开向外边偷看。

这样的情景在现在是不能看见了。从前女子还没有解放的时候,一到十一二岁便要缠脚,蓄头,从此便不能出大门一步。要出大门要坐到水泄不通的轿子里面,和外边的世界可以说完全绝了缘。在这样的时候,外界对于人的诱惑是怎样地猛烈哟!所以虽然是百无所有的空街,那人家闺秀们也不能不偷看的苦心,我们是可以体会了。

那位发才覆额的姑娘便是我们的五嫂了。照样的小巧的面庞,双颊晕红,双眉微颦,眼仁漆黑;只是人是长高了。但那细长的身材,高矮适中。城里人的穿着是比较入时的,因此,新五嫂的确为家中带来了新的气氛。

在我小学校的第二学期的时候,她家里遣人到我家里来说亲,要论年龄相当那是只有我,但我在小时候便已经定了婚,当时五哥的未婚妻却刚好死了。父亲把这种情形回复了王家,五嫂就同五哥定了婚。定婚没两个礼拜而我的未婚妻又病死了。这件事情我们母亲后来常常说起:"一切都是姻缘。假使王家的亲事再迟提两个礼拜,叔嫂不就成了夫妇吗?"是的,一切都是姻缘。从前女子的命运就是这样决定的,迟早两个礼拜,便有终身的境遇的不同。五嫂与五哥的结婚自然不能说是不幸,但就因为有这样几微之差而生出幸与不幸的,恐怕是不计其数的罢。

五哥定婚的时候是在东洋,他不知道听了什么人的中伤,说王家的出身微贱,王畏岩先生的祖父好像是位裁缝,他便对于这件婚姻大不满意。他从日本写了无数次的家信回来反对。这或者也怕是对于恋爱结婚的一种憧憬的表现罢?在他们尚未成婚之前我们是很担心的,因为五哥是军人,他的性情很刚愎。但出乎意外的是他们结婚之后,伉俪之笃真真正正如胶似漆了。

在我害肠伤寒的去年下半年,正在我病危的时候,王家遣人来报信,说五嫂也患着热症很危险。五嫂的热症我想来也怕是肠伤寒罢?因为那是一种急性传染症,同在嘉定城,有同受传染的可能。我病了,她也病了。我好了,她也好了。我们的四姐后来还说过笑话:

"你两个幸好不是夫妇。假如你们是夫妇,别人会说你们是害的相思病呢。"

但她的不幸也怕就和我的不幸一样,就在害了这一场重病。

她病后没半年便和五哥结了婚。年底便生了一个侄男,产后仅仅三个月便吐血死了。

她的病在我们中国,从前叫作产后痨,又叫百日痨。这不消说是一种急性的肺结核(Tuberculosis Pulmonumacuta)。在从前的人以为在月中行房便要得这种险症,其实完全是一种迷信。

在这儿我有两个揣测。

一个是我们五嫂的肺病是在患了肠伤寒后得的,就像我得中耳炎、脊椎炎一样,她是得了轻微的肺结核症。——肠伤寒患者是有这种并发症的可能。有肺结核的人经不得生产,假使一经生产,不怕就是轻症也可以立刻变成急性的症候,那便有性命的危险。在医药进步的国家,有肺结核的孕妇是要用人工堕胎的。我们的产后痨、百日痨,就是因为缺少这种知识,牺牲了不少的女子了。

还有一个是到了我们家里之后受了传染。

我们的大伯父是多年的肺结核患者,我们的九姆也是得了产后痨死的。五嫂的居室不幸就是九姆住过的房间,我们又不晓得消毒,这就很有受传染的可能的。

无论是哪一个原因,我们的五嫂是因为社会的无知而牺牲了。

五嫂死的时候我已经在成都读书。她在临终时大约看见我的幻影,听说她向着空漠中说:"八弟!八弟!你回来了,

啊！你回来了!"母亲安慰她说:"你在思念你八弟吗？你八弟在成都读书不能够回来。"但她始终坚持着说:"八弟回来了,回来了。"她还指出我所在的地方。

这位五嫂和我因为年纪不相上下,我们彼此都很避嫌疑,平时是连交谈的时候都很少的。

好像就是那一年的暑假。有一天晚上我和五哥、三哥,还有几位兄弟,在最外一重的中堂里面押诗谜,押到兴头上来了。平常五哥和五嫂差不多是瞬刻不离的,那晚他却为诗谜所缠缚着了。我因为要去找几本旧诗本便一个人走进后堂去。在那第三重的后堂前,五嫂一个人孤零零地坐在那儿。她看见我进来了,远远地就招呼着我:

"八弟,你们在外边做什么有趣的玩意儿?"

"在押诗谜呢,很有趣,五嫂,你不去参加吗?"

"有三哥在那儿,我怎好去得?"

"三嫂都在那儿呢,你怕什么?"

"你一个人怎么又跑进来了?"

"我进来找诗本子。"

"你们倒有趣,我一个人在这儿坐得有点害怕了。"

"我去把五哥叫进来罢,说你有事叫他。"

"不,你不要去叫他。你就让我一个人在这儿坐坐好了。"

她这样说了,我觉得好像有暂时留着陪伴她的义务一样,怎么也不好离开她就一人走开。

"怎么不进母亲房间里去坐呢?"

"母亲已经睡了。"

我走下阶沿,走到养着睡莲的石缸边上。

"哦,子午莲都开了。"

"可不是吗！我看着月光从壁上移到了天井的当中。"

就这样我把取旧诗本的念头抛去了，就立在水缸边上陪着她，想暂时疗慰她的寂寞。

可供说话的资料是很少的，因此沉默的时候也很多。

有一次彼此沉默了一会，她突然地微微笑出了声来。

"想起了什么事情好笑呢？"我问她。

她说："我想起了你的相片。"

"我的相片？"

"是呢。我们家里有一张小学堂甲班毕业生的相片。"

是的，是有那么一张相片。那时候她的父亲王畏岩先生在做县视学，那相片的当中是有他的。县长坐在正中，视学坐在县长的右边，校长坐在左边。

"我有什么好笑呢？"

"我笑你那矜持的样子。你人又小，要去站在那最高的一层。你看你，把胸口挺着，把颈子扛在一边，想提高你的身子。"

她一面说，一面也做出这样的姿势来形容。她自己又忍不住好笑，连我也陪着笑了。

"不过，"她又说，"那也正是你的好胜心的表现。你凡事都想出人一头地，凡事都不肯输给别人。是不是呢？"

这是她的观察力的锐敏的地方，我隐隐地佩服她，她好像读破了我的心。

"八弟，你知道我叫什么名字吗？"

"我不知道，是不是叫'王师什么'呢？"因为她有两位小弟弟，一位叫王师轼，另一位叫王师辙，是说要学习苏轼和苏辙。

"对了，我叫王师韫。"

"是谢道韫的韫啦。"

"你猜对了。"

就这样淡淡的几句话,却和那淡淡的月光一样,在我的心中印着一个不能磨灭的痕迹。只要天上一有月光,总要令人发生出一种追怀的怅惘。

沅君幼年轶事

◎冯友兰

不知道什么缘故,沅君生来不吃鸡蛋,不但不吃而且厌恶它。她要是不喜欢一个人,就说给他个鸡蛋吃。我们生活在祖父的大家庭里,全家二三十口人,大锅饭只供给主食和一般的副食——如炒白菜、腌萝卜这类,别的吃食由各房自理。母亲自己腌鸡蛋,每天早晨煮一个由我和弟弟景兰分食。景兰喜欢吃蛋白,我就吃蛋黄。沅君能吃饭了,但不吃鸡蛋。我们三个小孩,倒各得其所。母亲不忍,百般劝诱,也没生效果。

一九〇七年,父亲在湖北崇阳县做知县,我们这三个小孩都跟着到崇阳。父亲给我们请来个教书先生,设了一间书房。我们这三个孩子分成两班。我和景兰为一班,沅君六岁,一个人一班。功课只有国文、算学两门。父亲认为这两门是一切学问的根本,必须在小的时候把根基打好。先生教算学要用黑板、粉笔。粉笔在崇阳买不到,就写信托在汉口的亲友去买。当时粉笔称为粉条,汉口的人托人捎回来一大包,打开一看,原来是吃的粉丝,粉丝也叫粉条。

有一天,沅君写大字,不知道先生说一句什么批评的话,沅君生气了,第二天就不去上学。母亲生气地说,不上学,就要把她送到上房后边的一间黑屋里。她宁愿上小黑屋,也不去上学。母亲劝说解释,亲自把她送到书房门口,先生也出来

接她,她无论如何也不进门槛,沅君性格之犟强,可见一斑。

不久,父亲去世,我们回到唐河老家,母亲坚持父亲平常的教训:必须将国文底子打好。给我们请来先生在家里上学。可是沅君没有上学,因为当时的规矩,女孩子是不上学的。一直到一九一六年夏天,我从北京大学回家过暑假,沅君跟着我又开始读书。那时候北京大学国文系的教师大部分是章太炎的学生,文风是学魏晋。我就在这一方面选些文章,叫她抄读(当时家里只有"四书"之类有限的书)。她真是绝顶聪明,只用了一个暑假,不但能读懂那些文章,而且还能摹拟那些文章写出作品。到一九一七年暑假,北京女子师范开办国文专修科,消息传到唐河,她就坚决要到北京应考。当时我们家乡较偏僻,风气闭塞,把女子读书视为荒唐事,但沅君很勇敢,母亲也排除各种非议,自己承担责任,支持她前往。暑假终了,我同景兰、沅君就一同到了北京。

沅君到北京果然考进了当时北京的女子最高学府的国文专修科,后改名北京女子师范大学。当时开始学的还是中国古典文学,不久就在新文化运动的影响下,改写语体文创作小说了。毕业后,她又上北京大学研究所国学门,学会了考据、研究的一套方法,这就是她后来所走的那两条路,一条是创作,一条是研究。

沅君曾作有一篇《秋思赋》,大概是她在国学专修科中的作品,颇有六朝小品的神韵,景兰会画中国画,画有一幅《秋满山皋图》,把沅君的这首小赋写在空白的地方,作为题词。我也作了一首诗。这幅画在十年动乱中遗失了。画固然不可再见,赋的原文也不记得了,只有我的诗还记得。诗曰:

秋意满山皋,吾弟妙挥豪。树林忽疏阔,花丛聚寂寥。若非严萧瑟,何以续清高。寄语同怀妹,悲秋毋太劳。

如果这幅画能够保存下来,倒是我家的一段佳话。

沅君摹拟古典文学的作品,大概相当多。有些可能失于幼稚,但有些也可以显示她的才华和聪明。可惜她自己不知爱惜,像我们这些人在当时也不知保存,现在竟然一篇也看不见了,真可惋惜。

怀念姊妹家庭

◎苏雪林

家至少要有人两口才能组成,最不济也要有猪一只。你看中国的"家"字,不是宝盖下有个"豕"字吗?可是,我的家不但没有人两口,连猪都无半只。

我的家中成员只有我独自一个,这样当然不能称为家了,可是十余年前是有一位同胞姊姊同我同住,组成了别具一格的"姊妹家庭"。

从一九三二年起,即我任教国立武汉大学的第二年,我将家姊淑孟女士接来武汉,在那山光水色、风景秀丽的珞珈山住下,一住便是七年。对日全面抗战发生,我们随校迁四川乐山,一住又是九年。那段岁月非常清苦,但当时姊妹两个年龄还不算顶老,还能撑住下来。胜利后迁回珞珈,首尾三年。一九四八年赴沪小住,数月后,适香港真理学会来函聘我去当编辑,遂赴港,家姊只好随其身在海军的次子到台湾去了。我在学会任职一年,因想到欧洲搜寻解决屈赋难题的资料,再度赴法。过了两年,资斧告竭,有人介绍回台湾教书,遂返台任职于台北的省立师范学院。学校以我无家,"姊妹家庭"又不算数,不配我住宅,只让我住在单身教职员宿舍里,家姊当然不能来,来了也无她容身之地。一九五六年,台南的成功大学改制成立,聘我去教书,我以分配住宅为条件,居然配有一幢,便是今日我安身东宁路的住宅。

我将家姊自左营接来,"姊妹家庭"又告恢复。计算家姊和我未嫁前者不算,嫁后共同生活者前后共三十年,也算长久了。

家姊和我同住时,料理我的饮食起居,无微不至。我若偶有病痛,她煎药奉汤,一夕数起。亲手为我补缀破绽,缝制内衣裤,替我收拾随手搁置的物件,那种细心熨帖,温意煦妪的事,要说说不完,要形容也无法形容得够,她把我宠得像个慈母膝下的娇子,故我常说她是我"第二慈亲"。

她替我管家,精打细算,量入为出,把那时一般教书匠微薄的薪俸运用得绰绰有余,使我免除内顾之忧,得以专心教学,暇时并能创作文艺,研究学术,我今自能得在文坛学苑稍有成就者,皆属家姊之遗泽,其恩其德,实令人难忘。

家姊爱洁成癖,我们初来台南,雇女佣也还算容易,她每日监督工人洒扫房屋,擦拭家具,把个家收拾得窗明几净,纤尘不染,令人置身其间,神清气爽。花晨月夕,姊妹二人清茶一盏,对坐窗前,闲话家常,纵谈往事,一种骨肉深情沦肌浃髓,其乐又是无极!

不幸一九七二年,家姊因病长逝,我的"姊妹家庭"也就从此溃灭。她逝世至今已有十四年,我每夜做梦,若醒而能记得者,总有她的影子在活动,其声音笑貌,一如往昔,而梦中总不知她已死。想家姊手足情深,知道我想念她,故特来梦中相慰,又不让我知道她已为异物,免我悲痛与小小的不自然惊吓之情,才这样的吧?

我常想,若家姊尚在应该多好。可是家姊大我五岁,健康一向不如我。我现在已耳聋眼花,双脚无力,每一行动,总想

有人扶持我一把,家姊若在,其龙钟衰迈之状当更甚于我。我今已自顾不暇,还能照料她吗?则她之先我而去,对她而言,未始不是好事。况我在世也无多日了,可与家姊在另一世界相聚的时期屈指可待,现在过一天挨一天算了。

记杨必

◎杨绛

　　杨必是我的小妹妹，小我十一岁。她行八。我父亲像一般研究古音韵学的人，爱用古字。杨必命名"必"，因为"必"是"八"的古音：家里就称阿必。她小时候，和我年龄差距很大。她渐渐长大，就和我一般儿大。后来竟颠倒了长幼，阿必抢先做了古人。她是一九六八年睡梦里去世的，至今已二十二年了。

　　杨必一九二二年生在上海。不久我家搬到苏州。她的童年全是在苏州度过的。

　　她性情平和，很安静。可是自从她能自己行走，成了妈妈所谓"两脚众生"（无锡话"众生"指"牲口"），就看管不住了。她最爱猫，常一人偷偷爬上楼梯，到女佣住的楼上去看小猫。我家养猫多，同时也养一对哈巴狗，所以猫儿下仔总在楼上。一次，妈妈忽见阿必一脸狼狈相，鼻子上抹着一道黑。问她怎么了，她装作若无其事，只说："我囫囵着跌下来的。""囫囵着跌下来"，用语是幼稚的创造，意思却很明显，就是整个人从楼上滚下来了。问她跌了多远，滚下多少级楼梯，她也说不清。她那时才两岁多，还不大会说，也许当时惊魂未定，自己也不知道滚了多远。

　　她是个乖孩子，只两件事不乖：一是不肯洗脸，二是不肯睡觉。

每当佣人端上热腾腾的洗脸水,她便觉不妙,先还慢悠悠地轻声说:"逃——逃——逃——"等妈妈拧了一把热毛巾,她两脚急促地逃跑,一迭连声喊"逃逃逃逃逃!"总被妈妈一把捉住,她哭着洗了脸。

我在家时专管阿必睡午觉。她表示要好,尽力做乖孩子。她乖乖地躺在摇篮里,乖乖地闭上眼,一动都不动,让我唱着催眠歌摇她睡。我把学校里学的催眠歌都唱遍了,以为她已入睡,停止了摇和唱。她睁开眼,笑嘻嘻地"点戏"说:"再唱《喜旦娄》(Sweet and low,丁尼生诗中流行的《摇篮曲》)。"原来她直在品评,选中了她最喜爱的歌。我火了,沉下脸说:"快点困!"(无锡话:"快睡!")阿必觉得我太凶了,乖乖地又闭上了眼。我只好耐心再唱。她往往假装睡着,过好一会儿才睁眼。

有时大家戏问阿必,某人对她怎么凶。例如:"三姐姐怎么凶?"

"这是'田'字啊!"(三姐教她识字)

"绛姐怎么凶?"

"快点困!"

阿必能逼真地摹仿我们的声音语调。

"二伯伯(二姑母)怎么凶?"

"着得里一记!"(霹呀地打一下)

她形容二姑母暴躁地打她一下,也非常得神。二姑母很疼她,总怪我妈妈给孩子洗脸不得其法,没头没脑地闷上一把热毛巾,孩子怎么不哭。至于阿必的不肯睡觉,二姑母更有妙论。她说,这孩子前世准是睡梦里死的,所以今生不敢睡,只怕睡眠中又死去。阿必去世,二姑母早殁了,不然她必定说:"不是吗?我早就说了。"

我记得妈妈端详着怀抱里的阿必,抑制着悲痛说:"活是个阿同(一九一七年去世的二姐)!她知道我想她,所以又来了。"

阿必在小学演《小小画家》的主角,妈妈和二姑母以家长身份去看孩子演剧。阿必平时剪"童化"头,演戏化装,头发往后掠,面貌宛如二姐。妈妈抬头一见,泪如雨下。二姑母回家笑我妈妈真傻,看女儿演个戏都心痛得"眼泪嗒嗒滴"(无锡土话)。她哪里能体会妈妈的心呢。我们忘不了二姐姐十四岁病在上海医院里,日夜思念妈妈,而家在北京,当时因天灾人祸,南北路途不通,妈妈好不容易赶到上海医院看到二姐,二姐瞳孔已散,拉着妈妈的手却看不见妈妈了,直哭。我妈妈为此伤心得哭坏了眼睛。我们懂事后,心上都为妈妈流泪,对眼泪不流的爸爸也一样了解同情。所以阿必不仅是"最小偏怜",还因为她长得像二姐,而失去二姐是爸爸妈妈最伤心的事。或许为这缘故,我们对阿必倍加爱怜,也夹带着对爸爸妈妈的同情。

阿必在家人偏宠下,不免成了个娇气十足的孩子。一是脾气娇,一是身体娇。身体娇只为妈妈怀她时身体虚弱,全靠吃药保住了孩子。阿必从小体弱,一辈子娇弱。脾气娇是惯出来的,连爸爸妈妈都说阿必太娇了。我们姊妹也嫌她娇,加上弟弟,大伙儿治她。七妹妹(家里称阿七)长阿必六岁,小姐妹俩从小一起玩,一起睡在妈妈大床的脚头,两人最亲密。治好阿必的娇,阿七功劳最大。

阿七是妈妈亲自喂、亲自带大的小女儿,当初满以为她就是老女儿了。爸爸常说,人生第一次经受的伤心事就是妈妈生下面的孩子,因为就此夺去了妈妈的专宠。可是阿七特别善良忠厚,对阿必一点不妒忌,分外亲热。妈妈看着两个孩子凑在一起玩,又心疼又得意地说:"看她们俩!真要好啊,从来不吵架,阿七对阿必简直千依百顺。"

无锡人把"逗孩子"称作"引老小"。"引"可以是善意的,也可以带些"欺"和"惹"的意思。比如我小弟弟"引"阿必,有时就不是纯出善意。他催眠似的指着阿必说:"哦!哭了!哭了!"阿必就应声而哭。爸爸妈妈说:"勿要引老小!"同时也训阿必:"勿要娇!"但阿七"引"阿必却从不挨骂。

阿七喜欢画(这点也许像二姐)。她几笔便勾下一幅阿必的肖像。阿必眉梢向下而眼梢向上。三姑母宠爱阿必,常说:"我俚阿必鼻头长得顶好,小圆鼻头。"(我们听了暗笑,因为从未听说鼻子以"小圆"为美。)阿必常嘻着嘴笑得很淘气。她的脸是蛋形。她自别于猫狗,说自己是圆耳朵。阿七一面画,口中念念有词。

她先画两撇下搭的眉毛,嘴里说:"搭其眉毛。"

又画两只眼梢向上的眼睛:"豁(无锡话,指上翘)其眼梢。"

又画一个小圆圈儿:"小圆其鼻头。"

又画一张嘻开的大宽嘴:"薄阔其嘴。"

然后勾上童化头和蛋形的脸:"鸭蛋其脸。"

再加上两只圆耳朵:"大圆其耳。"

阿必对这幅漫画大有兴趣,拿来仔细看,觉得很像自己,便"哇"地哭了。我们都大笑。

阿七以后每画"搭其眉毛,豁其眼梢";未到"鸭蛋其脸",

阿必就哭。以后不到"小圆其鼻"她就哭。这幅漫画愈画愈得神,大家都欣赏。一次阿必气呼呼地忍住不哭,看阿七画到"鸭蛋其脸",就夺过笔,在脸上点好多点儿,自己说:"皮蛋其脸!"——她指带拌糠泥壳子的皮蛋,随后跟着大伙一起笑了。这是阿必的大胜利。她杀去娇气,有了幽默感。

我们仍以"引阿必"为乐。三姑母曾给我和弟弟妹妹一套《童谣大观》,共四册,上面收集了全国各地的童谣。我们背熟很多,常挑可以刺激阿必娇气的对她唱。可惜现在我多半忘了,连唱熟的几只也记不全了。例如:"我家有个娇妹子,洗脸不洗残盆水,戴花选大朵,要簸箕大的鲤鱼鳞,要……要……要……要……要……要十八个罗汉守轿门,这个亲,才说成。"阿必不娇了,她跟着唱,抢着唱,好像与她无关。她渐渐也能跟着阿七同看翻译的美国小说《小妇人》。这本书我们都看了,大家批评小说里的艾妹(最小的妹妹)最讨厌,接下就说:"阿必就像艾妹!"或"阿必就是艾妹!"阿必笑嘻嘻地随我们说,满不在乎。以后我们不再"引阿必",因为她已能克服娇气,屹然不动了。

阿必有个特殊的本领:她善摹仿。我家的哈巴狗雌性的叫"白克明",远比雄性的聪明热情。它一见主人,就从头到尾——尤其是腰、后腿、臀、尾一个劲儿地又扭又摆又摇,大概只有极少数的民族舞蹈能全身扭得这么灵活而猛烈,散发出热腾腾的友好与欢欣。阿必有一天忽然高兴,趴在二姑母膝上学"白克明"。她虽然是个小女孩,又没有尾巴,学来却神情毕肖,逗得我们都大乐。以后我们叫她学个什么,她都能,也都像。她尤其喜欢学和她完全不像的人,如美国电影《劳来与哈代》里的胖子劳来。她那么个瘦小女孩儿学大胖子,正如她

学小狗那样惟妙惟肖。她能摹仿方言、声调、腔吻、神情。她讲一件事,只需几句叙述,加上摹仿,便有声有色,传神逼真。所以阿必到哪里,总是个欢笑的中心。

我家搬到苏州之后,妈妈正式请二姑母做两个弟弟的家庭教师,阿七也一起由二姑母教。这就是阿必"囫囵着跌下来"的时期。那时我上初中,寄宿在校,周末回家,听阿七顺溜地背《蜀道难》,我连这首诗里的许多字都不识呢,很佩服她。我高中将毕业,阿必渐渐追上阿七。一次阿必忽然出语惊人,讲什么"史湘云睡觉不老实,两弯雪白的膀子撂在被外,手腕上还戴着两只金镯子"。原来她睡在妈妈大床上,晚上假装睡觉,却在帐子里偷看妈妈床头的抄本《石头记》。不久后爸爸买了一部《元曲选》,阿七阿必大高兴。她们不读曲文,单看说白。等我回家,她们争着给我讲元曲故事,又告诉我好丫头都叫"梅香",坏丫头都叫"腊梅","弟子孩儿"是骂人,更凶的是骂"秃驴弟子孩儿"等等。我每周末回家,两个妹妹因五天不相见,不知要怎么亲热才好。她们有许多新鲜事要告诉,许多新鲜本领要卖弄。她们都上学了,走读,不像我住校。

"绛姐,你吃'冷饭'吗?"阿必问。

"'冷饭'不是真的冷饭。"阿七解释。

(默存告诉我,他小时走读,放晚学回家总吃"冷饭"。饭是热的,菜是午饭留下的。"吃冷饭"相当于吃点心。)

"绛姐,你吃过生的蚕豆吗?吃最嫩的,没有生腥味儿。"

"绛姐,我们会摘豌豆苗。"

"绛姐,蚕豆地里有地蚕,肥极了,你看见了准肉麻死!"她们知道我最怕软虫。

我妈妈租下贴邻一亩荒园,带着女佣开垦为菜园。两个妹妹带我到菜园里去摘最嫩的豆角,剥出嫩豆,叫我生吃,眼睁睁地看着我吃,急切等我说声"好"。她们摘些豆苗,摘些嫩豌豆,胡乱洗洗,放在锅里,加些水,自己点火煮给我吃。(这都是避开了大人干的事。她们知道厨房里什么时候没人。)我至今还记得那锅乱七八糟的豆苗和豆角,煮出来的汤十分清香。那时候我已上大学,她们是妹妹,我是姐姐。如今我这个姐姐还在,两个妹妹都没有了,是阿必最小的打头先走。

也不知什么时候起,她们就和我差不多大了。我不大看电影,倒是她们带我看,介绍某某明星如何,什么片子好看。暑假大家在后园乘凉,尽管天还没黑,我如要回房取些什么东西,单独一人不敢去,总求阿七或阿必陪我。她们不像我胆小。寒假如逢下雪,她们一老早便来叫我:"绛姐,落雪了!"我赶忙起来和她们一起玩雪。如果雪下得厚,我们还吃雪;到后园石桌上舀了最干净的雪,加些糖,爸爸还教我们挤点橘子汁加在雪里,更好吃。我们三人冻红了鼻子,冻红了手,一起吃雪。我发现了爸爸和姑母说切口的秘诀,就教会阿七阿必,三人一起练习。我们中间的年龄差距已渐渐拉平。但阿必毕竟还小。我结了婚离家出国,阿必才十三岁。

一九三八年秋,我回上海看望爸爸。妈妈已去世,阿必已变了样儿,人也长高了。她在工部局女中上高中。爸爸和大姊跟我讲避难经过,讲妈妈弥留时借住乡间的房子恰在敌方炮火线上,四邻已逃避一空,爸爸和大姊准备和妈妈同归于尽,力劝阿必跟随两位姑母逃生,阿必却怎么也不肯离去。阿必在妈妈身边足足十五年,从没有分离过。以后,爸爸就带着改扮男装的大姊和阿必空身逃到上海。

逃难避居上海,生活不免艰苦。可是我们有爸爸在,仿佛自己还是包在竹箨里的笋,嵌在松球里的松子。阿必仍是承欢膝下的小女儿。我们五个姊妹(弟弟在维也纳学医)经常在爸爸身边相聚,阿必总是个逗趣的人,给大家加添精神与活力。

阿必由中学而大学。她上大学的末一个学期,爸爸去世,她就寄宿在校。毕业后她留校当助教,兼任本校附中的英语教师。阿必课余就忙着在姐姐哥哥各家走动,成了联络的主线。她又是上下两代人中间的桥梁,和下一代的孩子年龄接近,也最亲近。不论她到哪里,她总是最受欢迎的人,因为她逗乐有趣,各家的琐事细故,由她讲来都成了趣谈。她手笔最阔绰,四面分散实惠。默存常笑她"distributing herself"(分配自己)。她总是一团高兴,有说有讲。我只曾见她虎着脸发火,却从未看到她愁眉苦脸、忧忧郁郁。

阿必中学毕业,因不肯离开爸爸,只好在上海升学,考进了震旦女子文理学院。主管这个学校的是个中年的英国修女,名 Mother Thornton,我女儿译为"方凳妈妈"。我不知她在教会里的职位,只知她相当于这所大学的校长。她在教员宿舍和学生宿舍里和教员、学生等混得相当熟。"方凳"知道杨必向往清华大学,也知道她有亲戚当时在清华任职。大约是阿必毕业后的一年——也就是胜利后的一年,"方凳"要到北京(当时称北平)开会。她告诉杨必可以带她北去,因为买飞机票等等有方便。阿必不错失时机,随"方凳"到了北京。"方凳"开完会自回上海,阿必留在清华当了一年助教,然后如约回震旦教课。

阿必在震旦上学时,恰逢默存在那里教课,教过她。她另一位老师是陈麟瑞先生。解放后我们夫妇应清华大学的招聘离沪北上,行前向陈先生夫妇辞行。陈先生当时在国际劳工局兼职,要找个中译英的助手。默存提起杨必,陈先生觉得很合适。阿必接受了这份兼职,胜任愉快。大约两三年后这个局解散了,详情我不清楚,只知道那里报酬很高,阿必收入丰富,可以更宽裕地"分配自己"。

　　解放后"方凳"随教会撤离,又一说是被驱逐回国了。"三反"时阿必方知"方凳"是"特务"。阿必得交代自己和"特务"的关系。我以为只需把关系交代清楚就完了,阿必和这位"特务"有什么不可告人的关系呢!可是阿必说不行,已经有许多人编了许多谎话,例如一个曾受教会照顾、免交学费的留校教师,为了表明自己的立场,说"方凳"贪污了她的钱等等离奇的话。阿必不能驳斥别人的谎言,可是她的老实交代就怎么也"不够"或"很不够"了。假如她也编谎,那就没完没了,因为编开了头也是永远"不够"的。她不肯说谎,交代不出"方凳"当"特务"的任何证据,就成了"拒不交代",也就成了"拒不检讨",也就成了"拒绝改造"。经过运动的人,都会了解这样"拒绝"得有多大的勇敢和多强的坚毅。阿必又不是天主教徒,凭什么也不必回护一个早已出境的修女。而且阿必留校工作,并非出于这位修女的赏识或不同一般的交情,只为原已选定留校的一位虔诚教徒意外地离开上海了,杨必凑巧填了这个缺。我当时还说:"他们(教会)究竟只相信'他们自己人'。"阿必交代不出"方凳"当"特务"的证据,当然受到嫌疑,因此就给"挂起来"了——相当长期地"挂"着。她在这段时期翻译了一本小说。阿必正像她两岁半"囫囵着跌下"时一样地"若无其事"。

　　傅雷曾请杨必教傅聪英文。傅雷鼓励她翻译。阿必就写

信请教默存指导她翻一本比较短而容易翻的书,试试笔。默存尽老师之责,为她找了玛丽亚·埃杰窝斯的一本小说。建议她译为《剥削世家》。阿必很快译完,也很快就出版了。傅雷以翻译家的经验,劝杨必不要翻名家小说,该翻译大作家的名著。阿必又求教老师。默存想到了萨克雷名著的旧译本不够理想,建议她重译,题目改为《名利场》。阿必欣然准备翻译这部名作,随即和人民文学出版社订下合同。

杨必的"拒不交代"终究获得理解。领导上让她老老实实做了检讨过关。全国"院系调整",她分配在上海复旦大学外文系,评定为副教授。该说,她得到了相当高的重视;有些比她年纪大或资格好或在国外得到硕士学位的,只评上讲师。

阿必没料到自己马上又要教书。翻译《名利场》的合同刚订下,怎么办?阿必认为既已订约,不能拖延,就在业余翻译吧。她向来业余兼职,并不为任务超重犯愁。

阿必这段时期生活丰富,交游比前更广了。她的朋友男女老少、洋的土的都有。她有些同事比我们夫妇稍稍年长些,和她交往很熟。例如高君珊先生就是由杨必而转和我们相熟的;徐燕谋、林同济、刘大杰各位原是和我们相熟而和杨必交往的。有一位乡土味浓厚而朴质可爱的贾植芳,曾警告杨必:她如不结婚,将来会变成某老姑娘一样的"僵尸"。阿必曾经绘声绘色地向我们叙说并摹仿。也有时髦漂亮而洋派的夫人和她结交。也许我对她们只会远远地欣赏,阿必和她们却是密友。阿必身材好,讲究衣着,她是个很"帅"的上海小姐。一九五四年她因开翻译大会到了北京,重游清华。温德先生见了她笑说:"Eh,杨必! smart as ever!"默存毫不客气地当面批评"阿必最 vain",可是阿必满不在乎,自认"最虚荣",好比她小时候自称"皮蛋其脸"一样。

爸爸生前看到嫁出的女儿辛勤劳累,心疼地赞叹说:"真勇!"接下就说阿必是个"真大小姐"。阿必心虚又淘气地嬉着嘴笑,承认自己无能。她说:"若叫我缝衣,准把手指皮也缝上。"家事她是不能干的,也从未操劳过。可是她好像比谁都老成,也有主意。我们姐妹如有什么问题,总请教阿必。默存因此称她为"西碧儿"(Sibyl,古代女预言家)。阿必很幽默地自认为"西碧儿"。反正人家说她什么,她都满不在乎。

阿必和我虽然一个在上海,一个在北京,但因通信勤,彼此的情况还比较熟悉。她偶来北京,我们就更有说不完的话了。她曾学给我听某女同事背后议论她的话:"杨必没有'it'。"("it"指女人吸引男人的"无以名之"的什么东西。)阿必乐呵呵地背后回答:"你自己有就行了,我要它干吗!"

杨必翻译的《名利场》如期交卷,出版社评给她最高的稿酬。她向来体弱失眠,工作紧张了失眠更厉害,等她赶完《名利场》,身体就垮了。当时她和大姐三姐住在一起。两个姐姐悉心照料她的饮食起居和医疗,三姐每晚还为她打补针。她自己也努力锻炼,打太极拳,学气功,也接受过气功师的治疗,我也曾接她到北京休养,都无济于事。阿必成了长病号。阿七和我有时到上海看望,心上只是惦念。我常后悔没及早切实劝她"细水长流",不过阿必也不会听我的。工作拖着不完,她决不会定下心来休息。而且失眠是她从小就有的老毛病,假如她不翻译,就能不失眠吗?不过我想她也许不至于这么早就把身体拖垮。

胜利前夕,我爸爸在苏州去世。爸爸带了姐姐等人去苏州之前,曾对我说:"阿必就托给你了。"——这是指他离开上

海的短期内,可是语气间又好像自己不会再回来似的。爸爸说:"你们几个,我都可以放心了,就只阿必。不过,她也就要毕业了,马上能够自立了。那一箱古钱,留给她将来做留学费吧,你看怎样?"接着爸爸说:"至于结婚——"他顿了一下,"如果没有好的,宁可不嫁。"爸爸深知阿必虽然看似随和,却是个刚硬的人,要驯得她柔顺,不容易。而且她确也有几分"西碧儿"气味,太晓事,欠盲目。所以她真个成了童谣里唱的那位"我家的娇妹子",谁家说亲都没有说成。曾几次有人为她向我来说媒,我只能婉言辞谢,不便直说阿必本人坚决不愿。如果对方怨我不出力、不帮忙,我也只好认了。

有人说:"女子结婚忧患始。"这话未必对,但用在阿必身上倒也恰当。她虽曾身处逆境,究竟没经历多少人生的忧患。阿必最大的苦恼是拖带着一个脆弱的身躯。这和她要好、要强的心志调和不了。她的病总也无法甩脱。她身心交瘁,对什么都无所留恋了。《名利场》再版,出版社问她有什么要修改的,她说:"一个字都不改。"这不是因为自以为尽善尽美,不必再加工修改;她只是没有这份心力,已把自己的成绩都弃之如遗。她用"心一"为笔名,曾发表过几篇散文。我只偶尔为她留得一篇。我问她时,她说:"一篇也没留,全扔了。"

"文化大革命"初期,她带病去开会,还曾得到表扬。到"清队"阶段,革命群众要她交代她在国际劳工局兼职的事。她写过几次交代。有一晚,她一觉睡去,没有再醒过来。她使我想起她小时不肯洗脸,连声喊"逃逃逃逃逃!"两脚急促地逃跑,总被妈妈捉住。这回她没给捉住,干净利索地跑了。为此她不免蒙上自杀的嫌疑。军医的解剖检查是彻底的,他们的诊断是急性心脏衰竭。一九七九年,复旦大学外语系为杨必开了追悼会。

　　阿必去世,大姐姐怕我伤心,先还瞒着我,过了些时候她才写信告诉我。据说,阿必那晚临睡还是好好的。早上该上班了,不见她起来。大姐轻轻地开了她的卧房门,看见她还睡着。近前去看她,她也不醒。再近前去抚摸她,阿必还是不醒。她终究睡熟了,连呼吸都没有了。姐姐说:"她脸上非常非常平静。"

1990 年 6 月

阿姊

◎冯亦代

　　阿姊的噩耗我是在医院里得知的。住医院后不多的日子里，已经看到了两起死亡：一个是十九岁，一个只有七岁。乍一见太平间的推车，把一个午夜里还在艰难喘气的年轻女孩子送向那处冰冷的屋子时，不免吃惊，心里升起一朵尚未绽开的花儿夭折了的感喟，且为之不愉者久之。过几天又在清晨漫步时，逢见了另一个小生命的终结。这孩子活泼可爱，聪敏异常。前些日子她还告诉我不几天要动手术，我问她怕不怕，她说不怕，还说："妈妈说开了刀便好了，妈还说要给我买大洋娃娃。"似乎她天真的笑容犹在眼前，可是再也听不见她银铃般的声音了。自己虽然生的不是马上会死的病，但也逃不掉终有一死的时辰。想了半天，也就把人的生生灭灭看成左右不过是那么一回事了。因此当我收到洪甥来函时，感情上还支持得住，但是突然被狂风打开的记忆之窗，却一时再也关不上。

　　阿姊和我并不是同胞手足，但二人的情谊却比一母生的姊弟还要亲密。阿姊的妈妈是我母亲的寄姊。我自幼失母，由祖母带大，到八九岁时祖母去世了，无人照管。父亲便把我托付给阿姊的妈妈，也就是我的寄母。

　　寄母很年轻就守寡，含辛茹苦把阿姊养大。她和我生母是莫逆之交，认为抚养遗孤是她对自己义妹一件不容推卸的责任。这样我便在寄母家里生活了下来。

阿姊比我大十多岁，杭州女子师范毕了业一时找不到工作，便闲居在家里，每天去女青年会补习英语。她是个刻苦用功的学生，每天下午去上课，整个晚上和第二天清早，即使手边有活做，也口里念念有词，在复习她的功课。我因为祖母死后有一时期无人管，成了没笼头的野马，学校里的功课，读得只差不及格了。但是我对每天晚上阿姊在煤油灯下温习英语时那副认真样子，忽然发生了兴趣。我那时已经在初小三年级开始念英文了，从学习英语中我和阿姊建立了新的感情。为了记住我们念过的生字，阿姊做了一副纸牌。每张纸牌上写着英文字母，谁抽着一个字母，便把它联成一个单字，这样来考查我们的记忆。拼不上一个单字，或是拼错了字母，记分受罚。不用说，当时老罚的是我，可是通过这个游戏，我不但记住了单字，而且认识了不少新字。我那时的英语成绩，无论在平时和考试，分数突然拔到尖儿，连我自己也纳闷。寄母笑着说，这是玩牌玩出状元来了。其实打英文纸牌，正是一种积聚智力的游戏。

阿姊的中文也不错。她的书案上堆着《古文观止》和《史记精华录》，也有《白香词谱》和《唐诗三百首》。寄母则粗通文墨，《千家诗》背得烂熟，还好讲《聊斋》故事。我想我对文学的爱好，最初可能是受她俩的影响。我已是九、十岁的人了，从小少有母爱，现在住在寄母家里，不啻多了个亲生妈妈。每天晚上功课复习完毕，便倚在她的怀里，泥着她讲狐鬼故事。她则在开讲之前，必定要我背一首《千家诗》。一直到今天，我还记得那句"云淡风轻近午天"，和她抱着我在膝头上轻吟的情景。每当忆念到这些,我的心总为之怦然而不能自已的。

那时,小学的语文教科书虽然已改成白话文,但老师还是侧重文言。他鼓励我们用文言写作文,而且介绍一些范文给我们照葫芦画瓢。可是阿姊说不能直抄范文,要用同样的意思,不要用同样的字句。她鼓励我把范文化成自己的语言。因此每星期作文本发回来,我的卷上经常是老师用朱红笔写下的批语,"文义生动","叙事清晰",如此等等。

阿姊又精于数学,我们邻居有位念工业学校的学生,有时习题做不出还要来向她讨教。我的珠算快,加减乘除百子数都是她教的。我一向不喜欢数学,但我住在寄母家的几年里,数学考试的分数,也还相当过得去。

她写得一手好赵字。赵孟頫的一本《洛神赋》,她用油纸蒙着描,用"尺白纸"临摹,一年也不知要重复写上几千遍。她教我临碑帖,每天规定我写大字和小字。我高小的校长名周承德,是浙江有名的书法家,以写北魏《龙门二十品》出名。他教我们习字课。上课时,他在讲台上批阅我们的字卷,我们在下面临着《龙门二十品》。尽管批下来的字卷,这个字打双圈、单圈,那个字打直杠或是叉叉。我看了也不知究竟好在哪里或是坏在哪里;那时老师是不教这些的,他要学生们自己去体味。我这个人从小就大大咧咧,马马虎虎,所以尽管有名师和好向导,而且我也喜欢写字,可就是不能登堂入室。如果把我这辈子写字临碑帖的时间加起来,也应当早成个书法家了,可是我现在写字还像蟹爬似的。每当我看着自己的字叹气时,我不免要想起六十年代初,阿姊来京时看见我在临池的一句话:你写了多少年字,吃亏的是你没有长性,也缺少用功。真是知我有素,一针见血的评语。

阿姊家住在一处小巷底里,隔着那座风火墙,便是乾隆的行宫。那是个极大的园子,到我九、十岁时,早已废弃,成了个狐狸出没的场所。杭州人特别怕狐狸,称之为狐仙,必须用鸡蛋和烧酒虔诚供奉,贿赂它不要作祟于人。寄母和阿姊也许不相信这一套,或者是相信这一套;因此无论在夏夜凉风习习的天井里,或是冬夕昏黄的煤油灯下,都爱讲狐鬼故事。等我上了高小时候,一次偶然在阿姊的旧书堆里找到了一本《聊斋》。起初是顺手翻阅,以后看到有阿姊讲过的故事,便认真读了起来。我那时的古文水平并不高;给我讲过的故事我可以连蒙带猜地念下来,没有讲过的,便处处都是拦路虎。去找阿姊,她不肯教我读,说是要荒废学校功课的,甚至不让我在复习功课后念。我逼得没法,便牺牲了玩的时间,特别是星期天也足不出户,闭门读《聊斋》;一面查字典,一面兜圈子问阿姊读不懂的地方。阿姊往往像寄母一样叹口气说,你要是对功课也这样巴结,爸爸就开心了。就在这样的督促辅导之下,我终于在学校里从倒数第四五名一跃而为前三名。三个学生里,一个是校长的女儿周大明,另一个是后来成为中国名油画家的董希文,还有个就是区区。我们三个人像走马灯似的每学期轮流换位,不过,在高小二年中,我都从来没有拿过第一名。

我成长的时候,正是军阀混战的年月。从我记事的时候起,便有齐(燮元)卢(永祥)之战,直奉战争和孙传芳自闽入浙。在大革命前夕,则有夏超独立等战役。一有战争,杭州的名门巨富便往上海租界跑,没钱的无法走动,便相信红十字会的旗帜可以逃避丘八的骚扰。我叔父是个医生,在浙江病院工作。所以,每逢战争降临,祖父便率领一家老小,兼及至亲好友,全数住入医院。这种事现在想起来实在好笑,因为这所医院晚上连大门也不关的;而且房屋分散,这个院子发生意外,别的院子根本听不到声息动静。可是在那个时候,大人们的确是这样想的,而且对于答应我们住进去的盛院长(可惜我已想不出他的名字了,是个很有名的外科医生),真是千谢万谢,把他当救苦救难的观世音菩萨看待。我们小孩子更是特别高兴,因为医院的面积大,可以让我们任性遨游。我在家里一向被拘得慌,这时便四处奔跑,连吃顿饭也得到处去找我。苦的是阿姊,寄母总叫她来找我。有次我正在一口废井旁玩儿,听见她一路在叫我,便把一块石头推进井去,自己随着躲了起来。她听见有东西掉进水里的声音,走到井旁却找不到人,以为我已落井,便大声哭喊。这时我才从藏身处跑出来,还刮着脸皮笑她不害羞,大人还哭。她从来没和我红过脸,或是责骂过我,这一次可真是动了气,回身走开,再也不理我了。我知道自己做了错事,千央告,万央告,才使她破涕为笑。从此我再也不敢和她开玩笑了。

  大概因为自幼过着孤儿的生活,寄母是个年轻的寡妇,备受同族的老小欺凌,所以阿姊的胆子特别小,什么人都害怕,什么事都退让。到一九二七年我读安定中学初中一年级时,大革命的风暴席卷了中国大部,杭州也不例外。我在几个年纪大的同学影响下,偷偷和他们晚间用黑炭在白墙上写"打倒军阀"等等的标语。有一天阿姊偶然听见了一个同学和我的谈话,她吓得不得了。于是每晚管着我,不许我出外。

  那时她已经结婚,我随着寄母跟着到她的新家里居住。姊夫是个杭州的世家子弟,不过如今已经式微了。他身体不太好,大概一辈子也不过做了三四年的工作,其他的岁月,不是逃避战祸，就是陷身疾病。但他是个好学不倦的人，平时家居，清早写两张《九成宫》大字，上午是英语，下午是数学。我还在高中的时候，他就在钻研中国古代关于数论一类的书了。可惜他生得不是时候，等到解放他可以一展所长时，他的年纪已大了，身体也差了，但是他没有甘心罢休。突然，他和阿姊都成了街道积极分子，发挥了他们善于组织工作的才干。

我当时的印象，阿姊和姊夫真是天造地设的一对。他们的婚姻是旧式的，凭了媒妁之言和父母之命。婚前不过见上一二面，婚后倒是耳鬓厮磨，朝夕厮守。原来他们有共同的语言，就是爱读书。照杭州的风俗，新婚后要过三朝回门，这算是婚礼后的一个重要节目。那时寄母还没有搬到姊夫家去，阿姊和姊夫一清早便坐着黄包车回了娘家。寄母家亲友十分稀少，中午吃过喜酒，大都散去了。我想找姊夫开玩笑，可就是找不到他们两个。想不到最后在废园里找到了，他俩正坐在那棵老杏树下，一个拿了本英国作家斯威夫特的《海外轩渠录》（即《格列佛游记》，当时商务印书馆出版英文本上封面的书名用林纾的译名），一个拿了个《综合英汉大辞典》，姊夫在哈哈大笑，阿姊则在浅笑，脸上显出红晕。我的出现，打搅了他们新婚的乐事。如今想来，我多么煞风景，可在当日我以逮住他们为乐，因为我妒忌姊夫把阿姊抢去了。我这个小傻瓜！

以后，我随着寄母到姊夫家住，我经常看见他们成对儿在读书、写字。有时把写的字摊在桌上相互评比，有时又相互以翻查英汉辞典的快慢作游戏。他们玩英语游戏时，都少不了我，但在比大字好坏时，我却永不参加。因为他俩的字都写得比我好。每天晚间，他们屋子里总是静悄悄的，有时偶尔发出翻阅纸张的声音。看到他们在念书，我也每晚在手上拿一本书。也许多少年来我爱书和离不开书的习惯,就是在那时养成的。

我又和寄母及阿姊、姊夫同住了两年多,以后祖父从嘉兴盐公堂退休,我才回到自己家里住,那时我已经念高中了。我每星期日必去看寄母和阿姊。夏天吃寄母为我腌制的苋菜梗(读如广),冬天吃她为我做的干蒸蛋。阿姊则絮絮问我功课的情况。她为我学习的些微进步感到高兴,而对于我不喜欢数学则很不赞成,她说你现在不喜欢、不用功,到考大学时你就要后悔了。果然,她的话不幸而言中,我因未能进清华读英文系而懊丧了一辈子。不是到现在还有某些学院派的巨头,认为我之搞外国文学只是参野狐禅的吗?

离开阿姊家,似乎翻开了历史的另一页,我突然成长起来了。也许是时代的必然吧,就在高中的三年里,"九一八"、"一·二八",日帝步步进逼,国民党蒋介石投降卖国,我为学生救国运动奔走了两年。有时也去看寄母、阿姊和姊夫。阿姊和姊夫,甚至寄母,都是爱国的。他们也不以蒋介石的不抵抗政策为然,可是他们胆小怕事,惟恐我这个独根苗有个闪失,也不赞成我弃书不念,整天去搞学生运动,因此我们失去了共同语言。我想念他们,就上他们家去了,但相对无语,只感到四周令人局促不安的气氛。我去一次就苦恼一次,我的一去不复返的童年呀!

一九三二年的夏末,我要到上海读大学了。临行,阿姊和姊夫到车站来送我,看到阿姊微红的眼圈,我强自按捺住就要掉下来的眼泪,和她挥手告别。这之后,我只有和她再见过四五次。印象最深的一次是抗战时,他们一家避难到内地,住在贵阳郊区。恰好一九四二年春天我有事去桂林,回重庆时搭坐的卡车在贵阳附近抛了锚,要在城里修理,我趁便到郊区看了他们。那时,寄母还健在,精神也很矍铄,倒是阿姊和姊夫显得衰老了。他们寄住在一家亲戚处,二女儿刚夭折。在丧乱中真是无话可说,能见上一面,已感到万幸了。寄母拉着我的手,我感到热烘烘的泪珠滚在我的手背上,我不由己地也哭了。互道了几年来的思念,吃了一顿午饭,寄母特别为我做了干蒸蛋,但是我吃不下,饭后便匆匆走了。

前年春末,我从扬州去杭州,我已经二十年没有看见阿姊和姊夫了,寄母去世我也没有回故乡。火车是傍晚到达的,急匆匆在旅舍餐厅里扒完了一碗饭,便搭上公共汽车到阿姊家去。下了车我一口气跑进了那条熟悉而又陌生的小巷。

我敲打那扇不知被我敲打过多少次的小黑门,姊夫来开的门,我高声叫着:阿姊,我来了,阿姊……但是阿姊并没有出来迎接我,相反,姊夫却给我摆摆手要我轻声点,说阿姊病了。我突然呆愣愣地站住,似乎我的心也停摆了。

阿姊的病,说严重并不严重,说不严重却又十分严重。她可以起居如常,但她的脑子不管用了,有时清醒,有时糊涂。她认得出我,说,弟弟你来了……可是接下去的话,简直使我发怔了。她说,你来的时候有没有看见一批人,他们要斗争我,我们讲话不能让他们晓得。于是她提起了一些我年幼时的事情,接着又说,你不要高声说话,给他们听见了,又要开会的。她说几句,就加上一句"声音轻一点儿,不要给他们听见"。我对她说,你不要怕,现在不会斗争人了。她说,不能说,不能说,他们就在门外,他们一听到我们说的话,就要开斗争会。你说得轻一些,只有我们俩听得见……她紧紧拉住我

的一只手,一个劲不让我离开她,说你不能走,你走了,他们要来斗我了。

就这样她一直和我"谈"了一个多小时的"话",拉住我不让我走。一直到她很疲倦了,一只手慢慢地放松,我才抽身出来。我问姊夫,阿姊的病从何而来,他叹了一口气说,"四人帮"倒台之前就有了症候,七十年代末寄母去世后,她的病就越来越厉害了。阿姊在"文化大革命"前就是个街道积极分子,当然在那个十年里,过得十分坎坷蹭蹬,是可想而知的。她一向胆小怕事,怎能经得住这样的所谓"革命"风暴呢?以后她的子女,给她迁地医治,满以为换个地方,可以脱离她日夕所处的环境,但是没有用。姊夫晚年读了许多中医书,有时也给别人看看小毛病,他比阿姊早半年去世,他们俩是十分恩爱的。甥辈怕阿姊知道了加重病情,便过了许多时日才委委婉婉告诉她。可是她一无反应,似乎在她的生活中就从来没有过这样的一个人。我听了为之心酸。

阿姊活到八十几岁,也活够了,可是她心上的创伤,永远没有解脱的可能。对她的死,我流不出一滴眼泪,但对她的病因,我却至今心意难平。

寄母名邹淑慧,阿姊名祝寿萱,姊夫名钟荫棠。写下他们的名字,只是说明在中国大地上,曾经有过三个叫这样名字的普通老百姓,但他们的遭遇却是中国现代史的见证。

1983年1月8日脱笔

三姐常韦

◎萧乾

一

在死的问题上,离去的与依然留在世间的,立场原来并不尽同。

我一直在羡慕、企盼那种突然的、毫无预感、既不折磨人自己也不受折磨的死。至今,也依然在企盼着这样的死。然而当常韦三姐那么突然间弃我们而去时,我才体会到对于活着的家人,那样干脆的死比积年累月地缠绵病榻而后再辞世更加难以忍受。三年困难,十年浩劫,挨斗,抄家,地震;在大杂院,在门洞,她一直同我们共患难,并照顾着我们。我们巴不得在她生前,也能为她尽些绵力,哪怕伺候她几年也好。可转而一想,那又实在太自私了!难道为了让我们心安,就宁可让她多受些痛苦吗?她能这么不呻吟一声就悄然而去,正是她一生修到的造化。

三姐对我不是一般的妻姐,她同我们共过二十几年患难。八十年代以来,我们三人时常庆幸能一道安度幸福的晚年。(用她的话来说是:"从来没过过这么好的日子。"这里,"从来"

也包括她的少女时代。因为当初纯粹是由于进不起好医院,她的前途才被断送的。)当时,照年龄来排,该我先走,然后才是三姐。洁若还噘嘴说:"我送走了你们,谁送我呢?"我就安慰她说:"不是还有两位弟弟吗?"谁料到这在天公那里全乱了套!

三姐一生的悲剧,是从脚上开始的。她原是文家五个姑娘中,最活泼的一位。上辅仁大学三年级时,一次骑车伤了脚骨。那是一九四一年的事。当时如果马上送入协和,不难治愈。怎奈正赶上她父亲失业,竟由日本同仁医院的实习大夫开的刀。谁知由于碎骨未取尽,脚踝上留下几个活伤口,根本不能走路了。这么一次失败的手术害得她十七年卧床不起。四九年她的同学纷纷进革大受洗礼,一个个当上干部,她却只能眼睁睁地落伍。在婚姻上,她也因而始终高不成低不就地落了空。每逢看到她坐在堂屋细心地为洁若的译稿编页码时我就想:她既然能大本大本地看原文(如狄更斯的)小说,本来也可以在外文部当个编辑呢! 真是一失足成千古恨。

她十分热爱生活。她原打算活得很长很长的。她喜欢丝绸和毛线,遇到可心的颜色和质地好的就买回来。甚至国外一种洗假牙的药片,都存了几大盒。

不论小动物还是植物,一切活的东西,她都爱。我们二人最大的共同爱好是花。七十年代初住在一个大杂院时,我们每月日子过得挺紧。一天,她竟花十几元钱买了一盆开得十分漂亮的绣球。我们的住房把着大门口,她把花放在门前,供同院五十多口子欣赏。她尤其爱插枝,大概一是可以看到植物的繁殖,二是便于送人。单是文竹她就不知插了几十盆。谁一夸,甚至仅只多看两眼,她就给包上带走了。住在豆嘴胡同时,有个小跨院,她年年种上二三十棵玉米。成熟后,自己一个也舍不得吃,全给了孩子。

她去世后整理她的遗物时,洁若发现她珍藏着四十几年来家人给她写的信,其中有一封是一九七〇年十月十四日我从咸宁干校致她的长信。信中还附了一张全家福,个个脸上充满了惧色。我在信中告诉她:"咸宁县城离我们所在的王六嘴足足有二十里。每次去县城,四点就一定得往回走。那天全家人洗完温泉,到咸宁就已四点了。原以为照相可随到随照。可是我们拿到的是七十几号,当时刚照到三十几号。如果等老乡照完我们再照,那就半夜也回不去。所以我就死死地央求照相馆和老乡让我们夹夹塞。照时我们神色紧张,一是怕老乡抗议我们夹塞,把我们赶下来。二是怕照相馆变卦。因此,神色才那么紧张。"这当然是为了让她放心。

信中我还谈到干校那时的生活。"我们近十天在插秧。早五点就爬起,天黑才回来。整天猫着腰,泡在水里。幸亏我们有设备:买了水田鞋,所以还不太凉,也扎不了脚。我把皮背心、毛背心、大小毛衣全穿上,外加皮猴,所以算是十分优越了。"

我们下干校之后,街道勒令三姐到砖窑去劳动。这样,累是很累,却打破了她生活的孤寂。在一封信里,她谈及结婚的可能。洁若和我都对她给予了鼓励。我在信中说:"我们是休戚相关的。只有你也幸福了,我们才能真正幸福。如果你孤独,我们家的团聚也不是完整的。我们来湖北后,就常想到你一个人守在南沟沿——尤其春节的时候。从十几年相处中,以及从洁若平时谈到你的早年生活,我知道你是聪明人,能干人,心胸宽阔,有自我牺牲精神。但你的一生是不幸的。为了

帮助二姐冲破封建桎梏,走向幸福,你挨过重打。最不幸的是你的脚疾。不然,一九四九年后你本也应成为干部,而且会是很认真勤快的干部。六二年你就曾想去教英文,把你在大学里学到的东西贡献出来。你只是缺了张文凭!"

七九年后,洁若和我多次出国。我们从没有一点后顾之忧。每一次三姐都给送机场的司机同志准备好一份丰盛的早餐。不论我们在国外转悠多少时日,回到家里总是一切井然。一进家门,我就先去观赏那百十来盆花:都养得茂茂盛盛的。再去看看阳台那几只乌龟,也都安然无恙。书桌一端是一大摞报纸,另一端是邮件。电话机旁,留言簿上写得满满的。

更重要的是近十几年间,由于三姐把家务承担下来,我们二人才能埋头著译。我们称她作"台柱子",她是当之无愧的。我们也尽可能让她过得充实如意。一九八六年她住院割痔疮那次,是洁若送她去,大弟学朴带着女儿小黎雇辆出租车接她出院。我和洁若利用这几天时间,把三姐那个单元二室一厅的地面全涂上了红漆。我们只希望用我们的劳动为三姐改善环境,让她高兴一下。当然,我只涂了不到五平米,腰疾就犯了;主要是洁若干的,我打杂。那一天饭都没来得及做,还是打电话请学朴买些包子送来。待油漆干了,我们为她铺上了天蓝色地毯。

三姐的房间里,除了书就是花。

挨着她床的那面墙上钉着漆成白色的四层书架,上面摆满了她爱读的书和杂志。这里有显克微支《你往何处去?》的英译本和查理斯《修院与家灶》的英文原著,是我们八六年访美时,老三桐儿托我们带给三姨的。还有两部狄更斯原著,以及阿瑟·魏理的《源氏物语》英译本。中文书绝大部分是新时期以来的中长篇。王火的《月落乌啼霜满天》等厚厚的三大部,她是一字不漏地读完的,还不止一次地说:"这是近年来读到的最使我感动的作品。"洁若读得没有三姐那么细,但也大致能说出故事情节。一连好几天,姐妹俩都在饭桌上谈那个"养鸽子的少年",并为作者王火因救一个小女孩撞伤一只眼,而未能按原定计划继续写下去,表示惋惜。至于杂志,《当代》、《收获》、《随笔》、《读书》、《人物》等都从创刊号排起,她还珍藏着停刊了的《文汇月刊》。床头柜上则堆着实用书:《毛线新针法》、《营养学》、《厨房大全》。她还根据我的特殊情况买了本《药用食谱》,记下肾疾患者宜吃什么,忌什么。所以她总千方百计地为我买到芋头和山药。

三姐爱花,更爱与花留影。九○年一月底,她精心培养的君子兰开了十几朵,洁若马上去买来了胶卷,为姐姐拍了三张照片。去年十一月,摄影家李荣增为她和花卉公司借给我们观赏的一种叫不出名字的粉红色花儿照了一张相,她戴着桐儿送给她的七十寿辰礼品——金项链,神态安详端庄。她立即把这张照片寄给哈尔滨的和新——她少女时代以来最要好的堂姐。洁若托李荣增又加洗了三张,是我把照片送到她手里的。她高兴得像小孩儿似的来回把玩照片,并念叨和新为什么还没有回信。她总是担心着和新的健康,没有想到,跟我说这番话后,不出三十个小时,她本人竟遽然离去!

八四年秋,我在晋谒挪威国王奥拉夫五世时看到了他那间著名的"绿厅",回来对三姐说,呆在那儿就像是置身于大森林中。她听得兴致勃勃。不知是否受了我这番介绍的影响,几年来她真把她那个单元变成了绿色世界。八四年我们从北威尔士波特美朗半岛给她带回三节橡胶树嫩枝,她给培植得比人还高了。入冬,尽管阳台是封闭的,她总要用力把它们拖进屋里,生怕冻坏了。我用国外友人送的大包大包的花籽向花卉单位换上百盆的花。这些,挤满了阳台。她特别心爱的则放在室内的五斗柜和床头小圆桌上,连顶棚上都爬满了绿藤。一九八六年我们在纽约时,一天接到她一封来信,告诉我们:"昨天晚上十一点,昙花开了。我一直守到午夜二点,看它合上瓣。"去年,黄伟经、刘静兰伉俪来访时,听说三姐的昙花刚好开了,还特地为她和昙花留了影。

如今,爱花人殒去,花草对我们也失去了光彩。

二

同洁若结婚前,我们常在文化宫前院一座小亭子的石阶上交谈,一坐就是两三个小时。谈的主要是各人的经历和抱负。我告诉她:我虽结过三次婚,可一生没有过真正的家。我渴望有个窝。我自己真正是光杆一人。她那时有慈祥的妈妈,两个弟弟。大姐在海外,嫁了位美国农学教授;还有一位就是卧病在床的三姐。她说:"三姐是我的生命。"这话重得当时使我大吃一惊,后来证明事情确实是如此。

于是,我告诉她,我也有位姐姐——大堂姐,但她是我半个母亲。我十岁上丧母,妈妈生前一直在外佣工,所以全靠这位老姐姐操持:每天早晨催我起床,替我缝缝补补。妈妈去世后,直到十六岁上我同堂兄决裂,生活上也多亏了她。那以后,我也仍不时地硬着头皮去看她。洁若说,婚后她一定帮我好好地照顾老姐姐。我们曾把她接到作家协会宿舍来住过。令我难过的是当我真正过起好日子时,她早已不在人间了。

老姐姐是一九六〇年四月去世的,当时我正在唐山柏各庄农场劳动。接到洁若的信,我倒在草垛上痛哭了一场。还是洁若代我送的葬。一九六一年六月回城,第一件事就是骑车去八宝山,在她坟前又大哭一场,给她磕了三个头。

一九五四年我娶了文洁若,同时我也"嫁"到了文家。我还记得婚前我头一次去东四八条拜见未来的岳母时的情景。真是个实实在在的人家,不讲客套。岳母(后来我也跟着洁若称她作"太太"了)并没东盘西问,情况想必洁若早已都说了。菜肴很丰盛,自然是贵州口味。只是席间出现一个令我感到十分尴尬的场面:我们刚拿起筷子,三姐突然说:"吃饭的时候别说话!"我听了一愣。心想:洁若这位姐姐可真怪,脾气好不了。但我注意到洁若的妈妈仍若无其事地给我布菜,谈话也并未中止,我的神经也就松弛下来。洁若送我走时,悄悄地向我解释说,三姐多年受脚疾折磨,有时脾气怪些,可是她有一颗金子般的心,要我千万不要介意。在日后同三姐相处的岁月里,证明她确实是那样,真是知姐莫如妹。

五五年一月,女儿诞生后,三姐就主动提出要帮助我们带娃娃。于是,荔子出生后五天就从隆福医院直接被送到八条。当时三姐还架着双拐,她参考大姐从美国寄来的《育儿手册》,用牛奶、橘汁、西红柿汁什么的把娃娃喂得十分健康。

当然,洁若最大的夙愿是为三姐治脚疾。五六年六月,她幸而在万明路市立第一医院找到一位有经验的大夫。说是比这难得多的手术他都不知做过多少次,成功率达百分之九十五。是我蹬着自行车,给三姐雇辆三轮,送她去住院的。手术是分两次进行的。首先把十五年前那次失败的手术留下的碎骨取尽,待皮肉长好后,又取下一小片大腿骨,对脚踝进行

矫形手术。五八年六月,三姐终于甩掉双拐,重新用自己的脚走路了。洁若有了自己的家,有了子女,很自然地希望三姐也能找到幸福。所以自从三姐的脚疾治愈后,洁若曾数次为她介绍对象。她在泥玩具厂的一些同事以及亲戚朋友,也替她张罗过。矛盾就在于高不成低不就。

三姐毕竟是位读书人。由孔德、圣心,上了辅仁西语系三年级才伤了脚。正因为她本人只差那么一年多未能拿到文凭,她对学历也就格外重视。她心目中有个起码的标准,甚至理想。于是,一个永恒的矛盾出现了:她偶尔看上一个,人家首先就嫌她走路有点跛,可找上门来向她提亲的(一直到一九八七年还有),她又嫌人家"文化不高"。这方面本来大有可写,可是活人尚且讲究隐私权,对于死者,尤其是生前自尊心很强的三姐,我更不想去多写了。

三

五七年那场风暴给许多家庭带来了莫大的灾难,一个个家庭就那么土崩瓦解了。多少朋友的婚姻都是在那个夏天触的礁,然而那场运动却真正奠定了我同洁若以及她一家人的感情基础。当时报纸在头版上用大号字揭批我这个"阶级敌人"。一夜之间,我不但在宿舍和机关里忽然成了毒蛇猛兽,就连在街上遇到曾经十分要好的朋友,对方竟吓得像见了瘟神似的,赶快躲开。这也怪不得谁。人总是要趋吉避凶的。当时同我打招呼,就可能随之而倒大霉。我已一下子变成个沾不得边儿的人了。

那时我虽一肚子委屈,对于世人怎么看我、辱骂我,其实并不在乎。一九四八年我在人生那个十字路口上作出选择时，毕竟早有过点心理准备。我是在多少预料到前景难保的情况下，作出抉择的。但我十分在乎文洁若和她一家人对我的态度。甚至可以说，他们不自觉地在决定着我的生死。倘若世上最后这根线断了，我就只有像许许多多人那样，自行堕入深渊。然而一旦大难临头，这一家人个个对我关怀备至，更加温暖。尤其是五八年初洁若下放到河北丰润县去劳动锻炼，紧接着我也于四月间前往滦县柏各庄农场。这时，太太和三姐答应替我们照看两个小的，住在机关集体宿舍的学朴（那时他尚未成家）则慨然答应让在小学住宿的老大到他那里去度周末和假期。

我是六一年六月回到北京的，在生活上立即遇到一个困难。在农场，由于干重活，我每月的定量是五十五斤，顿顿是稻米，副食也充足。回城之后才知道，不干体力活的知识分子，定量最多是三十斤，每月只能买若干斤大米白面，油肉也少得可怜。我们便用粗粮票到小饭铺去吃些炒面，总比吃窝头强一些。

一天，我到东四四条口一家小面馆去。我身上只带了二两粮票，几口就把叫来的那盘炒面扒拉光了。忽然，我面前又出现了一盘。原来三姐恰好也到这里来吃饭，看到我正狼吞虎咽的这副样子，就把她刚叫的一盘面推到我跟前，她只简短地说了句："我回家去吃。"

以后的三十年间，我多次向她提起那盘面，她只是抿着嘴淡然一笑。七九年以来，我在国内国外不知参加过多少次宴会，吃遍了山珍海味，但我永远忘不掉三姐那二两炒面。

六二年，也即是我回城的翌年，我们才把生活整顿好：在

豆嘴胡同有了几间房可住。九月,女儿从幼儿园回到我们新安下的家。她上府学胡同小学,每天下学后,必先到八条去,把成绩拿给三姨看。三姨对荔子倾注了深沉的感情。不久,泥玩具厂下马了,她便索性把户口迁过来。一个小表妹搬去陪太太住。

三姐搬来后,我们的家确实像个样子了。除了孩子们的穿衣吃饭,她还抓他们的功课。荔子每天要练一个小时钢琴,又参加了什刹海的游泳班,弟弟桐儿则在幼儿园时,就对绘画发生了兴趣。有一次荔子在学校跳高,把脚脖子崴了。三姐马上带她到十条一家诊所去按摩,并且说:"我这辈子就耽误在脚疾上了,可别让同样的事发生在孩子身上。"孩子们顺小儿什么都找三姨。"三姨,我这儿掉了个钮子。"于是,就给钉上了。"三姨,我饿啦。"于是,热腾腾的饭菜就摆在桌子上了。

洁若的分工是搞卫生的洗大件(她一直坚持到八三年买下洗衣机)。星期天她打发我和三姐带着孩子到北海划船,去中山公园看牡丹,她一个人在家洗。三姐回来后,对洁若说:"瞧你弄得水漫金山啦。"

进入八十年代,孩子们一个个地都远走高飞了。豆嘴胡同那几年,是最值得怀念的一段日子。

六二年开神仙会,上边鼓励大家畅所欲言,向党交心。当时在机关里,自己既然已入了另册,又吃过一次畅所欲言的大苦头,早已噤若寒蝉。同时,洁若和常韦也不断提醒着我,切不可只求一时痛快,而自食其果。尤其得替孩子们(老大进了高中,老二老三读着小学)着想。好在那时的反修,主要是在嘴皮子上。有人背诵《老三篇》,有人甚至背起九评。那时需要成天表态的只是机关里的积极分子。我只消不多言不多语,勤做检查,不留情地骂着自己就成了。

我的嗜好是音乐。幸而从英国带回的几百张古典音乐唱片当时都还在。回到家来,我照样听自己的巴哈和贝多芬。同时也希望孩子们能受到点熏陶。偶尔被叫去看个什么电影,事先讲明是为了批判。看完后马上就开会,表明领导对反修抓得有多么紧。在不得已的情况下,我就随声附和几句。但能保持沉默,绝不乱说乱动。人既不受待见,讲的只要不出格,倒也没人理会。

六四年七月,我在名义上算是摘了帽子,但处境丝毫没有什么改善,仍属另册,所以也很少有朋友往来。于是,我就把自己埋在十八世纪英国文学的故纸堆中。

四

六六年气候骤变,八月刮起龙卷风。中旬,我们这些"牛鬼蛇神"(共二十几个)从社会主义学院(六月以来几千名知识分子都以"学习"为名,被集中在那里)给揪回本单位来挨批斗。二十三日上午,机关一个戴红箍的突然来通知我说,下午我们家那个街道上的红卫兵要来提审我,要我做好思想准备。我听了自是非常紧张。打从我们搬到豆嘴胡同后,自知身份低人一等,只关门过小日子,根本不敢同谁往来,更没开罪过谁。我纳闷为什么街道要斗我。

下午一点,果然来了一个戴红箍的,自称是一家工厂的工人。机关也派了人。我们三个都骑车,大概是怕我半道溜掉,我被夹在中间。

我们是直接从社会主义学院被押回到本单位的,已经有

多少天没回家了。我一面害怕挨斗,一面可又急切地盼着回去看看家已被捣成什么样子了。尤其担心三姐和孩子们的安危。

　　进了胡同,只见大门两旁的墙上贴满了大字报。我的名字上都用红笔打了个大叉叉。家门口挤满了人。把自行车撂下之后,我的双臂就被反剪,押到前院。(我们住的是一座四合院的一排南屋,一道高墙把它和房东住的里院隔开。这时,那两扇二门自然关得严严实实的。)我使劲用眼睛扫视着那五间住房,想知道家人怎样了。只见房门全斜贴了封条,隔着玻璃窗,可以看到里面一片凌乱。书柜统统被掀倒在地上,到处是砸碎了的器皿和玻璃碴子。啊,我那可怜的两个小娃娃,躲在小西屋门口,吓得缩作一团。二门旁边,搭起了一座斗争台。三姐早已猫着腰低着头站在八仙桌上。我立即被揪到另一张桌上,起初也是猫腰。我因为有腰疾,猫了一会实在坚持不住了。还是本单位押送我来的那位开了恩,准许我索性跪下。

　　原以为斗争会是像机关那样重翻一通五七年的旧账,然而不。原来斗争会的中心题目——或者说我们的主要罪状是:"这一带有住漏房的,有住危房的,有三代同堂的,凭什么你们住得这么宽绰?"还有房屋倒塌、砸伤过人的,账自然就一股脑儿全算在我们头上了。一位没了牙的老妪讲了一通她丈夫当年怎么给日本鬼子打死,"我这个烈属,一家九口人住个破窝,你们住几间?你们还有良心没有?"

　　说到这里,人声鼎沸。有人嚷道:"打倒老财!给这个女的剃阴阳头!"我听了吓了一跳,街道主任马上就抄起剪子朝三姐走过来。

亏得这当儿又有人发现了我们新的罪证！原来几个戴红箍的跑去审问两个娃娃,逼他们揭发父母和姨。九岁的小儿子终于照实说：他看见三姨当天早晨把一串珠子埋在小跨院的苹果树脚下了。戴红箍的赶紧来向街道主任汇报。主任大概以为这下子可有一笔财好发啦,丢下剪子就率领一批积极分子拥向小跨院刨珠子去了。

原来文家几个姐妹从三十年代起就在天主教的学校读书,四姐还入了本笃会女修道院,家里一直保存着念珠、《圣经》、《圣教日课》、圣像等物。听说外头在抄家,三姐就连忙找出来,烧掉了《圣经》,把没烧尽的部分和念珠一道埋了。这么一来,可就把斗争方向转移了。

五〇年初,刚入不惑之年的我,曾赴岳阳参加过土改。在那里第一次看到具体的阶级斗争。再也没想到,十六年后自己一家人竟被当作地主老财来斗,紧接着就给"扫地出门"了。

抄家那天,洁若作为革命群众正在单位参加运动,所以躲过了家里这场灾难。但是岳母那里也出了事。善良的老太太及时把同住的小侄女打发走了,她不愿连累任何人。洁若不顾一切地一趟趟跑到八条去看望妈妈,有时一天去两次（早晨去单位前,以及晚上结束学习后）；结果也被绑架到妈妈所住院中去,遭到通宵达旦的毒打。而她所爱的妈妈,就趁着她挨斗的当儿自缢身死了。打那天起,洁若也被关进本单位的"牛棚"。火葬手续是常韦三姐给办的。其实,那年头,单位的"牛棚"还多少给我们这些"牛鬼蛇神"提供了避难所,最倒霉的是像三姐这样属于街道上管的人。尤其是"文革"期间,就数她受的罪大。我们成了被斗户后,一天晚上,一群戴红箍的冲进来,把她的头打破了,送到积水潭医院去缝了几针,但留下了后遗症:每逢阴天下雨就隐隐作痛。

三年后,也就是六九年,忽然出了个柳河"五七"干校的典型,立刻就普及到全国。工宣队通知:除了精心挑选的极少数例外,其余的干部悉数都要在国庆前夕前往湖北咸宁。洁若同我一走,孩子们就又只好交给了三姨。

下去之前,我曾把小儿子驮在自行车后座上,带他去了趟香山。父子俩在半山亭上坐了大半晌。北京城是一片灰茫茫,整个中国是一片灰茫茫,国家尚不知将乱成什么样子,个人和家庭的前景更谈不上了。活一天算一天吧。孩子问我:为什么要那样? 我答不出。可是心里明白:还不是一小撮野心家捣的鬼! 然而我也并不真正地悲观。洁若说:物极必反。冥冥中我也觉得坏事总会有个头。东条、希特勒和墨索里尼都曾那样神气过。我那时常常偷偷念叨一句俗话:兔子尾巴,长不了。

可是下去没多久,政策又改为连老带小"一锅端"了。后来才知道,原意是:城市只留工农兵,老九一概赶到山沟里去。

三姐幸而不是直系亲属,得以独自留在北京。然而也并没轻饶了她。尽管她那条开过刀的腿不大利索,街道还是勒令她去根本没有轻活可干的砖窑,从事义务劳动。七一年的"九·一三"事件后,开始有些松动,女儿回京,分配到无轨二厂去当售票员。转年,小儿子回京升学。随后,我们也回到了北京。三姐终于摆脱了砖窑,又帮我们搭起了一个家。

那时当个家可不易! 副食很少,粮食限量严,买什么都得排大队。一到周末,她还想方设法给孩子们买点好吃的。当时家里钱紧,什么便宜货她都不肯放弃。一到冬季买贮存白菜,更是一次耐心和体力的考验。

最初我们烧煤,后来改烧炭饼。七十年代用上液化气了。每月我都同她一道去煤气站排队,然后把那大家伙绑在自行车后座上。我推车,她一路跟在后面照看。

据洁若说,三姐初中毕业后,曾提出要报考护士学校,可她那世代书香的家里说那得给人端屎端尿,没答应。但她确实有白衣天使南丁格尔的奉献精神。孩子们有个头疼脑热,自然由她护理,而最沾光的,就是我了。七三年初,我戴着"冠心病患者"的帽子从咸宁回到北京。那时,我的编制和医疗关系还在干校,也买不起什么特效药,就经常自费去建国门一家街道小医院就诊。那里一位林大夫在三年内,足足为我开过两百多副中草药,每副都只三五毛钱。为了尽量发挥药效,每副我都请三姐给煎三遍。也就是说,统共煎了六百多遍,火候都恰到好处,从没糊过一回。我也真肯喝(因为惜命),六百多碗汤药都灌进肚皮了。在咸宁刚发病时,我才六十开外,去甘棠镇或温泉镇做检查,都得由小儿子搀着。如今,八十三都过了,心脏基本上稳定,我得感谢开方子的那位林大夫,更得感激耐心煎药的三姐。熬药时,她总守在炉旁,不时地掀掀沙锅盖。早年的天主教信仰使她做什么都那么专心致志,那么虔诚。

她的细心也是惊人的。在家里,她是找东西的能手。每逢什么找不到了,不论是用具还是刚写了半截的什么稿子,洁若和我只会乱翻,而且越翻越不耐烦,因而也更没希望找到。这时,只要把三姐请来,描述一下形状和颜色,她就会一声不响,耐心细致地找了起来。最令人放心的是她不论掀起什么,都必轻轻放回原处,从不弄乱——对于稿子,这格外重要。她就这么锲而不舍地找,而且每一次都能找到。那时,她既不训

斥说"下回可别乱放了",也不表功,就悄悄地又去干旁的了。有一次,三姐竟然从垃圾桶里拾回一只金表。原来我把那只四五年从瑞士买来的马凡陀牌自动金表放在窗台上了。洁若吃完香蕉,将皮放在表上,又一股脑儿丢进垃圾桶。三姐倒垃圾时,觉得比平日重了一些,一检查,发现了表。三姐从未再提及此事,倒是每当洁若说我爱丢东西时,这就成了我的挡箭牌。

每到除夕,我把壁上的挂历一一取下,换上新的,三姐就开始做信封了。一般是在午饭后,把堂屋的桌面擦净后,她打好一小锅浆糊,将作废的月历一张张摊开来,用尺子量好再剪。她自己写信一向用这种信封,也分给我和洁若一些。国内不少朋友曾收到过我装在这种信封里的信,还夸我这人真勤俭节约。其实我是在尽量同她配合。今年年初,洁若说:"我想用这些挂历纸订个剪报本。"三姐这才没糊。不出半个月,三姐竟突然走了。洁若说:"我实在不忍心让三姐受这份累,才故意这么说的。《尤利西斯》还忙不过来,哪里顾得上什么剪报!"至今我们还保存了一批三姐手糊的信封,作为纪念。

七六年七月北京闹地震时,我们住的那个大杂院里但凡有办法的都疏散了。我当时所隶属的那个单位既有我们这号人,也有几位工农兵学员。地震后,领导就赶忙把工农兵学员保护起来,让他们住进一辆旅游大客车。我们这些老的,当然就听天由命了。街道最初通知我和北屋一位老党员,要我们准备疏散到某个地方,可能是为了体现社会主义对老弱病残的照顾吧。后来大概发现我原来是个摘帽右派,就只疏散了那位老党员。那时,两个儿子分别在江西和平谷县插队,女儿住在无轨二厂宿舍,洁若则出差到长春去了,家里只剩下我和三姐。我们可真是相依为命了。那时我们轮流睡觉。她在里屋睡觉时,我在用"门洞"改造成的外屋桌上倒放一只瓶子。我们约定,瓶子一倒,我就敲门。她就马上逃出去。我睡觉时,她也这样。但是瓶子一回也没倒过。

后来还是一位跟我学过英文的青年,把三姐和我接到光电学院的防震棚里。住进去之后,她关心的不是自己,总是孩子们的安全。(后来才知道,小儿子差点儿在平谷给砸死。地震那个晚上,他正和一个老乡住在一间危房里。老乡发觉房屋在晃动,便把一时醒不过来的他,硬拽到门外。他们还没站稳,整个屋子便轰隆一声坍塌了。)

我们在防震棚里住了足足一个月。平时是她上街买菜,张罗三顿饭。在那非常时期,是我骑着车,车把上挂个兜兜,沿东四到处打食,买点现成的果腹。

三姐不仅为我们支撑这个家,七十年代她还在另一项麻烦事上顶替了我们。那时我们所住的胡同像整个北京——也许全国一样,有个突出政治的居委会。三天两头,有时一天两三次召集居民去开会。忽而批林批孔,忽而传达通知,都是三姐代表我们去参加。那就意味着不管刮风下雨,居民每家出一个,坐在小板凳上洗耳恭听各种文件的宣读。她回来一般不吭一声,反正是跑不掉的一项任务。住进天坛楼房后,又轮流算水电,一家家收钱。所有这些,她全包下了。她一心一意就是要省掉我们这些麻烦。八十年代,当我把港版《负笈剑桥》一书献给她时,我曾对她说,我和洁若的任何成就,都有您的一份。

就这样,我们共同熬过了多灾多难的六十年代,度过了困顿的七十年代,迎来了劫后的八十年代。我们总算在一道过了十几年舒心日子。这也是洁若和我最活跃又最多产的一段时间。扪心自问，我们对得起这段来之不易的日子，一点也没疏懒。然而我们之所以能全力以赴地工作，还是由于我们有三姐这可倚靠的台柱子。

五

八十年代以来，我们国内外的邮件日益增多，每天必来一大叠。相应的，我往外发的邮件自然也多了起来。尤其每次新出一本书，势必得分寄给一些知友。邮局送来的取邮件通知，上面只写明件数，无从知道重量。有时她取回的邮件重得实在令我难过。于是，我赶紧写信给有关的出版社，要他们把书务必寄到中央文史馆去。但朋友们零星寄来的书，就无从预先通知了。至于往外发的信，有挂号的，有快递的，也有需要临时补贴邮票的，十分繁琐。另外，时而还有取款汇款的事。往外发的邮件都摆在家中门后一个邮箱里。十年来，所有这些，都是三姐一手经办，从没一点差错。我称她做邮政局长，她听了只是笑笑。她是我所见到的最没有虚荣心的人。只要能起作用，她就心满意足。

三姐有一个得力的"助手"，那就是薇薇(聂华苓的大女儿)在八十年代初送的一辆德国制造的购物手推车。每次她上街之前，总要估摸一下需不需要带上这个"助手"。据她说，菜市上不少老太太见了都表示羡慕，并向她打听是在哪儿买的。有一次，我们事先知道寄来的是六包书，洁若便陪姐姐一道去取。小车的货囊只容得下三包，于是洁若就手提着三包，和姐姐说说笑笑走回来。洁若说，她体会到了小车对三姐有多么重要。一天,车轮子掉了,她请楼后一位修自行车的老师傅给装上,碰了钉子。我晓得她离不开这个"助手",就自己跑去找那位老师傅,恳切地说了些好话,居然打动了他的恻隐之心。其实,转眼就修好了。等我交钱时,他怎么也不肯收,说:"唉,您这退休老工人也没几个钱,算了吧!"那天我大概穿了件很旧的布衫。

床头那具小闹钟总是早晨五点响。真正闻钟而起的是洁若,我总要赖上一阵子。但从起床到八点半吃早点,这段是我们一天的黄金时间:既无电话,又无访客,完全没有干扰,我们约定这段时间不交谈。这样,就可以全神贯注在工作上。三姐晓得我们这习惯,同时,她头晚看电视或书常看到十一二点,所以她一般要睡到八点才起。她是快手,几下子就能把早餐做好。然后打铃,洁若和我才出来。

大约十点半,她下楼取报去了。偶尔报来迟了,她就不辞辛苦地一遍又一遍地取。每天报纸一摞,另外还有信件和刊物。她总是悉数先交给我。我马上放下手头的工作,赶着先看她最喜欢看的,然后分几批给她送去。她爱看各地的晚报,上海的《新民晚报》、广州的《羊城晚报》、天津的《今晚报》和《南方周末》;《文汇报》、《解放日报》、英文的《中国日报》,她也读得很仔细,有时也发表点议论,但很简单。看到非洲有些地方自相残杀,她就说:"抽风哪。"显然,她要的是一个祥和的世界。

十二点就开午饭了。这时,我总放一些我们三人都熟稔的英美民歌、圣诞歌曲或《培尔·金特》组曲。我们都喜爱音乐。我常常一边吃饭一边想:像洁若和三姐这样自幼一道长大，六七十年基本上生活在一个屋顶下的姐妹实不多见。而且她们仿佛老有谈不完的话（在饭桌上，音乐只是为谈话提供伴奏）。她们谈的大多是一些早年的往事，有时是日本东京，有时是桃条胡同。学校则不是圣心就是辅仁。大姐很有才华，三十年代《国闻周报》还登过她的一个短篇小说，一篇散文，都是我发的。二姐是位反封建女杰，曾经在三姐的支持下，和孔德校长杨晦谈恋爱，甚至私奔。可惜生下一女后，年轻轻的就死在上海了。据洁若说，四姐几乎是个天才，既精通数国语言，又弹得一手好钢琴，还会作曲。二十二岁上突然死在美国。大夫说不出病因，只好解释说，她的天分太高，好比是一枝点燃了两头的蜡烛，生命也消耗得比一般人快。三姐最喜欢谈她摔伤了脚之前，带着弟弟骑车上学的"当年勇"。三姐还说，小老五洁若自幼就是个书呆子，光看书不大玩。如今在哈尔滨定居的堂姐和新一家人的事，也是经常出现的话题。她们谈起来真是津津有味，而且时常重复。我则总挖苦说，都是些陈谷子烂芝麻。从她们的谈话中我得知，她们小时家境富裕，住有近四十间房，分五个院子，有老家人、奶妈和丫环。可是敌伪时期，父亲失业了，把房契也抵押出去。日本投降后，那个拿走房契的人下落不明，因无法证明不曾把这座房子卖给敌伪，这样，就糊里糊涂地被当作伪产没收了。因此，三姐虽然生在官宦之家，却也经历了多年的贫苦。五〇年洁若大学毕业后，母女三人就靠她那三十元工资来糊口，房租就占去了其中三分之一。大姐偶尔从美国托人捎一笔钱来，才稍微缓口气。所以尽管八十年代日子宽裕了，她仍不习惯于大手大脚。卖时兴衣物的长安商场就开在附近，可她还是最喜欢去三里河地摊上买混纺毛线和下脚料。她看到我花二百元从老人用品展览会上买回一件杭州绸夹克,第二天,她就从三里河替我买了三四件样式和质地差不多的绸夹克,没有一件超过一百元的,并且得意地说:"质量一点儿也不比你那件次。"最有趣的是她为我买的那顶黑皮帽。我戴到中央文史馆去,大家竟以为是水獭的,都猜值千儿八百的。我回家一问,她告诉我是四块钱,也是三里河买的。

下午一点,我总要听北京电台广播的大碗茶相声。我特别给三姐准备了一个小半导体,希望她午睡时也听听。她嫌相声大部分都"太贫"。她只喜欢听马三立的,说他"自然"。也爱听苏文茂,说他"酸"。有个小娃娃说的相声,她听了可挺喜欢。后来我买了盘那个相声的磁带,她也不知听了多少遍。我估计她欣赏的不是所逗的哏,而是那娇嫩声调烘出的乳臭未干的形象。相声触动的不仅是她的幽默感,更是她的母性。她爱孩子,孩子们也爱她。不但是我们家的,学朴的两个女儿也跟她特别亲。她们赴日留学后,每逢回国探亲,总给她带些点心、巧克力。尤其是小黎,在长途电话中得悉她去世的消息后,曾痛哭着说:"三姑对我好极啦。"

她做饭时喜欢哼些三十年代的曲调,而且大都是我十分熟悉的。有时是黎锦晖做的轻歌剧,如《葡萄仙子》或《麻雀与小孩》;有时是那阵子流行的一些好莱坞电影插曲,如《克罗拉多河上的月色》。但她最爱哼的还是《平安夜》等圣诞歌曲。记得六六年抄家后,我们这些关在"牛棚"里的"牛鬼蛇神"获准回家去度周末。然而,五间南屋还贴着封条,小西屋那张床勉强够三姐和两个孩子睡的,我和洁若只好在方砖铺的廊子上蹲到天明(幸而那是夏季)。半夜里,三姐忽然从小西屋里走出来,边颤巍巍地唱《平安夜》,边满院子转悠。借着月光,

可以看到她头部渗到白绷带外面的血迹。洁若说,兄弟姐妹七人中,就数三姐和太太一道生活的时间长,几乎是相依为命。当时太太惨死,紧接着她本人也给打成那个样子,神经上所受刺激之大,是可想而知的。洁若说,三姐在辅仁大学念书时,和一位美国修女艾琳特别接近。每逢星期日,她就带洁若去教堂,弥撒结束后,常常站在教堂外面和艾琳修女用英文长谈。四〇年的圣诞节晚会上,三姐身着拖地白绸服,站在台上背诵《平安夜》。那个节目中,洁若扮演小天使。她站在舞台一端,等姐姐背诵完,便和其他两个小天使一道走到马槽里的小耶稣跟前。她从舞台上把观众的反应看得一清二楚。姐姐吐音清楚,风姿秀逸,博得了台下的热烈掌声。洁若认为,姐姐给打成脑震荡后,正是靠了一遍遍地唱《平安夜》来维系住她那几乎全面崩溃的神经的。平素神色安详的她,只要一谈到"文革"中受的罪,就连嗓音都发颤了。

　　三姐一生虽没写过什么,但她一向嗜书如命。尤其小说:创作、翻译以及英文原著,她都看。她的兴趣十分广泛。小说家中,她最佩服王朔。她也一直把着王朔送我的那四本文集不放。

　　一九七八年我们搬进天坛南门的套房后,立即买了一部彩电,放在三姐屋里。一九八六年洁若又从日本带回一台更新式的。电视使三姐开阔了眼界,十五年间,她没有一天不看,并且常念叨:"可惜太太没有赶上好日子。"她爱看的电视剧有《阿信》、《情义无价》、《编辑部的故事》、《爱你没商量》等,一集也不漏。古装片和"打枪的",她都不喜欢。看《半边楼》时,望到那些教授竟吃住在那么窄长的巷子里,就为他们打抱不平,同时,也想起我们过去在南沟沿和"门洞"里受的那份罪。她多次对八十年代以来的生活表示心满意足。

然而她怎么也不肯改变她那有些过火的节约习惯。从敌伪时期到十年浩劫,她一生经历了太多的匮乏。不但成打的瓶子全堆在厨房角落里,塑料袋一个也舍不得丢,甚至我吃的丸药外面那层蜡皮,她也留下来,说是万一停电,可以代替蜡烛。她和洁若还同是家中的节水模范,一盆水恨不得派上几项用途。每次开完了洗衣机,厨房内外交通就堵塞了。因为她一勺勺地把洗衣机里的水全舀到好几只塑料桶或盆里,擦完地再用来冲厕所。

三姐给我印象最深的一点是,她在心情上永远是年轻的。七十年代住在"门洞"的时候,我常陪她去工人体育馆看篮球,去体育场看足球。其实她视力既差,又坚决不肯配眼镜,座位还挺高,大概只能看到足球场上一片绿色。每进一球,都是由我告诉她是哪边踢进去的。洁若在出版社拿到什么电影票,就给我们送回来,她自己抽不出时间去看。回想起来真有点可笑!当时我们住在东北城,得挤多少次汽车和电车,才赶到南城的白纸坊呀。看的往往是些极不高明的片子。然而那时我们是困顿在文化沙漠上啊,什么都稀罕。及至粉碎了"四人帮",开始放映内部电影,连洁若和孩子们也都起劲了,她往往买上好几张票,什么《魂断蓝桥》、《乱世佳人》、《煤气灯下》,都是全家一道去看的。

对于音乐,三姐的爱好比我广泛,我只爱听美声和民族的。对流行歌曲,她听起来也蛮起劲。她有时指着荧光屏说:"李双江又出来啦。"要不,"李谷一干吗打官司?"电视剧开头一奏主题歌,她就猜"这准是毛阿敏唱的"。

她的"宝座"是一把竹藤椅,旁边有个小黄橱,里面放着她

喜吃的腰果、柿饼等。橱顶上有个竹篮，放着一大堆毛线活计。

去年五月现代文学馆为我举办"文学生涯六十年展览"时，我原怕开幕式那天人多来不及照应三姐，便提出另选一天专门陪她去参观。洁若说："这样吧，咱们把杨毓如也请上，她们彼此也有个伴儿。"杨是洁若的好友，本是出版社校对科的，由于曾在八达岭和菜站一道劳动过，结下友谊。后来她调到计委，就住在三里河，曾为我抄过稿子，又因对花的共同爱好，和三姐也有了交情。每逢在菜市场相遇，她们总要聊上一会儿。

凡是经常来访的人都知道三姐，而青年记者杨小平对我们家这位无名英雄格外钦佩，那天特地为她抓拍了三张照片。她身穿鲜蓝地黑竖纹毛衣，仪态万方地站在主持人舒乙后面。有一张还露着笑容。旁边是杨毓如。当天拍的录像带，也留下了她的镜头。

文史馆为我举办八十寿辰宴席那个晚上，三姐、洁若、学朴和弟媳书元以及在山西大同工作的弟弟学概都来了。由于三姐和我们一道生活，两个弟弟很自然地就在我们家与姐姐们相聚。看到弟弟们怎样照顾三姐，着实令人感动。学朴进门就用湿抹布替三姐擦地毯，据他说，这比吸尘器彻底。学概出差或来京过春节，就把做饭洗碗等活儿都包下了。

其实，进入八十年代，我们的经济情况完全允许我们请一位全时间的保姆，那样就可以让她摆脱家务，劳苦了一辈子，最后享点清福。洁若说："只要教会了保姆，你就省力气了。"可是三姐说："有那教的工夫，我早就自己做完了。"有一次，林海音从台北来信说，她们的四个子女都不在身边，但是未请佣人,因为"我就讨厌有人在我眼前晃"。从此,只要洁若再提请保姆的事,三姐便说:"我也和林海音一样,就讨厌有人在我眼前晃。"洁若说:"家务是没完没了的,我就是成天跟在你后面转,也闲不住。但我为公家干了四十年,好容易有了自己的时间,丢下西瓜去拣芝麻,不是太冤了吗?你真是劳累命!"三姐立即驳斥她道:"你不是劳累命呢?成天趴在桌子上!"

三姐坚信自己是不可代替的。每逢洁若一提请人帮忙,她就觉得好像是侵犯了她那王国,剥夺了她的生存意义。当她不能直接对社会有所贡献时,她就想通过支持我们的工作来证明她的作用。

自前年十二月起,洁若还是不顾三姐的反对硬请来一位每天两小时的安徽小保姆。三姐说:"你要用你用,我不管安排活儿。"保姆快来的时候,她就预先把自己房间的门倒插上。不过,久而久之,她也表示让步,终于肯拿出自己的衣服床单什么的给保姆洗了。然而,洁若正多方设法请一位可以不住在我们家里的全日制保姆时,三姐却溘然长逝了。

早晨,我时常同她一道去三里河菜市场。通常是她一个人钻进人群里买这买那,我则找个角落一面看市景,一面不时地用眼睛追踪着她那飘满灰白发的头。由于怕下回没货了,一见到我爱吃的东西,如花椰菜,她总十斤八斤地买。我争着要提一部分,她老是提醒我:你只剩一个肾了,别逞强。

我们怪她有福不会享,她则向我们宣扬她的人生哲学:人活着就不能吃闲饭,而且,人越劳动就越结实。她既勤快,手又巧,不停地干。也不知道她给我们一家人织过多少件毛衣、毛裤和手套。光是她手织的睡帽,我就还存有四顶。洁若常劝她:"别再织了,我一辈子也穿不清了。"三姐回答说:"我能动一天,就织一天。"她一般都是利用看电视的时间织毛活。她说,这有助于活动手指。对国内外的亲属和友人,她的馈赠也往往是她的手织品。

人活着,就不能吃闲饭。这是多么简单朴素的人生哲学!倘若这能真正普及成为每个人的哲学,历史的车轮就会转得更欢,世界也会变得更可爱了。

太原—忻州—五台山
1993年7月10日至17日

二姐同我

◎张充和

二姐同我相聚日子,八十八年总共不到两年。我出生八个月,过继给二房叔祖母做孙女,由上海回合肥老家。

第一次到寿宁弄家中,我七岁。见到三个姐姐五个弟弟,又高兴,又陌生,像到另一个世界。姐姐们觉得忽然跑出个小妹妹来,更是件新鲜的事。于是商量要办学校,说到做到。大姐的学生是二弟,三姐的学生是大弟,二姐的学生是我。二姐最是上劲,把我名字改成"王觉悟",还把三字绣在一个书包上,要我背着。学校在园中的花厅里,上的是什么课我记不得了。有一天,不知为什么得罪了老师,她用一把小剪刀,一面哭,一面拆"王觉悟"三个字。哭得很伤心,大大说了她几句:"这么大人还哭,小妹妹都不哭,丑死了。"事后见二姐的著作《最后的闺秀》。故事略有出入,或大有出入。

以后我们师生和好如初。她教我在一块缎子上绣花,我从未拿过针,她完成后,算是她教我绣的,到处给人看。钟干干夸我,更夸她教得好,她高兴,我也高兴。其实到现在我还不会绣花,正如我不会算算学一样。

第二次回家,家在九如巷,我十四岁。大大在我九岁时过世。继母生了三个孩子,两个不存,只有宁和七弟,才两岁。从此我们姐弟是十个人。这次是祖母带我来苏州,我们住在南园李家别墅。祖母有时把我送到九如巷同姐姐们住几日。也许不到一月,我们就要回合肥,三个姐姐在晚上,关起楼门,办了四个碟子、一壶酒为我饯行。我们谁也不会喝酒,只举举杯做样子。但二姐就真的喝了几口,即时倒在床上。大姐说:"今天送四妹,不可无诗,我们四人联句,一人一句就是一首诗了。"大姐先来一句"更深夜静小楼中",第二句该是二姐,可是她呼呼地睡着了。三姐向我挤挤眼睛笑着说:"她做不出,装睡了!"她可真醉了,叫也不醒。大姐说:"三妹接第二句吧!"三姐接"姐妹欣然酒兴浓"。大姐接了第三句"盘餐虽少珍馐味",我接"同聚同欢不易逢"。现在看来,这首诗真是幼稚。但当时我真感到真正我有三个姐姐对我这么好,还给我饯行。夜间都睡静了,我是第一次百感交集不能睡,做了一首五律:"黄叶乱飞狂,离人泪百行。今朝同此地,明日各他方。默默难开口,依依欲断肠。一江东逝水,不作洗愁汤。"也是破题儿第一遭五律。

第二天,大弟知我们又吃又喝又做诗,没有带他,有些失望,也不服气。他做了一首长短句:"天气寒,草木残。送妹归,最难堪。无钱买酒饯姐行,只好对着酒店看。无钱醉,无席餐。望着姐归不能拦。愿姐归去能复来,相聚乐且欢。"我看了又高兴,又感动。回合肥把三首诗给我的举人老师左履宽看,他说宗和的最好。他其时十三岁(本文中年岁都是虚的),因没有读多少旧诗,所以没有旧诗老调。我们略读了一些,就无形中染了老调。以后他偶然做些,都无旧诗习气。此后只同三姐通了几封信,也还有一两首小诗。

一九三〇年,祖母春天过世,我十七岁。秋冬之际回到家中。这次是真正回家了。但是姐姐们已都去上海进大学,我一个人在楼上一间房住。最大的转变,我得进学校,按部就班。爸爸的意思是应该要受普通教育,问题是在英文和算学上。二姐介绍她中学算学老师周侯于,从四则教起。我在乐益小学六年级读几天,就读初中一年级。一年后,"一·二八"事变,我们一家去上海。我斗胆考务本,居然考取高一。以后转光华实验中学,是二姐与她同学们办的。二姐也是其中老师。她住老师宿舍,我住学生宿舍,那时她同耀平兄还在恋爱时,我同她不常见。

耀平兄请我陪他三姐去向爸妈求婚。三姐非常文雅、客气地说了很多求婚应说的话,我一句也不懂。爸爸是个重听,妈妈也不会这一套,两人只微笑,微笑就算是答应了婚事。后来耀平兄送我一件红衣,称我为小天使。他们在上海结婚,曲友们还叫我唱《佳期》,耀平兄看着曲本,以后他向二姐说,如果四妹懂得词义,大概不会唱了。其实唱清曲,题目应景就行。上台表演又是两回事。

她连生三个孩子一个不存。以后我去北平,回苏州,又去南京,都同她很少见面。直到抗战初期,她一家来张老圩避难,住很短时间就先往成都去了。后来我到成都见到她,但不住一起,我同四弟、镕和弟另住在湖广馆。她同光华教员们同住。不久我去昆明。直到一九四一年我到重庆,正是大轰炸,不记得她住何处。见面时只在荫庐胡子婴家。以后她同晓平、小禾住在江安,我也去住了几天。江安是个安静而美丽的地方。我最喜到江边去散步,也听不到警报声。

那时我的工作地点是青木关教育部,不常去重庆。忽有一个消息传来,"小禾病重,来重庆医治"。小禾病已很严重。盲肠炎转腹膜炎,已变成只剩下皮包骨了。战时的特效药及

盘尼西林等药,只许空军可用,医生也束手无策,只每天给小禾洗一次,腹部开一口约二三寸长,洗时并不听她叫痛。但不时要二姐抱她,说背疼。一天好几次,二姐的身个小,小禾七岁,虽瘦,对二姐说来,还是又重又大,天气湿热,我向小禾说:"妈妈累了,我抱抱吧。"她转过要哭不能哭的脸,皱着眉头说:"不!"以后又喊,"妈妈,抱抱。妈妈,抱抱。"二姐抱她坐在藤椅上,她闭着眼,安安静静似乎睡了。及至放到床上,又要抱,越来越想在妈妈身上睡。二姐多日的焦急、痛心、疲劳,虽是抱她坐下,但小禾整个上身仍是在她臂膀上。一次小禾又要抱,二姐抱是抱起了,却突然把她向床上一放,伏在床上,失声痛哭说:"我受不了了,我受不了了……"我每天都在希望与绝望之间窒息,透不过气。经二姐这一发作,我跑到门外大大地抽咽。看护们以为小禾出了事,赶快进去,看看无事又都散了。

一个下午,炎热稍散,二姐同我走回荫庐,路上喝杯冷饮。两人擦个澡,天已傍晚,到医院大门,门外停一口白木小棺。我们心里明白,我说:"回去!明天再来!"二姐没有反对,也没有说要再看小禾一面,也没有一滴眼泪,她已伤心到麻木了。

第二天清晨,太阳没出,我们去医院,小白棺已在防空洞。小禾离开我们安然睡去了,不再要妈妈抱了。这几十年来二姐同我、我同二姐再没提起小禾。只一次,提起五弟,她说:"我很感激五弟,他替我办了小禾的后事。"

以后我进城不再住荫庐,住在曲友张善芗家,她的住处是上清寺,青木关进城最后一站就是上清寺。一天清早,天还没亮,有紧急敲门声,工人起来开门。一声"四妹!"是耀平兄,我几乎滚下楼来,我以为二姐出了事。耀平兄说:"晓平中弹!

我要去成都,请你同去找郑泉白搞车票。"他知道我每次回青木关是郑泉白派人买车票的。于是我们又去敲郑家的门,他即刻派人到车站内部去买,不必站班,有时站班还不一定买得到。耀平兄拿到车票,就搭第一班车去成都。我送他走后,惊魂不定,晓平再出了事,二姐怎么办?这一家又怎么办?我一天到晚走路,大街小巷去跑,善芗看我这样游魂似的不安定,她说:"得消息时说中弹,不死,总是有救的。成都医院好,坏消息未来,就是好的。"她到底比我大几岁,这么一说,我倒稍安定些,还是等着,等着。重庆到成都是两天的路,六七天后,得到耀平兄一封长信,叙述他一路上心理变化,好的方面少,坏的方面多。及至到家,见到老母还在静静地擦桌子(周老太最爱干净),知晓平已出院,于是一块石头才由心中放下。这封信写得真切动人,是篇好文章,我一直带在身边。十年前寄二姐转晓平。二姐回信说,此信同晓平腹中取出的子弹放在一起,传之后世。一九四五年六月在成都医牙,住在二姐家"甘园"(就是晓平中弹的地方),我有几天日记,抄下作为结束:

  7月10日 医生说二姐胃中有瘤,疑是 cancer,要动手术。

  7月13日 二姐明天八点动手术,耀平心中很不安,一天三次到院。好丈夫即在此处可见了。

  7月14日 二姐于八点进手术房,割去盲肠及胃中小瘤,经过良好。

  7月16日 晚间在医院为二姐守夜。

  8月4日 几日来在医院。二姐瘦了八磅。胃口不开。

8月8日　二姐同房病人赵懋云,是第一届北大女生,信佛,要我唱弥陀佛赞。

8月10日　一声炮响,胜利了。耀平、晓平去前坝。

9月4日　陪二姐到湖广馆看李恩廉。

二姐大概是八月十日以后出院的,我没有记。

二姐后半生是多彩的、充实的。她为昆曲做了很多有用的事,写了很多文章,又恢复了《水》。最重要的是抗战中的苦难,锻炼了她的大无畏精神,虽然她本来也不是个畏首畏尾的人。只看红卫军来抄家时,她那种幽默、潇洒不可及的态度。她虽然有严重的心脏病,却没有一点屈服于病的心理,仍是如常人,甚至于超过常人地勇敢办事、学习。所以她满意一切,也没有带走一点遗憾。

第六只手指
——纪念三姐先明以及我们的童年
◎白先勇

明姐终于在去年十月二十三日去世了,她患的是恶性肝炎,医生说这种病例肝炎患者只占百分之二三,极难救治。明姐在长庚医院住了一个多月,连她四十九岁的生日也在医院里度过的。四十九岁在医学昌明的今日不算高寿,然而明姐一生寂寞,有几年还很痛苦,四十九岁,对她来说,恐怕已经算是长的了。明姐逝世后,这几个月,我常常想到她这一生的不幸,想到她也就连带忆起我们在一起时短短的童年。

有人说童年的事难忘记,其实也不见得,我的童年一半在跟病魔死神搏斗,病中岁月,并不值得怀念,倒是在我得病以前七岁的时候,在家乡桂林最后的那一年,有些琐事,却记得分外清楚。那是抗战末期,湘桂大撤退的前夕,广西的战事已经吃紧,母亲把兄姐们陆续送到了重庆,只留下明姐跟我,还有六弟七弟;两个弟弟年纪太小,明姐只比我大三岁,所以我们非常亲近。虽然大人天天在预备逃难,我们不懂,我们在一起玩得很开心。那时候我们住在风洞山的脚下,东镇路底那幢房子里,那是新家,搬去没有多久。我们老家在铁佛寺,一栋阴森古旧的老屋,长满了青苔的院子里,猛然会爬出半尺长的一条金边蜈蚣来,墙上壁虎虎视眈眈,堂屋里蝙蝠乱飞。后来听说那栋古屋还不很干净,大伯妈搬进去住,晚上看到窗前赫然立着一个穿白色对襟褂子的男人。就在屋子对面池塘的一棵大树下,日本人空袭,一枚炸弹,把个泥水匠炸得粉身碎骨,一条腿飞到了树上去。我们住在那栋不太吉祥的古屋里,唯一的理由是为了躲警报,防空洞就在邻近,日机经常来袭,一夕数惊。后来搬到风洞山下,也是同一考虑,山脚有一个天然岩洞,警笛一鸣,全家人便仓皇入洞。我倒并不感到害怕,一看见风洞山顶挂上两个红球——空袭讯号——就兴奋起来:因为又不必上学了。

　　新家的花园就在山脚下,种满了芍药、牡丹、菊花,不知道为什么,还种了一大片十分笨拙的鸡冠花。花园里养了鸡,一听到母鸡唱蛋歌,明姐便拉着我飞奔到鸡棚内,从鸡窝里掏出一枚余温犹存的鸡蛋来,磕一个小孔,递给我说道:"老五,快吃。"几下我便把一只鸡蛋吮干净了。现在想想,那样的生鸡蛋,蛋白蛋黄,又腥又滑,不知怎么咽下去的,但我却吮得津津有味,明姐看见我吃得那么起劲,也很乐,脸上充满了喜悦。几十年后,在台湾有一天我深夜回家,看见明姐一个人孤独地在厨房里摸索,煮东西吃,我过去一看,原来她在煮糖水鸡蛋,她盛了两只到碗里,却递给我道:"老五,这碗给你吃。"我并不饿,而且也不喜欢吃鸡蛋了,可是我还是接过她的糖水蛋来,因为实在不忍违拂她的一片好意。明姐喜欢与人分享她的快乐,无论对什么人,终生如此,哪怕她的快乐并不多,只有微不足道的那么一点。

　　我们同上一间学校中山小学,离家相当远,两人坐人力车来回。有一次放学归来,车子下坡,车夫脚下一滑,人力车翻了盖,我跟明姐都飞了出去,滚得像两只陀螺,等我们惊魂甫定,张目一看,周围书册簿子铅笔墨砚老早洒满一地,两人对坐在街上,面面相觑,大概吓傻了,一下子不知该哭还是该笑。突然间,明姐却咯咯地笑了起来,这一笑一发不可收拾,又拍掌又搓腿,我看明姐笑得那样乐不可支,也禁不住跟着笑了,而且笑得还真开心,头上磕起一个肿瘤也忘了痛。我永远不会忘记明姐坐在地上,甩动着一头短发,笑呵呵的样子。父亲把明姐叫苹果妹,因为她长得圆头圆脸,一派天真。事实上明姐一直没有长大过,也拒绝长大,成人的世界,她不要进去。她的一生,其实只是她童真的无限延长,她一直是坐在地上拍手笑的那个小女孩。

　　没有多久,我们便逃难了。风洞山下我们那幢房子以及那片种满了鸡冠花的花园,转瞬间变成了一堆劫灰,整座桂林城烧成焦土一片。离开桂林,到了那愁云惨雾的重庆,我便跟明姐他们隔离了,因为我患了可恶的肺病,家里人看见我,便吓得躲得远远的。那个时候,没有特效药,肺病染不起。然而我跟明姐童年时建立起的那一段友谊却一直保持着,虽然我们不在一起,她的消息,我却很关心。那时明姐跟其他兄姐搬到重庆乡下西温泉去上学,也是为了躲空袭。有一次司机从西温泉带上来一只几十斤重周围合抱的大南瓜交给父母亲,家里的人都笑着说:是三姑娘种的!原来明姐在西温泉乡下种南瓜,她到马棚里去拾新鲜马粪,给她的南瓜浇肥,种出了一只黄澄澄的巨无霸。我也感到得意,觉得明姐很了不起,又要魔术似的变出那样大的一只南瓜来。

　　抗战胜利后,我们回到上海,我还是一个人被充军到上海郊外去养病。我的唯一玩伴是两条小狮子狗,一白一黑。白狮子狗是我的医生林有泉送给我的,他是台湾人,家里有一棵三尺高的红珊瑚树,林医生很照顾我,是我病中忘年之友。黑狮子狗是路上捡来的,初来时一身的虱子,毛发尽摧,像头癞皮犬。我替它把虱子捉干净,把它养得胖嘟嘟,长出一身黑亮的卷毛来。在上海郊外囚禁三年,我并未曾有过真正的访客,只有明姐去探望过我两次,大概还是偷偷去的。我喜出望外,便把那只黑狮子狗赠送了给她,明姐叫它米达,后来变成了她的心肝宝贝,常常跟她睡在一床。明姐怜爱小动物,所有的小生命,她一视同仁。有一次,在台湾我们还住在松江路的时候,房子里常有老鼠——那时松江路算是台北市的边陲地带,一片稻田——我们用铁笼捉到了一只大老鼠,那只硕鼠头尾算起来大概长达一尺,老得尾巴毛都掉光了,而且凶悍,龇牙咧嘴,目露凶光,在笼子里来回奔窜,并且不时啃啮笼子铁线,冀图逃命。这样一个丑陋的家伙,困在笼中居然还如此顽强,我跟弟弟们顿时起了杀机,我们跑到水龙头那边用铅桶盛了一大桶水,预备把那只硕鼠活活溺死,等到我们抬水回来,却发觉铁笼笼门大开,那只硕鼠老早逃之夭夭了。明姐站在笼边,满脸不忍,向我们求情道:"不要弄死人家嘛。"明姐真是菩萨心肠,她是太过善良了,在这个杀机四伏的世界里,太容易受到伤害。

一九四八年我们又开始逃难,从上海逃到了香港。那时明姐已经成长为十五六岁的亭亭少女了,而我也病愈,归了队,而且就住在明姐隔壁房。可是我常常听到明姐一个人锁在房中暗自哭泣。我很紧张,但不了解,更不懂得如何去安慰她。我只知道明姐很寂寞。那时母亲到台湾去跟父亲去了,我的另外两个姐姐老早到了美国,家中只有明姐一个女孩子,而且正临最艰难的成长时期。明姐念的都是最好的学校,在上海是中西女中,在香港是圣玛丽书院,功课要求严格出名,然而明姐并不是天资敏捷的学生,她很用功,但功课总赶不上。她的英文程度不错,发音尤其好听,写得一手好字,而且有艺术的才能,可是就是不会考试,在圣玛丽留了一级。她本来生性就内向敏感,个子长得又高大,因为害羞,在学校里没有什么朋友,只有卓以玉是她唯一的知交,留了级就更加尴尬了。我记得那天她拿到学校通知书,急得簌簌泪下,我便怂恿她去看电影,出去散散心。我们看的是一场古诺的歌剧《浮士德与魔鬼》拍成的电影。"魔鬼来了!"明姐在电影院里低声叫道,那一刻,她倒是真把留级的事情忘掉了。

　　明姐是十七岁到美国去的,当时时局动乱,另外两个姐姐已经在美国,父母亲大概认为把明姐送去,可以去跟随她们。赴美前夕,哥哥们把明姐带去参加朋友们开的临别舞会。明姐穿了一袭粉红长裙,腰间系着蓝缎子飘带,披了一件白色披肩,长身玉立,裙带飘然,俨然丽人模样。其实明姐长得很可爱,一双凤眼,小小的嘴,笑起来,非常稚气。可是她不重衣着,行动比较拘谨,所以看起来,总有点羞赧失措的样子。但是那次赴宴,明姐脱颖而出,竟变得十分潇洒起来,那是我最后一次看到明姐如此盛装,如此明丽动人。

　　明姐在美国那三年多,到底发生过什么事,或者逐渐起了什么变化,我一直不太清楚。卓以玉到纽约见到明姐时,明姐曾经跟她诉苦(她那时已进了波士顿大学)。学校功课还是赶不上,她渐渐退缩,常常一个人躲避到电影院里,不肯出来,后来终于停了学。许多年后,我回台湾,问起明姐还想不想到美国去玩玩。明姐摇头,叹了一口气说道:"那个地方太冷喽。"波士顿的冬天大概把她吓怕了。美国冰天雪地的寂寞,就像

新大陆广漠的土地一般，也是无边无垠的。在这里，失败者无立锥之地，明姐在美国那几年，很不快乐。

明姐一九五五年终于回到台湾家中，是由我们一位堂姐护送回国。回家之前，在美国的智姐写了一封长信给父母亲，叙述明姐得病及治疗的经过情形，大概因为怕父母亲着急，说得比较委婉。我记得那是一个冬天，寒风恻恻，我们全家都到了松山机场，焦虑地等待着。明姐从飞机里走出来时，我们大吃一惊。她整个人都变了形，身体暴涨了一倍，本来她就高大，一发胖，就变得庞大臃肿起来，头发剪得特别短，梳了一个娃娃头。她的皮肤也变了，变得粗糙蜡黄，一双眼睛目光呆滞，而且无缘无故发笑。明姐的病情，远比我们想象的要严重，她患了我们全家都不愿意、不忍心、畏惧、避讳提起的一个医学名词——精神分裂症。她初回台湾时已经产生幻觉，听到有人跟她说话的声音。堂姐告诉我们，明姐在美国没有节制地吃东西，体重倍增，她用剪刀把自己头发剪缺了，所以只好将长发修短。

明姐的病，是我们全家一个无可弥补的遗憾，一个共同的隐痛，一个集体的内疚。她的不幸，给父母亲晚年带来最沉重的打击。父母亲一生，于国于家，不知经历过多少惊涛骇浪，大风大险，他们临危不乱，克服万难的魄力与信心，有时到达惊人的地步，可是面临亲生女儿遭罹这种人力无可挽回的厄难时，二位强人，竟也束手无策了。我家手足十人，我们幼年时，父亲驰骋疆场，在家日短，养育的责任全靠母亲一手扛起。儿女的幸福，是她生命的首要目标，在那动荡震撼的年代里，我们在母亲卵翼之下，得以一一成长。有时母亲不禁庆幸，叹道："总算把你们都带大了。"感叹中，也不免有一份使命完成的欣慰。没料到步入晚境,晴天霹雳,明姐归来,面目全非。那天在松山机场,我看见母亲面容骤然惨变,惊痛之情恐怕已经达到不堪负荷的程度。生性豁达如母亲,明姐的病痛,她至终未能释怀。我记得明姐返国一年间,母亲双鬓陡然冒出星星白发,忧伤中她深深自责,总认为明姐幼年时,没有给足她应得的母爱。然而做我们十个人的母亲,谈何容易。在物质分配上,母亲已经尽量做到公平,但这已经不是一件易事,分水果,一人一只橘子就是十只,而十只大小酸甜又怎么可能分毫不差呢。至于母爱的分配,更难称量了。然而子女幼年时对母爱的渴求,又是何等地贪得无厌,独占排他。亲子间的情感,有时候真是完全非理性的。法国文学家、《往事追忆录》的作者普鲁斯特小时候,有一次他的母亲临睡前,忘了亲吻他,普鲁斯特哀痛欲绝,认为被他母亲遗弃,竟至终身耿耿于怀,成年后还经常提起他这个童年的"创伤"。明姐是我们十人中最能忍让的一个,挤在我们中间,这场母爱争夺战中,她是注定要吃亏的了。明姐是最小的女儿,但排行第六,不上不下。母亲生到第五个孩子已经希望不要再生,所以五哥的小名叫"满子",最后一个。偏偏明姐又做了不速之客,而且还带来四个弟弟;母亲的劳累,加倍又加倍,后来她晚年多病,也是因为生育太多所致。明姐的确不是母亲最钟爱的孩子,母亲对女儿的疼爱远在明姐未出世以前已经给了两个才貌出众的姐姐了。明姐跟母亲的个性了不相类,母亲热情豪放,坚强自信,而明姐羞怯内向,不多言语,因此母女之间不易亲近。可是在我的记忆里,母亲亦从未对明姐疾言厉色过,两个姐姐也很爱护幼妹,然而明姐掩盖在家中三位出类拔萃的女性阴影之下,她们的光芒,对于她必定是一种莫大的威胁,她悄然退隐到家庭的一角,扮演一个与人无争的乖孩子。她内心的创痛、畏惧、寂寞与彷徨,母亲是不会知道,也注意不到的。明姐掩藏得很好,其实在她羞怯的表面下,却是一颗受了伤然而却凛然不可侵犯的自尊心。只有我在她隔壁房,有时深夜隐隐听得到她独自饮泣。那是一个兵荒马乱的时代,母亲整日要筹划白马两家几十口的安全生计,女儿的眼泪与哭泣,她已无力顾及了。等到若干年后,母亲发觉她无心铸成的大错,再想弥补已经太迟。明姐得病回家后,母亲千方百计想去疼怜她、亲近她,加倍地补偿她那迟来十几二十年的母性的温暖。可是幼年时心灵所受的创伤,有时是无法治愈的。明姐小时候感到的威胁与畏惧仍然存在,母亲愈急于向她示爱,她愈慌张,愈设法躲避,她不知道该如何去接纳她曾渴求而未获得的这份感情。她们两人如同站在一道鸿沟的两岸,母亲拼命伸出手去,但怎么也达不到彼岸的女儿。母亲的忧伤与悔恨,是与日俱增了。有一天父母亲在房中,我听见父亲百般劝慰,母亲沉痛地叹道:"小时候,是我把她疏忽了。那个女孩子,都记在心里了呢。"接着她哽咽起来,"以后我的东西,通通留给她。"

因为明姐的病,后来我曾大量阅读有关精神病及心理治疗的书籍。如果当年我没有选择文学,也许我会去研究人类的心理去,在那幽森的地带,不知会不会探究出一点人的秘密来。可是那些心理学家及医学个案的书,愈读却愈糊涂,他们各执一词,真不知该信谁才好。人心惟危,千变万化,人类上了太空,征服了月球,然而自身那块方寸之地却仍旧不得其门而入。我们全家曾经讨论过明姐的病因:小时候没有受到重视,在美国未能适应环境,生理上起了变化——她一直患有内分泌不平衡的毛病。先天、后天、遗传、环境,我们也曾请教过医学专家,这些因素也许都有关系,也许都没有关系。也许明姐不喜欢这个充满了虚伪、邪恶、竞争激烈的成人世界,一怒之下,拂袖而去,回到她自己那个童真世界里去了。明姐得病后,完全恢复了她孩提时的天真面目。她要笑的时候就笑了,也不管场合对不对。天气热时,她把裙子一捞便坐到天井的石阶上去乘凉去,急得我们的老管家罗婆婆——罗婆婆在我们家现在已有五十多年的历史——追在明姐身后直叫:"三姑娘,你的大腿露出来了!"明姐变得任性起来,世俗的许多琐琐碎碎,她都不在乎了,干脆豁了出去,开怀大吃起来。明姐变成了美食家,粽子一定要吃湖州粽,而且指定明星戏院后面那一家。开始我们担心她变得太胖,不让她多吃,后来看到她吃东西那样起劲,实在不忍剥夺她那点小小的满足,胖一点,又有什么关系呢?回到台湾明姐也变成了一个标准影迷,她专看武侠片及恐怖片,文艺片她拒绝看,那些哭哭啼啼的东西,她十分不屑。看到打得精彩的地方,她便在戏院里大声喝起彩来,左右邻座为之侧目,她全不理会。她看武侠片看得真的很乐,无论什么片子,她回到家中一定称赞:"好看!好看!"

　　明姐刚回台湾,病情并不乐观,曾经在台大医院住院,接受精神病治疗,注射因素林,以及电疗,受了不少罪。台大的精神病院是个很不愉快的杜鹃窝。里面的病人,许多比明姐严重多了;有一个女人一直急切地扭动着身子不停在跳舞,跳得很痛苦的模样。他们都穿了绿色的袍子,漫无目的荡来荡去,或者坐在一角发呆,好像失掉了魂一般。护士替明姐也换上了一袭粗糙黯淡的绿布袍,把明姐关到了铁闸门的里面去,跟那一群被世界遗忘了的不幸的人锁在一起。那天走出台大医院,我难过得直想哭,我觉得明姐并不属于那个悲惨世界,

她好像一个无辜的小女孩,走迷了路,一下子被一群怪异的外星人捉走了一般。我看过一部美国电影叫《蛇穴》,是奥丽薇·哈馥兰主演的,她还因此片得到金像奖。她演一个患了精神分裂的人,被关进疯人院里,疯人院种种恐怖悲惨的场面都上了镜头,片子拍得逼真,有几场真是惊心动魄而又令人感动。最后一幕是一个远镜头,居高临下鸟瞰疯人病室全景,成百上千的精神病患者一齐往上伸出了他们那些求告无援的手肢,千千百百条摆动的手臂像一窝蛇一般。我看见奥丽薇·哈馥兰,关进"蛇穴"里惊慌失措的样子,就不禁想起明姐那天入院,心里一定也是异常害怕的。

　　明姐出院后,回到家中休养,幸好一年比一年有起色,医生说过,完全恢复是不可能的了,不恶化已属万幸。明姐在家里,除了受到父母及手足们额外的关爱外,亲戚们也特别疼惜。父母亲过世后,他们常来陪伴她,甚至父母亲从前的下属家人,也对明姐分外地好,经常回到我们家里,带些食物来送给明姐。亲戚旧属之所以如此善待明姐,并不完全出于怜悯,而是因为明姐本身那颗纯真的心,一直有一股感染的力量,跟她在一起,使人觉得人世间,确实还有一些人,他们的善良是完全发乎天性的。父亲曾说过,明姐的字典里,没有一个坏字眼。确实,她对人,无论对什么人,总是先替人家想,开一罐水果罐头,每个人都分到,她才高兴,倒也不是世故懂事的体贴,而是小孩子扮家家酒,排排坐吃果果大家分享的乐趣。这些年来,陪伴过她的有大贵美、小贵美、余嫂——明姐叫她"胖阿姨"——都变成了她的朋友,她对她们好,出去买两条毛巾,她一定会分给她们一条。她们也由衷地喜爱她,大贵美嫁人多年,还会回来接明姐到她基隆家去请她吃鱿鱼羹。父亲从前有一个老卫兵老罗,也是离开我们家多年了,他有一个女儿罗妹妹,自小没有母亲,明姐非常疼爱这个女孩子,每逢暑假,就接罗妹妹到家里来住,睡在她的房里,明姐对待她,视同己出,百般宠爱。明姐这一生,失去了做母亲的权利,她的母性全都施在那个女孩子的身上了。罗妹妹对明姐,也是满怀孺慕之情,不胜依依。每年明姐生日,我们家的亲戚、旧属及老家人们都会回来,替明姐庆生。他们会买蛋糕、鲜花,以及各种明姐喜爱的零食来,给明姐做生日礼物,明姐那天也会穿上新旗袍,打扮起来,去接待她的客人。她喜欢过生日,喜欢人家送东西给她,虽然最后那些蛋糕食物都会装成一小包一小包仍旧让客人们带走。明姐的生日,在我们家渐渐变成了一个传统。父母亲不在了,四处分散的亲戚、旧属以及老家人都会借着这一天,回到我们家来相聚,替明姐热闹,一块儿叙旧。明姐过了四十岁也开始怕老起来,问她年纪,她笑而不答,有时还会隐瞒两三岁。事实上明姐的年龄早已停顿,时间拿她已经无可奈何。她生日那天,最快乐的事是带领罗妹妹以及其他几个她的小朋友出去,请她们去看武侠电影,夹在那一群十几岁欢天喜地的小女孩中间,她也变成了她们其中的一个,可能还是最稚气的一个。

然而明姐的生活究竟是很寂寞的,她回到台湾二十多年,大部分的时间,仍然是她一个人孤独地度过。我看见她在房里,独自坐在窗下,俯首弯腰,一针又一针在勾织她的椅垫面,好像在把她那些打发不尽的单调岁月一针针都勾织到椅垫上去了似的。有时我不免在想,如果明姐没有得病,以她那样一个好心人,应该会遇见一个爱护她的人,做她的终身伴侣,明姐会做一个好妻子,她喜欢做家务,爱干净到了洁癖的地步。

厨房里的炊具，罗婆婆洗过一次，她仍不放心，总要亲自下厨用去污粉把锅铲一一擦亮。她也很顾家，每个月的零用钱，有一半是用在买肥皂粉、洗碗巾等日常家用上面，而且对待自己过分节俭，买给她的新衣裳，挂在衣橱里总也舍不得穿，穿来穿去仍旧是几件家常衣衫。其他九个手足从电视、冷气机、首饰到穿着摆设——大家拼命买给她，这大概也是我们几个人一种补赎的方式。然而明姐对物质享受却并不奢求，只要晚上打开电视有连续剧看，她也就感到相当满足了。当然，明姐也一定会做一个好母亲，疼爱她的子女，就好像她疼爱罗家小妹一样。

　　明姐得病后，我们在童年时建立起的那段友谊并没有受到影响，她幼时的事情还记得非常清楚，有一次她突然提起我小时候送给她的那只小黑狮子狗米达来，而且说得很兴奋。在我们敦化南路的那个家，明姐卧房里，台子上她有一个玩具动物园：有贝壳做的子母鸡、一对大理石的企鹅、一只木雕小老鼠——这些是我从垦丁、花莲，及日月潭带回去给她的，有一对石狮子是大哥送的，另外一只瓷鸟是二哥送的。明姐最宝贝的是我从美国带回去给她的一套六只玻璃烧成的滑稽熊，她用棉花把这些滑稽熊一只只包裹起来，放在铁盒里，不肯拿出来摆设，因为怕碰坏。有一次回台湾，我带了一盒十二块细纱手帕送给明姐，每张手帕上都印着一只狮子狗，十二只只只不同，明姐真是乐了，把手帕展开在床上，拍手呵呵笑。每次我回台湾，明姐是高兴的。头几天她就开始准备，打扫我的住房，跟罗婆婆两人把窗帘取下来洗干净，罗婆婆说是明姐亲自爬到椅子上去卸下来的。她怕我没有带梳洗用品，老早就到百货公司去替我买好面巾、牙膏、肥皂等东西——明姐后几年可以自己一个人出去逛街买东西,那也变成了她消遣的方式之一。大部分的时间,她只是到百货公司去蹓跶蹓跶,东摸摸西弄弄,有时会耗去三四个钟头,空手而归,因为舍不得用钱。她肯掏腰包替我买那些牙膏肥皂,罗婆婆说我的面子算是大得很了。其实我洗脸从来不用面巾,牙膏用惯了一种牌子。但明姐买的不能不用,因为她会查询,看见她买的牙膏还没有开盒,就颇为不悦,说道:"买给你你又不用!"

然而我每次返台与明姐相聚的时间并不算多,因为台湾的朋友太多,活动又频繁,有时整天在外,忙到深夜才返家,家里人多已安息,全屋暗然,但往往只有明姐还未入寝,她一个人坐在房中,孤灯独对。我走过她房间,瞥见她孤独的身影,就不禁心中一沉,白天在外的繁忙欢娱,一下子都变得虚妄起来。我的快乐明姐不能分享丝毫,我的幸福更不能拯救她的不幸。我经过她的房门,几乎蹑足而过,一股莫须有的歉疚感使得我的欢愉残缺不全。有时候我会带一盒顺成的西点或者采芝斋的点心回家给明姐消夜,那也不过只能稍稍减轻一些心头的负担罢了。眼看着明姐的生命在漫长岁月中虚度过去,我为她痛惜,但却爱莫能助。

去年我返台制作舞台剧《游园惊梦》,在台湾住了半年,那是我出国后返台逗留最长的一次,陪伴明姐的时间当然比较多些,但是一旦《游园惊梦》开始动工,我又忙得身不由己,在外奔走了;偶尔我也在家吃晚饭,饭后到明姐房中跟她一同分享她一天最快乐的一刻:看电视连续剧。明姐是一个十足的"香帅"迷,《楚留香》的每一段情节,她都记得清清楚楚,巨细无遗,有几节我漏看了,她便替我补起来,把楚留香跟石观音及无花和尚斗法的情景讲给我听,讲得头头是道。看电视纵有千万种害处，我还是要感谢发明电视的人，电视的确替明姐枯寂的生活带来不少乐趣。每天晚上，明姐都会从七八点看到十一点最后报完新闻为止。如果没有电视，我无法想象明姐那些年如何能挨过漫漫长夜。白天明姐跟着罗婆婆做家务，从收拾房间到洗衣扫地，罗婆婆年事已高，跟明姐两人互相扶持，分工合作，把个家勉强撑起。到了晚上，两人便到明姐房间，一同观赏电视，明姐看得聚精会神，而罗婆婆坐在一旁，早已垂首睡去。前年罗婆婆患肺炎，病在医院里，十几天不省人事，我们都以为她大限已到，没料到奇迹一般她又醒转过来，居然康复。罗婆婆说她在昏迷中遇见我父母亲，她认为是我父母亲命令她回转阳间的，因为她的使命尚未完成，仍须照顾三姑娘。我们时常暗地担心，要是罗婆婆不在了，谁来陪伴明姐？有一次我跟智姐谈起，明姐身体不错，可能比我们几个人都活得长，那倒不是她的福，她愈长寿，愈可怜，晚年无人照料，没想到我们的顾虑多余，明姐似乎并不想拖累任何人，我们十个手足，她一个人却悄悄地最先离去。

　　七月中，有一天，我突然发觉明姐的眼睛眼白发黄。我自己生过肝炎，知道这是肝炎病征，马上送她到中心诊所，而且当天就住了院。然而我们还是太过掉以轻心了，以为明姐染上的只是普通的B型肝炎，住院休养就会病愈。那几天《游园惊梦》正在紧锣密鼓地排演，我竟没能每天去探望明姐，由大嫂及六弟去照顾她，而中心诊所的医生居然没看出明姐病情险恶，住院一星期竟让明姐回家休养。出院那天下午，我在巷子口碰见明姐一个人走路回家，大吃一惊，赶紧上去问她："三姑娘，你怎么跑出来？"明姐手里拿着一只小钱包，指了一指头发笑嘻嘻地说："我去洗了一个头，把头发剪短了。"她的头发剪得短齐耳根,修得薄薄的,像个女学生。明姐爱干净,在医院里躺了一个礼拜,十分不耐,一出院她竟偷偷地一个人溜出去洗头去了,一点也不知道本身病情的危险,倒是急坏了罗婆婆,到处找人。明姐回到家中休养,毫无起色,而且病情愈来愈严重,虽然天天到中心诊所打针,常常门诊,皆不见效。后来因为六弟认识长庚医院张院长,我们便把明姐转到长庚去试一试,由肝胆科专家廖医生主治。明姐住入长庚,第三天检查结果出来,那晚我正在一位长辈家做客,突然接到六弟电话,长庚来通知明姐病情严重,要家属到医院面谈。我连夜赶到林口,六弟也赶了去,医生告诉我们,明姐患的肝炎非B型,亦非A型,是一种罕有病例。治愈的机会呢?我们追问,医生不肯讲。

那天晚上回到家中,心情异常沉重,彻夜未能成眠,敦化南路那个家本来是为明姐而设,明姐病重入院,家中突然感到人去楼空,景况凄凉起来。那一阵子,《游园惊梦》演出成功,盛况空前,我正沉醉在自己胜利的喜悦中,天天跟朋友们饮酒庆功。那种近乎狂热的兴奋,一夕之间,如醍醐灌顶,顿时冰消,而且还感到内疚,我只顾忙于演戏,明姐得病,也未能好好照料。本来我替明姐及罗婆婆留了两张好票的,明姐不能去,她始终没有看到我的戏。如果她看了《游园惊梦》,我想她也一定会捧场喝彩的。那时我在美国的学校即将开学,我得赶回去教书,然而明姐病情不明,我实在放不下心,便向校方请了一个星期假,又打电话给香港的智姐。智姐马上赶到台湾,一下飞机便直奔林口长庚医院去探望明姐去了。智姐心慈,又是长姐,她对明姐这个小妹的不幸,分外哀怜。我记得有一回智姐从香港返台探亲,明姐将自己的房间让出来给智姐

睡——她对智姐也是一向敬爱的——还亲自上街去买了一束鲜花插到房间的花瓶里,她指着花羞怯地低声向智姐道:"姐姐,你喜不喜欢我买给你的花?"智姐顿时泪如雨下,一把将明姐拥入了怀里。那几天,我几个在台的手足大姐、大哥、六弟、七弟,我们几个人天天轮流探病,好像拉拉队一般,替明姐加油打气,希望她渡过危机。明姐很勇敢,病中受了许多罪,她都不吭声,二十四小时打点滴,两只手都打肿了,血管连针都戳不进去,明姐却不肯叫苦,顽强地躺在病床上,一副凛然不可侵犯的模样。她四十九岁生日那天,亲戚朋友、父母亲的老部下、老家人还是回到了我家来,替三姑娘庆生,维持住多年来的一个老传统,家里仍旧堆满了蛋糕与鲜花。大家尽量热闹,只当明姐仍旧在家中一般。那天我也特别到街口顺成西点铺去订了一个大蛋糕,那是明姐平日最喜爱的一种,拿到医院去送给她。我们手足各人又去买了生日礼物,大家都费了一番心机,想出一些明姐喜爱的东西。我记得明姐去忠孝东路逛百货公司时,喜欢到一家商场去玩弄一些景泰蓝的垂饰,我选了几件,一件上面镂着一只白象,一件是一只白鹤,大概这两种鸟兽是长寿的象征,下意识里便选中了。这倒选对了,明姐看到笑道:"我早想买了,可惜太贵。"其实是只值几百块钱的东西。智姐和七弟都买了各式的香皂——这又是她喜爱的玩意儿,那些香皂有的做成玫瑰花,有的做成苹果,明姐也爱得不忍释手。同去医院的还有父亲的老秘书杨秘书、表嫂、堂姐等人。明姐很乐,吃了蛋糕,在床上玩弄她的礼物,一直笑呵呵。那是她最后一个生日,不过那天她的确过得很开心。

我离开台湾,并没有告诉明姐,实在硬不起心肠向她辞行。我心里明白,那可能是最后一次跟她相聚了。回到美国,台北来的电话都是坏消息,明姐一天天病危,长庚医院尽了最大的努力救治,仍然乏术回天。十月二十三号的噩耗传来,其实心理早已有了准备,然而仍旧悲不自胜,我悲痛明姐的早逝,更悲痛她一生的不幸。她以童真之身来,童真之身去,在这个世上孤独地度过了四十九个年头。智姐说,出殡那天,明姐的朋友们都到了,亲戚中连晚辈也都到齐。今年二月中我有香港之行,到台湾停留了三天。我到明姐墓上,坟墓已经砌好,离父母的墓很近。出国二十年,这是我头一次在国内过旧历年,大年夜能够在家中吃一次团圆饭,但是总觉得气氛不对,大家强颜欢笑,却有一股说不出的萧瑟。明姐不在了,家中最哀伤的有两个人,六弟和罗婆婆。六弟一直在台湾,跟明姐两人可谓相依为命。罗婆婆整个人愣住了,好像她生命的目标突然失去了一般,她吃了晚饭仍旧一个人到明姐房中去看电视,一面看一面打瞌睡。

　　我把明姐逝世的消息告诉她学生时代唯一的好友卓以玉。卓以玉吓了一跳,她记得一九八〇年她回台湾开画展,明姐还去参观,并且买了一只小花篮送给她。卓以玉写了一篇文章纪念明姐,追忆她们在上海中西女中时的学生生涯。卓以玉说,明姐可以说是善良的化身。她写了一首诗,是给明姐的,写我们一家十个手足写得很贴切,我录了下来:

十只指儿
——怀先明

大哥会飞　常高翔
　二姐能唱　音韵扬
　　你呢

你有那菩萨心肠
　　　　最善良　最善良
　　大姐秀俊　又端庄
　　　　二哥　三哥　名禄　交游广
　　　　你呢
　　你有那菩萨心肠
　　　　最善良　最善良
　　四弟工程　魁异邦
　　　　五弟文墨　世世传
　　　　你呢
　　你有那菩萨心肠
　　　　最善良　最善良
　　六弟忠厚　七弟精
　　　　爸妈心头手一双
　　　　　十只指儿　有短长
　　　　疼你那
　　　　菩萨心肠
　　　　　最善良　最善良

　　明姐弥留的时刻,大嫂及六弟都在场。他们说明姐在昏迷中,突然不停地叫起"妈妈"来,母亲过世二十年,明姐从来没有提起过她。是不是在她(跟死神搏斗)最危急的一刻,她对母爱最原始的渴求又复苏了,向母亲求援?他们又说明姐也叫"路太远——好冷——"或者母亲真的来迎接明姐,到她那边去了,趁着我们其他九个人还没有过去的时候,母亲可以有机会补偿起来,她在世时对明姐没有给够的母爱。

读书示小妹生日书

◎贾平凹

七月十七日,是你十八岁生日,辞旧迎新,咱们家又有一个大人了。贾家在乡里是大户,父辈那代兄弟四人,传到咱们这代,兄弟十个,姊妹七个;我是男儿老八,你是女儿最小。分家后,众兄众姐都英英武武有用于社会,只是可怜了咱俩。我那时体单力孱,面又丑陋,十三岁看去老气犹如二十,村人笑为痴傻,你又三岁不能言语,哇哇只会啼哭,父母年纪尚老,恨无人接力,常怨咱这一门人丁不达。从那时起,我就羞于在人前走动,背着你在角落玩耍;有话无人可说,言于你你又不能回答,就喜欢起书来。书中的人对我最好,每每读到欢心处,我就在地上翻着跟头,你就乐得直叫;读到伤心处,我便哭了,你见我哭了,也便趴在我身上哭。但是,更多的是在沙地上,我筑好一个沙城让你玩,自个躺在一边读书,结果总是让你尿湿在裤子上,你又是哭,我不知如何哄你,就给你念书听,你竟不哭了,我感激得抱住你,说:"我小妹也是爱书人啊!"

东村的二旦家,其父是老先生,家有好多藏书,我背着你去借,人家不肯,说要帮着推磨子。我便将你放在磨盘顶上,教你拨着磨眼,我就抱着磨棍推起磨盘转,一个上午,给人家磨了三升包谷,借了三本书,我乐得去亲你,把你的脸蛋都咬出了一个红牙印儿。你还记得那本《红楼梦》吗?那时你到了四岁,刚刚学会说话,咱们到县城姨家去,我发现柜里有一本书,就蹲在那里看起来,虽然并不全懂,但觉得很有味道。天快黑了,书只看了五分之一,要回去,我就偷偷将书藏在怀里。三天后,姨家人来找,说我是贼,我不服,两厢骂起来,被娘打过一个耳光。我哭了,你也哭了,娘也抱住咱们哭。你那时说:"哥哥,我长大了,一定给你买书!"小妹,你那一句话,给了兄多大安慰,如今我一坐在书房,看着满架书籍,我就记想那时的可怜了。

咱们不是书香门第,家里一直不曾富绰,即使现在,父母和你还在乡下,地分了,粮是不短缺了,钱却有出没入,兄虽每月寄点,也只能顾住油盐酱醋,比不得会做生意的人家。

但是,穷不是咱们的错,书却会使咱们位低而人品不微,贫困而志向不贱。这个社会,天下在振兴,民族在发奋,咱们不企图做官,以仕图之路作功于国家,但作为凡人百姓,咱们却只有读书习文才能有益于社会啊。你也立志写作,兄很高兴,你就要把书看重,什么都不要眼红,眼红读书,什么朋友都可抛弃,但书之友不能一日不交。贫困倒是当作家的准备条件,书是嫉富,人富则思惰,你目下处境正好逼你静心地读书,深知书中的精义。这道理人往往以为不信,走过来了方才醒悟,小妹可将我的话记住,免得以后悔之不及。

兄在外已经十年,自不敢忘了读书,所做一两篇文章,尽属肤浅习作,愈是读书不已。过了二月二十一日,已到了而立之年,才更知立身难,立德难,立文难。夜读《西游记》,悟出"取经惟诚,伏怪以力",不觉怀多感激,临风而叹息。兄在你这般年纪,读书目过能记,每每是借来之书,读得也十分注重,而今桌上,几上,案上,床上,满是书籍,却常常读过十不能记下四五,这全是年龄所致也,我至今只有以抄写辅助强记,但你一定要珍惜现在年纪,多多读书啊。

　　既有条件,读书万万不能狭窄。文学书要读,政治书要读,哲学、历史、美学、天文、地理、医药、建筑、美术、乐理……凡能找到的书,都要读读,若读书面窄,借鉴就不多,思路就不广,触一而不能通三。但是,切切又不要忘了精读,真正的本事掌握,全在于精读。世上好书,浩如烟海,一生不可能读完,且又有的书虽好,但不能全为之喜爱,如我一生不喜食肉,但肉确实是世上好东西。你若喜欢上一本书了,不妨多读:第一遍可囫囵吞枣读,这叫享受;第二遍就静心坐下来读,这叫吟味;第三遍便要一句一句想着读,这叫深究。三遍读过,放上几天,再去读读,常又会有再新再悟的地方。你真真正正爱上这本书了,就在一个时期多找些这位作家的书来读,读他的长篇,读他的中篇,读他的短篇,或者散文,或者诗歌,或者理论,再读外人对他的评论,所写的传记,也可再读读和他同期作家的一些作品。这样,你知道他的文了,更知道他的人了,明白当时是什么社会,如何的文坛,他的经历、性格、人品、爱好等等是怎样促使他的风格的形成。大凡世上,一个作家都有自己一套写法,都是有迹而可觅寻,当然有的天分太高了,便不是一时一阵便可理得清的。兄读中国的庄子、太白、东坡诗文,读外国的泰戈尔、川端康成、海明威之文,便至今于起灭转接之间不可测识。说来,还是兄读书太少,悟觉浅薄啊!如此这番读过,你就不要理他了,将他丢开,重新进攻另一个大家。文学是在突破中前进,你要时时注意,前人走到了什么地方,同辈人走到了什么地方。任何一个大家,你只能继承,不能重复,你要在读他的作品时,就将他拉到你的脚下来读。这不是

狂妄,这正是知其长,晓其短,师精神而弃皮毛啊。虚无主义可笑,但全然跪倒来读,他可以使你得益,也可能使你受损,永远在他的屁股后了。这你要好好记住。

在家时,逢小妹生日,兄总为你梳那一双细辫,亲手要为你剥娘煮熟的鸡蛋。一走十年,竟总是忘了你生日的具体时间,这你是该骂我的了。今年一入夏,我便时时提醒自己,到时一定要祝贺你成人。邻居妇人要我送你一笔大钱,说我写书,稿费易如就地俯拾,我反驳,又说我"肥猪也哼哼",咳,邻人只知是钱!人活着不能没钱,但只要有一碗吃,钱又算个什么呢?如今稿费低贱,家岂是以稿费发得!读书要读精品,写书要立之于身,功于天下,哪里是邻居妇人之见啊!这么多年,兄并不敢奢侈,只是简朴,惟恐忘了往昔困顿,也是不忘了往昔,方将所得数钱尽买了书籍。所以,小妹生日,兄什么也不送,仅买一套名著十册给你寄来,乞妹快活。

1983年7月初写于静虚村

我的嫂子

◎李辉英

　　嫂子娶到家里来时,我那年七岁,哥哥十七,嫂子二十四。我们乡下那时盛行早婚,十四岁的男孩子,多已当了新郎官,十七岁结婚已经落后了一步。早婚之外,新娘倒必比新郎大上七八岁,这是一般人眼目中的合理规律,因为年轻的新郎既要新娘扶持,年岁大的媳妇又可以多操持一些家事——煮饭、洗衣、做针线,家家都乐得迎娶大媳妇了。

　　嫂子的娘家住在三十五里外的岔路河镇上,比起我们冷落的小山村,自然热闹多了。从热闹到冷落,这是一段叫人心中不易平静的过程。嫂子一直在郁闷着,宛若潜含重重的心事,说不定与此有关。在我幼小的记忆中,嫂子的脸上似乎很少展开过笑容。

　　嫂子的娘家虽住镇上,却是个小户,我们尽管居乡,有房子有地,正是村中数一数二的土财主,论门户似乎高了一筹。可是嫂子仍不满意,一如房子地也者全是身外之物,在她却是无关轻重的。

　　我记得很清楚,嫂子第一天迎娶过来坐炕时,像别的新媳妇一样,面朝炕里,任凭别的妇人给她开脸开鬓,然后须得由别人把她的衣服拉扯一下,拉下炕,就可以和大家见面,听凭众多男女贺客们背地品评了。拉她下炕的人是我,我接受了

二伯母的指派，伸出手去拉着她的新衣，一边听别人在念诵喜歌：小叔拉一把，又有骡子又有马；小叔拉一把，金银财宝满地爬。一个从不认识的姑娘，这时就变成了我的嫂子。我幼小的心灵中，老是希望娶来一位嫂子，给我们这大家庭的小旁系中增添一点生气。大伯父、二伯父、三伯父他们的房中，全都有年轻的媳妇，不但显得热闹，也多做了不少针线，大伯母、二伯母、三伯母早已无须为孩子做鞋袜，而在静心地当婆婆了。

第一次被我拉下炕来的嫂子，她所给我的印象，是摆出一具忧郁的脸，脸上有些雀斑，眼角边留着泪水和脂粉混合的痕迹。本来当新媳妇的人，必定要想家的，那是因为初到一个陌生的环境，受尽拘束，心里怎能不难过！十个新娘九个哭，真是无可奈何的，日久天长，公婆侍候好，丈夫合了心意，大伯、大姑、小叔、小姑都熟了，该敬重的敬重了，该照应的照应了，捏成了一家人，便不至于再有忧心，叫她哭也许她都流不出眼泪来了。

嫂子却给我以最为难忘的印象，那便是她从未开心过。她带着忧心来，过后也死在忧心里，姓了我们的姓，前后不到三个整年。

嫂子虽然出身小户人家，却识字，是我们这个大家庭中特有的一个，她不但识字，而且识得很多。据说她的哥哥在镇上当小学教员，便从哥哥那里认了字，《红楼》、《三国》早都看通本了，讲起来滔滔不绝，人家夸说母亲命好，娶了这样媳妇，记账算账不必央求外人了。

嫂子认的字确实不少，那时我刚刚上了小学，不会的功课只消一问她，她就替我讲得清清楚楚，头头是道。几次我在默想，如果她当女教员，不也是一把好手？可惜哥哥不争气，十七岁的人,还未读毕高小,学的功课一知半解,一道四则题,三遍四遍演不出,后来索性逃学了,歇在家中作画。母亲骂他,他不在乎,惹得嫂子常在一边哭。

嫂子对哥哥显然缺乏好感,她的心境因之一天比一天坏。哥哥既不知如何安慰她,又不知上进,因而愈发使她忧心,愈容易使她流泪。这事情,母亲的心里最明白,有一次,我听到她自言自语叹息道:"早知如此,悔不该结了这桩亲事,毁了人家的好孩子。"

哥哥不只是天资不好,尤其精神也不健全,我们大家庭中,他早就成为大家取笑的对象,照理是可以不娶媳妇的,但人们都说娶了媳妇可以冲得好些,这就坚定了母亲原本犹豫的心。现在证实了冲既未冲好,每日对着以泪洗面的媳妇,母亲心上所负的歉疚,也许比嫂嫂更重。真的是木已成舟,挽救乏术,母亲反而也常常背人落泪了。特别是当别人称赞母亲娶来一位好媳妇时,母亲更为伤心。我听她说:

"媳妇是个好媳妇,只是儿子太不争气了。"

母亲说的是实话,哥哥不争气,嫂子当然不开心,嫂子只有当她教我认字或是讲说《三国》、《红楼》时,稍稍可以看到一点笑容,但过后仍然愁眉不展。有一次,她忽然指着我的鼻尖说:"怎么你的哥哥十成没有一成像你!像你一成我的心里都好过些。"

第二年春天大正月里,嫂子回了娘家,哥哥陪她同去,名义上叫作拜新年。七天后,他们坐耙犁回来,嫂子一进屋,就塞我一部带鼓词的《三国》,线装八本,还看得出七成新。我虽然认不全其中的字句,大体上却能明白上下句的意思,觉着很有趣。嫂子一有空,就教我那些不认得的字,我记得很牢实。

嫂子给我带回一部书，也给自己带来了咳嗽。正月里的大风雪，坐耙犁来往七十里的途程，本容易呛风引起咳嗽的，母亲赶忙给嫂子煮梨加红糖，说这是治咳嗽的好偏方，吃了半月却不见效。草药也吃了三四剂，依然故我，母亲说早知如此，不如不拜新年了。

"不拜新年也会有病的。"嫂子认真说，"我的病我自己知道。"

"你知道？"母亲急急问，"你知道是什么病？"

嫂子摇摇头，一面咳嗽一面走开了。

没有人在屋里的时候，我凑到嫂子的身边，一面表示我的关心，一面问她到底是什么病。我想她告诉了我，我再告诉母亲，也好设法对症下药的。我一向认为嫂子和我很要好，有些话她也愿意跟我说；我呢，常常替她抱柴，替她烧炕，做些零活，因而也赢得她说我最解人事的评语，既然如此，她虽不回答母亲却很有可能回答我。但嫂子并未回答我，她一面咳嗽，一面伸出发热的手，托起我的嘴巴，为难地说，我的年纪还小，最好别知道这么多的事。她夸说我是她的知心人，这家庭如果没有母亲和我，她恐怕一时一刻也挨不下去的。嫂子这么说，我愈发替她难过，终于，我不知怎的，竟然毫不思索地叫了出来："我知道，病根是哥哥配不上你！"

"这又怨谁？"嫂子不承认也不否认地接着说，缩回手去。我看到她的那副雀斑脸上，闪现出一丝罕有的笑容来。"好兄弟，人活百岁终是死，我若是死了，你——想我么？"

"嫂子不说……"我说不下去，泪簌簌地流。我已然感觉到这中间潜伏有某种言喻不出的危机了。"有病慢慢治。"我抽泣着说，"为什么说这话！"

"兄弟,你哪里知道,世上的医生,真的治不了我的病。我是心病。"

第四年冬天,一个大风雪的日子,嫂子到底死了,当她的尸身收进棺材里时,我抚棺痛哭,死也不放手。别人拉开我,我骂出有生以来最难听的言语。我觉得身上丢了什么东西,万分难过。只有哥哥,全不在意地仍旧作画。嫂子送给我的那部《三国》,变成了唯一的遗物。可惜多年离乱,也不知丢失到什么地方去了。只有她这个人,一直还留存在我的记忆里。

1961年香港

碗花糕

◎王充闾

一

　　小时候，一年到头，最欢乐的日子要算是旧历除夕了。

　　除夕是亲人欢聚的日子。行人在外，再远也要赶回家去过个团圆年。而且，不分穷家富家，到了这个晚上，都要尽其所能痛痛快快地吃上一顿。母亲常说："打一千，骂一万，丢不下三十晚上这顿饭。"老老少少，任谁都必须熬过夜半，送走了旧年、吃过了年饭之后再去睡觉。

　　我的大哥在外做瓦工，一年难得回家几次，但是，旧历年、中秋节却绝无例外地必然赶回来。到家后，第一件事是先给水缸满满地挑上几担水，然后再抡起斧头，劈上一小垛劈柴。到了除夕之夜，先帮我的嫂嫂剁好饺馅，然后就盘腿上炕，陪着祖母和父亲、母亲玩纸牌。剩下的置办夜餐的活，就由嫂嫂全包了。

　　一家人欢欢乐乐地说着笑着。《笑林广记》上的故事，本是寥寥数语，虽说是笑话，但"包袱"不多，笑料有限。可是，到了父亲嘴里，敷陈演绎，踵事增华，就说起来有味、听起来有趣了。原来，自幼他曾跟说书的练习过这一招儿。他逗大家笑得前仰后合,自己却顾自在一旁吧嗒吧嗒地抽着老旱烟。

我是个"自由民",屋里屋外乱跑,片刻也停不下来。但在多数情况下,是听从嫂嫂的调遣。在我的心目中,她就是戏台上头戴花翎、横刀立马的大元帅。此刻,她正忙着擀面皮、包饺子,两手沾满了面粉,便让我把摆放饺子的盖帘拿过来。一会儿又喊着:"小弟,递给我一碗水!"我也乐得跑前跑后,两手不闲。

到了亥时正点,也就是所谓"一夜连双岁,五更分二年"的"五更"时刻,大哥领着我到外面去放鞭炮,这边饺子也包得差不多了。我们回屋一看,嫂嫂正在往锅里下饺子。估摸着已经煮熟了,母亲便在屋里大声地问上一句:"煮挣了没有?"嫂嫂一定回答:"挣了。"母亲听了,格外高兴,她要的就是这一句话。——"挣了",意味着赚钱,意味着发财。如果说"煮破了",那就不吉利了。

热腾腾的一大盘饺子端了上来,全家人一边吃一边说笑着。突然,我喊:"我的饺子里有一个钱。"嫂嫂的眼睛笑成了一道缝,甜甜地说:"恭喜,恭喜!我小弟的命就是好!"旧俗,谁能在大年夜里吃到铜钱,就会长年有福,一顺百顺。大哥笑说,怎么偏偏小弟就能吃到铜钱?这里面一定有门道,咱们得检查一下。说着,就夹起了我的饺子,一看,上面有一溜花边儿,其他饺子都没有。原来,铜钱是嫂嫂悄悄放在里面的,花边也是她捏的,最后,又由她盛到了我的碗里。谜底揭开了,逗得满场轰然腾笑起来。

父母膝下原有一女三男,早几年,姐姐和二哥相继去世。大哥、大嫂都长我二十岁,他们成婚时,我才一岁多。嫂嫂姓孟,是本屯的姑娘,大哥常年在外,她就经常把我抱到她的屋里去睡。她特别喜欢我,再忙再累也忘不了逗我玩,还给我缝制了许多衣裳。其时,母亲已经年过四十了,乐得清静,便听凭我整天泡在嫂嫂的屋里胡闹。后来,嫂嫂自己生了个小女孩,也还是照样地疼我爱我亲我抱我。有时我跑过去,正赶上她给小女儿哺乳,便把我也拉到她的胸前,我们就一左一右地吸吮起来。

但我印象最深刻的,还是嫂嫂蒸的"碗花糕"。她有个舅爷,在京城某王府的膳房里混过两年手艺,别的没学会,但做一种蒸糕却是出色当行。一次,嫂嫂说她要露一手,不过,得准备一个大号的瓷碗。乡下僻塞,买不着,最后,还是她回家把舅爷传下来的浅花瓷碗捧了过来。

一个面团是嫂嫂事先和好的,经过发酵,再加上一些黄豆面,搅拌两个鸡蛋和一点点白糖,上锅蒸好。吃起来又甜又香,外鲜里嫩。家中每人分尝一块,其余的全都由我吃了。

蒸糕做法看上去很简单,可是,母亲说,剂量配比、水分、火候都有讲究。嫂嫂也不搭言,只在一旁甜甜地浅笑着。除了做蒸糕,平素这个浅花瓷碗总是嫂嫂专用。她喜欢盛上大半碗饭,把菜夹到上面,然后,往地当央一站,一边端着碗吃饭,一边和家人谈笑着。

二

关于嫂嫂的相貌、模样,我至今也说不清楚。在孩子的心目中,似乎没有俊丑的区分,只有"笑面"或者"愁面"的感觉。小时候,我的祖母还在世,她给我的印象,是终朝每日愁眉不展,似乎从来也没见到过笑容;而我的嫂嫂却生成了一张笑脸,两道眉毛弯弯的,一双水灵灵的大眼睛总带着盈盈笑意。

不管我遇到怎样不快活的事,比如,心爱的小鸡雏被大狸猫捕吃了,赶庙会母亲拿不出钱来为我买彩塑的小泥人,只要看到嫂嫂那一双笑眼,便一天云彩全散了,即使正在哭闹着,只要嫂嫂把我抱起来,立刻就会破涕为笑。这时,嫂嫂便爱抚地轻轻地捏着我的鼻子,念叨着:"一会儿哭,一会儿笑,小鸡鸡,没人要,娶不上媳妇,瞎胡闹。"

待我长到四五岁时,嫂嫂就常常引逗我做些惹人发笑的事。记得一个大年三十晚上,嫂嫂叫我到西院去,向堂嫂借枕头。堂嫂问:"谁让你来借的?"我说:"我嫂。"结果,在一片哄然笑闹中被堂嫂"骂"了出来。堂嫂隔着小山墙,对我嫂嫂笑骂道:"你这个闲×,等我给你撕烂了。"我嫂嫂又回骂了一句什么,于是,两个院落里便伴随着一阵阵爆竹的震响,腾起了叽叽嘎嘎的笑声。原来,旧俗:年三十晚上到谁家去借枕头,等于要和人家的媳妇睡觉。这都是嫂嫂出于喜爱,让我出洋相,有意地捉弄我,拿我开心。

还有一年除夕,她正在床头案板上切着菜,忽然一迭连声地喊叫着:"小弟,小弟!快把荤油罐给我搬过来。"我便趔趔趄趄地从厨房把油罐搬到她的面前。只见嫂嫂拍手打掌地大笑起来,我却呆望着她,不知是怎么回事。过后,母亲告诉我,乡间习俗,谁要想早日"动婚",就在年三十晚上搬动一下荤油坛子。

嫂嫂虽然没有读过书,但十分通晓事体,记忆力也非常好。父亲讲过的故事、唱过的"子弟书",我小时在家里发蒙读的《三字经》《百家姓》,她听过几遍后,便能牢牢地记下来。

碗花糕

213

我特别贪玩,家里靠近一个大沙岗,整天就跑到那里去玩耍。早晨,父亲布置下两页书,我早就忘记背诵了,她便带上书跑到沙岗上催我快看,发现我浑身上下满是泥沙,便让我就地把衣服脱下,光着身子坐在树阴下攻读,她就跑到沙岗下面的水塘边,把脏衣服全部洗干净,然后晾在青草上。

我小时候又顽皮,又淘气,一天到晚总是惹是生非。每当闯下祸端父亲要惩治时,总是嫂嫂出面为我讲情。这年春节的前一天,我们几个小伙伴随着大人到土地庙去给"土地爷"进香上供,供桌设在外面,大人有事先回去,留下我们在一旁看守着,防止供果被猪、狗扒吃了,挨过两个时辰之后,再将供品端回家去,分给我们享用。所谓"心到佛知,上供人吃"。

可是,两个时辰是很难熬的,于是,我们又免不了起歪作祸。家人走了以后,我们便悄悄地从怀里摸出几个偷偷带去的二踢脚(一种爆竹),分别插在神龛前的香炉上,然后用香火一点燃,只听"劈——叭"一阵轰响,小庙里面便被炸得烟尘四散,一塌糊涂。我们却若无其事地站在一旁,欣赏着自己的"杰作"。

自以为神不知鬼不觉,哪晓得,早被邻人发现了,告到了我的父亲那里。我却一无所知,坦然地溜回家去。看到嫂嫂等在门前,先是一愣,刚要向她炫耀我们的"战绩",她却小声告诉我:一切都露馅了,见到父亲二话别说,立刻跪下,叩头认错。我依计而行,她则多长多短地叫个不停,赔着笑脸,又是装烟,又是递茶。父亲渐渐地消了气,叹说了一句,"长大了,你能赶上嫂嫂一半,也就行了",算是结案。

我家养了一头大黄牛,大哥春节回家度假时,常常领着我逗它玩耍。他头上顶着一个花围巾,在大黄牛面前逗引着,大黄牛便跳起来用犄角去顶,尾巴翘得老高老高,吸引了许多人围着观看。这年秋天,我跟着母亲、嫂嫂到棉田去摘棉花,顺便也把大黄牛赶到地边去放牧。忽然发现它跑到地里来嚼棉桃,我便跑过去扬起双臂轰赶。当时,我不过三四岁,胸前只系着一个花兜肚,没有穿衣服。大黄牛看我跑过来,以为又是在逗引它,便挺起了双角顶我,结果,牛角挂在兜肚上,我被挑起四五尺高,然后抛落在地上,肚皮上划出了两道血印子。周围的人都吓得目瞪口呆,母亲和嫂嫂呜呜地哭了起来。

事后,村里人都说,我捡了一条小命。晚上,嫂嫂给我做了"碗花糕",然后,叫我睡在她的身边,夜半悄悄地给我"叫魂",说是白天吓得灵魂出窍了。

三

每当我惹事添乱,母亲就说:"人作(读如昨)有祸,天作有雨。"果然,乐极悲生,祸从天降了。

在我五岁这年,中秋节刚过,回家休假的大哥突然染上了疟疾,几天下来也不见好转。父亲从镇上请来一位安姓的中医,把过脉之后,说怕是已经转成了伤寒,于是,开出了一个药方,父亲随他去取了药,当天晚上大哥就服下了,夜半出了一身透汗。

明人沈复在《浮生六记》中,记载其父病疟返里,寒索火,热索冰,竟转伤寒,病势日重,后来延请名医诊治,幸得康复。而我的大哥遇到的却是一个"杀人不用刀"的庸医,由于错下了药,结果,第二天就死去了。人们都说,这种病即使不看医生,几天过后也会逐渐痊复的。父亲逢人就讲:"人间难觅后

悔药，我真是悔青了肠子。"

父亲根本不相信，那么健壮的一个小伙子，眼看着生命就完结了。在床上停放了两整天，他和嫂嫂不合眼地枯守着，希望能看到大哥长舒一口气，苏醒过来。最后，由于天气还热，实在放不住了，只好入殓，父亲却双手搥打着棺材，拼死命地叫喊；我也呼着号着，不许扣上棺盖，不让钉上铆钉。尔后又连续几天，父亲都在深夜里到坟头去转悠，幻想能听到大哥在坟墓里的呼救声。由于悲伤过度，母亲和嫂嫂双双地病倒了，东屋卧着一个，西屋卧着一个，屋子里死一般地静寂。原来雍雍乐乐、笑语欢腾的场面再也见不到了。我像是一个团团乱转的卷地蓬蒿，突然失去了家园，失去了根基。

冬去春来，天气还没有完全变暖，嫂嫂便换了一身月白色的衣服，衬着一副瘦弱的身躯和没有血色的面孔，似乎一下子苍老了许多。其实，这时她不过二十五六岁。父亲正筹划着送我到私塾里读书。嫂嫂一连几天，起早睡晚，忙着给我缝制新衣，还做了两次"碗花糕"。不知为什么，吃起来总觉着味道不及过去了。母亲看她一天天瘦削下来，说是太劳累了，劝她停下来歇歇。她说，等小弟再大一点，娶了媳妇，我们家就好了。

一天晚上，坐在豆油灯下，父亲问她下一步有什么打算。她明确地表示，守着两位老人、守着小弟弟、带着女儿过一辈子，哪里也不去。

父亲说："我知道你说的是真心话，没有掺半句假。可是……"

嫂嫂不让父亲说下去，呜咽着说："我不想听这个'可是'。"

父亲说,你的一片心情我们都领了。无奈,你还年轻,总要有个归宿。如果有个儿子,你的意见也不是不可以考虑;可是,只守着一个女儿,孤苦零丁的,这怎么能行呢?

嫂嫂说:"等小弟长大了,结了婚,生了儿子,我抱过来一个,不也是一样吗?"

父亲听了长叹一声:"咳,真像'杨家将'的下场,七狼八虎,死的死,亡的亡,只剩下一个无拳无勇的杨六郎,谁知将来又能怎样呢?"

嫂嫂呜呜地哭个不停,翻来覆去,重复着一句话:"爹,妈!就把我当作你们的女儿吧。"嫂嫂又反复亲我,问"小弟放不放嫂嫂走",我一面摇晃着脑袋,一面号啕大哭。父亲、母亲也伤心地落下了眼泪。这场没有结果的谈话,暂时就这样收场了。

但是,嫂嫂的归宿问题,终究成了两位老人的一块心病。一天夜间,父亲又和母亲说起了这件事。他们说,论起她的贤惠,可说是百里挑一,亲闺女也做不到这样。可是,总不能看着二十几岁的人这样守着我们。我们不能干那种伤天害理的事,我们于心难忍啊!

第二天,父亲去了嫂嫂的娘家,随后,又把嫂嫂叫过去了,同她母亲一道,软一阵硬一阵,再次做她的思想工作。终归是"胳膊拧不过大腿",嫂嫂勉强地同意改嫁了。两个月后,嫁到二十里外的郭泡屯。

我们那一带的风俗,寡妇改嫁,叫"出水"。一般都悄没声的,不举行婚礼,也不坐娶亲轿,而是由娘家的姐妹或者嫂嫂陪伴着,送上事先等在村头的婆家的大车,往往都是由新郎亲自赶车来接。那一天,为了怕我伤心,嫂嫂是趁着我上学,悄悄地溜出大门的。

午间回家,发现嫂嫂不在了,我问母亲,母亲也不吱声,只是默默地揭开锅,说是嫂嫂留给我的,原来是一块"碗花糕",盛在浅花瓷碗里。我知道,这是最后一次吃这种蒸糕了,泪水刷刷地流下,无论如何也不能下咽。

每年,嫂嫂都要回娘家一两次。一进门,就让她的侄子跑来送信,叫父亲、母亲带我过去。因为旧俗,妇女改嫁后再不能登原来婆家的门,所谓"嫁出的媳妇泼出的水"。见面后,嫂嫂先是上下打量我,说"又长高了","比上次瘦了",坐在炕沿上,把我夹在两腿中间,亲亲热热地同父母亲拉着话,像女儿见到爹妈一样,说起来就没完,什么都想问,什么都想告诉。送走了父亲、母亲,还要留我住上两天,赶上私塾开学,早上直接把我送到校舍去,晚上再接回家去。

后来,我进县城、省城读书,又长期在外工作,再也难以见上嫂嫂一面了。由于早年丧痛,又兼过分劳累,听说她身体一直不好。一次,我回去探家,听母亲说,嫂嫂去世了。我感到万分地难过,万分地悲戚,觉得从她的身上得到的太多太多,而我给予她的又实在太少太少,真是对不起这位母亲一般地爱我、怜我的高尚的女性。引用韩愈《祭十二郎文》中的话,正是:"汝病吾不知时,汝殁吾不知日,生不能相养以共居,殁不能抚汝以尽哀,殓不凭其棺,窆不临其穴……彼苍者天,曷其有极!"

一次,我向母亲偶然问起嫂嫂留下的浅花瓷碗,母亲说:"你走后,我和你父亲加倍地感到孤单,越发想念她了,想念过去那段一家团聚的日子。见物如见人。经常把碗端起来看看,可是,你父亲手哆嗦了,碗又太重……"

就这样,我再也见不到我的嫂嫂,再也见不到那个浅花瓷碗了。

姐姐

◎范用

我有个姐姐,叫玲子,外婆和妈妈叫她"阿玲"。
我从来没有见过她,在我出生之前,她就不在了。
外婆和妈妈常念叨她。
"阿玲要是不走,该有十岁了。"
她到哪里去了?为什么不回来看妈妈?我不知道。妈妈说,她去的地方很远很远。
"格小娘是来讨债的。"
绍兴话"小娘"就是小女孩子。外婆这么说,妈妈点点头。我更糊涂了,我看见过讨债的,坐在爸爸的店里讨债,姐姐怎么也讨债呢?
后来才知道,她在五岁那年死了。
姐姐什么模样?没有照片,也没有请街上画店给她画张像。
我想她一定很好看,人家说我个儿很秀气,姐姐一定更加秀气。她一定是个矮个子,因为爸爸和我都是矮个子;女孩子个儿矮不难看。
她一定也有小辫子,用红头绳扎得翘起来。跟我一样,有个尖下巴。穿的小褂裤,不是粉红色的,就是葱绿色的,钉着花边,我们那里的小姑娘,都是这么穿的。

她的脸皮一定很嫩很嫩,大人看到她,都会摸一摸,闻一闻:"香一个!"

她一定每天领着我玩,搀着我。我跌倒了,会拉我起来,给我拍拍灰,还用脚跺地:"都是你不好!把弟弟摔坏了!"我看人家的姐姐都是卫护弟弟的,我的姐姐当然也是。

姐姐一定知道我想什么,要什么,喜欢什么,妈妈就不知道,大人跟小孩子就不一样。

我羡慕人家有个姐姐,我们住的那条巷子里,就有好几个姐姐,她们带着弟弟,我一看见,就会想起我的姐姐,我那没有见过的姐姐。

妈妈相信观音菩萨,说她是"送子娘娘",我也这么想:求观音菩萨再送我一个姐姐吧!

没有想到,我真的有了个姐姐,不过那不是菩萨给的。

她是我的同班同学,因为上学晚,大我两岁,个子也比我高,高一个头哩,老里老气,一举一动像个大人。

"叫你姐姐好不好?"我说。

"要叫我大姐姐!知不知道,是大姐姐!"

大姐姐就大姐姐,只要认我这个弟弟就行。

每天到校,她总要盯着我左看右看,看我脸洗得干净不干净,有没有眼屎。

我的小皮球脏了,她给我洗得雪白雪白。姐姐爱干净。

我有个啃指甲的坏习惯,不知怎么一来,连我自己都想不起来,手指头就进了嘴,姐姐看见了,就会说:

"哎呀!脏不脏呀!快给我拿出来,不然我就不要你了!"

她做功课就不如我了,说她有点笨也可以,再用功也上不去。我常常帮她温习功课,我也挺愿意,她是我的姐姐嘛。

我们一起演话剧,她演妈妈,我演儿子。有时我就叫她妈妈,她先大声答应:"哎!"接着捶我一拳:"坏坯子!你的妈妈在家里呐!再叫,就把你的嘴缝上!"

　　她也会绣花,跟别的女孩子一样。她绣了一条小手绢给我,是绣的十字线,我很喜欢,叠得方方正正收起来,有时拿出来看看,再收好。

　　这一年,日本人打来了,我一个人出外逃难,没想到她也上了同一条轮船,我快活得跳起来,我不再孤单了!我们一起打饭,一起睡在甲板上,盖一条被子,一人睡一头。夜里,我醒过来,脚上暖和和的,姐姐把我的脚焐在怀里,怕我冻着。

　　有时,我想家,一个人发呆,姐姐就说:

　　"想什么!过两天就会回家的。"

　　然后,我们东一句西一句,谈我们的同学,谈周老师、沙老师,谈我们演话剧时候闹的笑话,这样,我就不想家了。

　　"你还想念书吗?"姐姐问我。

　　"怎么不想,还想上大学哩。"

　　"唉!我只怕上不成了。"

　　为什么?她没有讲,我也不愿意想。

　　我们在船上过了四天四夜,说真的,如果不是碰上姐姐,我不知道日子怎么过。

　　到了汉口,上了岸,她就去火车站,说是去长沙,从那里回老家。我不能送她上火车,她给我理理头发,抹抹平,捏捏我的手,说了一句"给我写信啊"就坐黄包车走了。

　　我按照她留给我的地址写了三封信寄去,都不见回信,不知道怎么回事,是搬了家,还是地址不对?她一定没有收到。我没有给她地址,因为那时候还不知道住在哪里。

从此，我们断了线。

我在地图上找她的老家，是个叫做洪江的小地方，好不容易才找到，是在挨近贵州的边远地方。从长沙下火车，姐姐要走多少天才能到家啊！

她没有爸爸妈妈，有个舅舅，做桐油生意，不晓得舅舅待她好不好。

她身体不好，得过肺病，脸总是白白的黄黄的，不知道她还在不在人世。

姐姐！姐姐！我常常打心里叫唤你！如果真有菩萨，愿菩萨保佑你，尽管我是不相信菩萨的。

她叫什么名字？叫蔡淑贞，顽皮的同学叫她"菜包子"。我从来不这么叫，也不准别人这么叫，我叫她姐姐。

1939 年春，重庆

哀歌

◎林贤治

堂嫂死了。

听说这噩耗,我并不感到突兀。前一回看她,除了说话,她身上已经没有任何一处可以显示生命的存在的了。可是,她毕竟只活了四十来岁,一年前尚且那么壮健,回想起来,人生真也如同梦魇一般!

她是邻村罗家的女儿。因为家穷,长得很大了,才端着板凳走好几里的路程到我们村子里念书。在小学校里,我比她高班,但当我考进县城中学的时候,她已是我的堂嫂子了。记得她做了新娘子没几天,乍一见面,便说起小学时的一个不成故事的故事。说是阅览室刚刚开放,在众多的同学中间,我这个小管理员独独给她推荐了一本连环画,还特别介绍了里面的一篇美丽的传说。而这些,在我一点也记不起来了,她却说得津津有味,完了,自顾自地嗤嗤地笑。后来,还听得她向妻说起过,说时依旧笑得那么灿烂。

无忧无虑的笑,在乡间,是只属于少女时代的;做了媳妇以后,就完全陷入网罗般的活计里了。插秧,割稻,种菜,砍柴,拾海,养猪,放牛,做饭,奶孩子和打孩子。她无所不做,且无所不能。然而,终年劳苦又于事何补,日子一直过得相当黯淡。幸好她想得开,用文雅的话来说是"豁达",一不怨天二不

尤人,从来未曾同我那位木实的堂兄打闹过。对伯父伯母,也都十分孝敬。伯母心善,只是爱唠叨,有时拿婆婆架子,骂她是很凶的。实在气不过,她会拎起一个小包袱直奔娘家,寻求精神的庇护;几天过后,就又低垂着眉眼回来了。伯母死时,她哭得很悲,隔了许久,说起伯母死得突然,还曾几次提起袖子抹眼泪。但是对外,她是不甘示弱的。她有一个毛病,多少喜欢打听别人的隐私,其实这也是人们的通病,何况在乡村,生活单调而寂寞,除了这,又有什么能增添哪怕是一点可以称之为"趣味"的呢?事情坏就坏在她总忍不住要传播。乡里人虽然不及文化人那样看重高贵的"人格",但于为人清白这点倒也讲究,遇到流言,往往要弄到非"对嘴"不可的地步。她本无意作流言家的工具,但为此,却不免要招惹一些无谓的战争,结下一些仇怨。

伯父一家是个典型的信奉神灵的家庭。家长耽迷于看风水,熏陶之下,连我的堂兄弟从小也能看掌相面,老气得可以。伯父去世以后.堂弟甚至变卖了分属于他的一间房子,把替人寻找坟山当成外出谋生的手段,潦倒不堪,这才由堂嫂接回到自己的家中闲养。伯母头脑也很古旧,生前便在屋内设了"神台",每天点燃香烛,供拜不断。置身在这样的迷信的家庭氛围,只要脑筋稍稍灵活些,堂嫂大可以担演神巫的角色。在周围一带,巫男巫女的地位,除了乡干部是无人可以伦比的,然而她不能。诚实注定她一辈子无法翻身。

由于耳濡目染,她究竟熟习许许多多有关生死大事的礼仪。在我父亲卧病的大半年间,幸得她日夜照护;及至去世,还亏她长辈般详明的指点,又亲自处理了丧仪中不少繁杂的事务,使我在极度悲凉和迷乱中,找到了一根支柱,一盏风灯。

为此,我从心底里感激她,直到现在。

然而,想不到这么快,她就离人世而去了!

还在一年前,从小妹的一次来信中得知,她突然得了偏瘫症,住院了。大约这年头,人的关系变得特别教人敏感,堂兄很快打听得主任医师是我的同学,便求我写封信回去,希望能对病人有所照顾。我照办了。那结果,据说很应验。堂嫂出院不久,恰逢我回乡探望母亲,见到我说了不知多少感谢的话,使我非常惭愧。其实我所做的,全不费心思和力气,仅在一块小纸片上画几个字而已!

入秋,她再度入院治疗。这一次病情凶险多了,一进去就看外科。外科用的药物是全盘西化的,堂兄嫂又都是国粹主义者,害怕大量的西药会把身体弄虚弱了,一俟病势稍缓,便要求转到中医科去。可是,几次得到的答复都说:没有床位。没有法子想,堂兄再次央我说情。那时,县里正当举办空前盛大的风筝节,邀集了一大批外国人,港澳企业主,还有省城的一些所谓"名流"一同观光,我遂得以借机作一次逍遥游,趁便看望了堂嫂。

此时,她形貌上的变化,简直使我感到惊恐。最扎眼的一条又粗又黑的辫子不见了,头发几乎全白,面部浮肿而萎黄,反使繁密的皱纹消减了不少;最可怕是下肢萎缩,又短又细,竟使我立刻怀疑她睡的是普洛克路式斯的魔床。

我的到来,使她极其欣喜,几次意欲起床站立而不能,只好倚着床沿说话。她说话变得迟缓了许多,从此再不会有从前同村人争辩的雄风了,我忽然忆起那个灿烂的迢遥的笑,不由得暗自感叹岁月的流逝,和命运的无情。我胡诌了几句安慰的话,塞给她两百元钱,随即逃出病室。剩下的时间,是找

哀歌

我的那位主任同学。我只能做我唯一能做的事情。

其实,做着这一切都是多余的。过了一段时日,堂嫂便出院了。如今医院改袭了承包制,费用大得惊人,大病未愈,奈何在经济上已经无力负担。堂兄不是那类能活动的人,至此山穷水尽之际,唯有求助于巫医一途。但从此,人也就一病不起了。

春节回乡下过年,刚卸下行李,便同妻一起到堂兄家。嫂子在屋里,已经不能起坐迎迓。里屋很暗,不开窗户,大约太气闷了的缘故,没有落帐子。屋子外面,臭水沟的气味不时熏进来。屋里久未打扫,落满蔗渣和草屑,苍蝇嗡嗡嘤嘤,往人的脸上乱撞。因为堂嫂的双手已不再能够摆动,便用了一块白纱布蒙了脸,我们到来也不揭开,就这样隔着纱布说话。她诉说着疾病如何被耽误的情形,话中不无抱憾。对于她,到了连鬼神也不复相信的地步,人生该是没有任何希望的了。说到丈夫一年来对她的侍候,各样的操劳,话音才明显地变得轻快起来,似乎透达着某种满足。

我们起身向她告辞,这时,她平生第一次,但也是最后一次用叔婶来称呼我们,接着说了一长串祝福的话语。我知道,这是她在做着诀别!当她特别提高了声调向我们说着这些的时候,内心需要多大的勇气呵!

清明回乡,她已经死去快半个月了。人到中年,是知识者十年来演说谈话做文章的热门题目。在穷乡僻壤,谁统计过,有多少中年人更为惨苦地突然崩折?我的堂嫂,一个普通农妇,她死于风湿,死于农村最常见的疾病,死于根本不该死的疾病,然而毕竟死了!她死于穷困,死于蒙昧,而且,死时没有花圈,没有悼词,没有鼓吹,甚至连亲人也没有一个肯去送殡!

如此世态的差异,人情的凉薄,又有谁,诉说过其中的不公?

堂嫂匆匆来到人世,唯无言撒下两个儿子和一个女儿。差堪告慰的是,儿子们都已经快要长大成人,可以卖力气了。春节刚过,他们便一齐告离了病重的母亲,跟随包工头前去远方陌生的都市。直到堂嫂平安入土,他们也没能接到消息,犹在想念中盘算如何拚命挣钱赎回母亲的健康呢!

女儿尚幼,刚上小学,一年前还常常拉着母亲的衣角到处转悠。这回见不到她,问起周围的小朋友,都说好多天没有找她一起玩了。死了人的人家,是连孩子也被视为不洁的。她们说,见到她的时候,她总是呆呆的,还常常一个人躲着哭。后来,堂兄告诉我,是怕她伤心,没有伙伴,才让外婆过来把她接走。

遗忘是一种幸福。尤其对于孩子,世界只配为他们展开眼前无边的开阔地,他们是无须回顾的。当此刻,推窗遥望,夜色冥茫。如果祝祷有效,对于我梦中的孤苦的侄子侄女们,我要说——

明天醒来,愿你们忘记了一切,连同母亲!

她这一辈子

◎韦君宜

我的四妹韦君之去世了。

当我赶到病房的时候,她已经停止呼吸。我抚着她盖着洁白棉被好像还温热的身体,没有哭泣,只是喃喃地说:"你不再受苦了。身上也不疼痛了。老四,你平安地去吧。"

她去了。她比我年轻,却先去了。她是个高级工程师,不是死于一般营养良好的老人常得的病症——心脑血管疾病或癌症,而是死于穷人的病——肾盂肾炎转尿毒。直到我像送人远行似的送她进了太平间,回来坐在自家的书桌跟前,回想她的一生,我才觉得眼泪忍不住了。

我必须为她写点什么。不是因为她有多少丰功伟绩,她只是个极普通的中国知识分子,就是要写这个普通知识分子。

她比我小四岁。当一九三七年抗战爆发我离家南下的时候,她初中还没毕业,我怕她出去不会料理自己,就没有带上她同走。后来在延安我碰上了一个刚从天津来的认识她的女同志,说她"现在在念书"。以后我也接到过她的信,是她的结婚照片。披着纱,戴着珠花,穿着软缎西式长裙,脸上显然用心化妆过。信上还说她做梦梦见了我在边区所生的小女孩,穿着蓝天鹅绒小衣裳,多么漂亮……唉!那时我只觉得我的家庭和弟妹,离我已经有多么远了。以为她们大概再也不可能和我走一条道路。

没有想到,熬过了抗战,又来了解放战争,形势急转直下,我们的解放大军包围了城市。我竟得到机会在一九四七年年底从老解放区化装潜回北平,又见到了她和家里人。当我身穿一件旧蓝布大褂,像农村妇女那样用两个发卡别着头发,走进家门时,迎候我的妹妹们已经把佣人都打发开了。自己把着大门,招呼我赶紧溜进屋去,换上一件适合身份的橙红色驼绒旗袍,才敢出来见人。我见到了四妹和第一次见面的四妹夫黄云。这时他们俩已经都是好几年的工程技术人员。那几天,我住在这个虽然极口叫穷却依然显得陈设华贵的家庭里,听他们每天谈的除了向我打听解放区情况之外,就是大骂国民党。黄云问,进解放区要不要都参加共产党。四妹断言,国民党已经完全众叛亲离,他们用不着怨共产党。她说:"现在连舞女都请愿。难道这些舞女还可能是受共产党煽动的吗?是国民党自己实在该完了!"她那时正在铁道科学研究所做化学研究工作。她说:上班没事干,就把很值钱的细砂状化学试验材料打开几管,磨竹针织毛衣,这年头有什么法子呢?

后来我要回解放区了。过去参加过革命的三妹决定跟我走。四妹什么也不说,只是大哭起来。她大概知道这是不能挽留也不应该挽留的,但是姐妹之情有点舍不得。那时候,我看他们夫妻俩对于共产党实在没有什么认识,一本书也没看过。但是对国民党却很有认识。当然这不是依靠她十五岁时候接受的那一点点革命宣传,而是依靠她对于当时现实生活的深切体会。

后来,三妹没有走,却和地下党接上了关系。到我回解放区大半年之后,四八年初秋,四妹和四妹夫黄云忽然一起到解放区找我来了。我不知道他俩是怎样下这个决心的。他们一下子来到了平山县夹峪村,出现在我那没有桌子只有砖炕的卧室中间。我一看她,身穿花布裤褂,服装像个乡下女人,头发却还是像城市妇女那样毛茸茸地向后梳着,脑门上更没有农村已婚妇女通行的"开脸"痕迹。我马上笑起来,说:"看你这样儿,要是我,一眼就能查出你是个知识分子来!"她也笑着,说:"反正是混过来了呗。他们的检查光会出洋相。捏着棉被问我:'这里面有什么?'我就说:'什么也没有。'其实棉被里当然有棉花,什么也没有不成了夹被了吗?"她自己也忍不住哈哈大笑起来。

　　我耽心他们并没有什么政治思想上的准备,刚进解放区,能不能习惯。但是他们很高兴地告诉我,一到石家庄招待所就碰见了廖承志同志(那时正管新华社和广播台)。廖公知道了他们是来解放区找我的,又知道黄云是搞无线电技术的,马上就在招待所把他们截留下来,叫他们上广播电台去。所以,他们还没走到我这夹峪村,已经参加了革命工作了。四妹简直是全身充满新鲜之感,向我详细报告她怎样坐牛车来村和代赶牛车的经过。她摇头笑着:"这地方呀,抬头一看,就是再叫我出去,我怎么也找不着出去的路了。"意思准备终老此乡。

　　解放区的一切对她都是饶有趣味的。因为廖公布置下来了,广播台就尽可能优待他们。四妹对于人家给他们打那么多开水,简直受宠若惊,说:"喝也喝不完哪!真正抱歉,只好洗了脚了。"后来黄云很快就在广播电台管上了机务。她则在广播电台给我们那些从未受过正规科学教育的机务人员们教理化课程。教了几课之后,她有一次来夹峪,很认真地表示感动:"我一辈子都没有见过这样用功的学生!这样努力,这种学生北平找不着。"她当然不会知道我们的这些青年机务员的经历。这些放牛娃、高小生，大概是生平第一次碰到系统地给他们讲授科学的老师，当然拼命也得把这些珍贵的知识吃下去。四妹从来没有见过这样的人。现在见到，她对他们的印象非常之好，一点不觉得自己和他们之间有什么隔阂。

她到解放区不过半年，就准备解放北平了。我们分别跟着自己的单位，进入北平城。我进城稍晚，来到之后，弟弟妹妹们已经都工作上了。那时正在忙接管旧机构，收录留用人员。四妹也做了进城接管干部。她是学化学的，组织上派她去接管一个工业研究所。我抽了一个星期日由机关回到自己家。记得是个冬天的下午。只见四妹穿着一身又肥又厚的灰棉军装，躺在母亲的大床上，嘟着嘴睡得正香，样子像个孩子。屋里好些人，那么吵，真亏她能睡。我说："怎么这么困呀？"三妹代答道："她大概一辈子也没有这么累过。代表共产党新政权去接管，亲自一个一个去查点那些瓶子罐子，不是玩的。"我笑道："对，现在她是接收大员了。"

后来，她就留在那个研究所当了技术员，以后升了工程师，一直搞她的炼焦研究。也可能她太不像一个"接收大员"，或者后来的领导也忘了她原是一个代表共产党前来接管这个机构的干部，总之，她可不是人们想象中的"接收大员"，后来她也没有做政治工作，还是照过去的原样，当她的技术员和工程师。

不过她干得可是与解放前大不相同了，一趟解放区没有白去。到三十岁又从头学俄语，学日语，还告诉我，本来懂英语的人可以如何利用英语去掌握其它外语的经验。她的业务原是好的，念大学时得过华北区统考第一名。这一阵，她全部身心投到实验室里。所有的衣服不分衣料如何，上面几乎都有化学试剂烧破的洞，就那么穿着出去做客。那几年大家都忙得要命，只有在回娘家的时候姐妹们见见面。谈话材料就是政治。我的爱人杨述老是充当临时政治讲师的角色，给我父亲和弟妹们讲各种中央精神，讲政策。有时我也讲点"内参"里见到的违法乱纪的消息，四妹一听总是十分愤怒，大骂那些不爱祖国的可恶的人。她本来完全可以入党，也并不是支部不要她，是她自己认为凡党员都是最圣洁崇高的人，衡量了衡量，总觉得自己还差，还得提高，她当时没有提出申请。

　　黄云还在广播电台。他是开国大典那一天在天安门广场负责转播工作的工程师，也是一心一意扑在他的工作上。有一次，干了一个通宵，清早去用冷水冲脸，却忘了脸上还戴着眼镜，叭的一下，把眼镜砸在盆里。他们一心一意，以为共产党做的一切全是对的。到一九五七年反右运动开始，黄云来了个挺身而出，批驳别人说的党外人士常常有职无权，他说："我不是党员，我体会自己就是有职有权！"后来，他由此被称为反右的积极分子，入了党，当了总工程师。他们夫妻俩是那么天真，实在不知道党内还有什么阴暗面。

　　一九五八年大炼钢铁，这下子四妹可忙坏了。炼钢铁要用焦炭，当时在全国搞开了"大炼土焦"的运动，她就到全国各地农村去跑，近至河北，远到广西。她是研究炼焦技术的，出过国，懂得国外的先进技术，这时却天天忙着帮助农民搞那一个一个大坟堆似的土包，中间堆上煤，下面留条出风道。她未尝不知道用这样的方法炼出来的东西不大可能适用于现代化的高炉平炉，但是她说："这是党号召的，我得尽量扩展我的知识范围，也可能找出一条可行的新路。"为此她努力钻研，碰壁无数，还真的搞出一本《全国简易焦炉配煤方案》的书。我那时也在农村"大炼钢铁"，有一次因公回北京见到了她，说起这些炼焦土炉，倒觉忽然找到了业务上的共同语言。本来她的业务和我的业务是风马牛不相及的，是这时这种把文学家向科学"提高"，又把科学家向文学幻想"降低"的办法，使我们奇怪地变成了同行。为了"农业大放卫星"，我还曾写信向四妹求援，她也曾认真地帮我找了几本农业科学的参考书寄来，告诉我应当看哪几节。但是，最后当然是一点用也没有，因为我们放的那种"卫星"，任何书上也不会有。她自己跑了一阵之后，在"大跃进"的运动中又叫她参加编写什么《中国炼焦史》，也算"卫星"。她于是忽然又投入了古书，把自己原来有成果的研究工作全放弃了。到这时，机关支部又曾要发展她入党。人家是好意，觉得她积极，她这时却感到自己实在"跟不上党的步伐"，不敢进入党的行列了。

　　这以后，紧接着是三年困难时期来到。在最困难的年代又决定把她下放到农村去"劳动锻炼"，当社员，她仍然毫不踌躇，把独生的小男孩放在我们的娘家，自己下了乡。那是一九五九年。农村食堂还在作为"社会主义道路的标志"，硬维持着。可是粮食都在前一年糟蹋掉了，煤炭也浪费完了，食堂简直已经开不出饭来。她就在这样的农村公社里"锻炼"了一年，而且还当上了"五好社员"。在回北京之后有一次见到，我们互谈下放经历，我说起五八年我们那里下放干部因拔了人家的锅，招致农民不满的事。她可说，她那里的农民特别喜欢下放干部，食堂开饭的时候都要下放干部掌勺。因为下放干部最公平，不会因为亲疏厚薄而给这个多打饭，叫那个饿着，不够了常常宁可自己少吃一口。我听得出来，她说的这大概首先就包括她自己，她下乡去给农民分饭去了！

　　当了这样的"五好社员"回来，她从此可就染上了慢性肾盂肾炎——最后致命的病了。

但是，即使这样，她回来仍然竭尽全力又在她的实验室里，一天到晚不出来。她那个实验室里常用氰化钾(剧毒)，因此，不允许研究人员在室内喝水，要喝水或要出门小便都必须换鞋换衣。喝水要去饮水室。她为了避免麻烦、节省时间，干脆就整半天不喝水也不小便，直到下班再说。——当然，这对她的肾盂肾炎很不利。她有一个孩子，但几乎没有家务。起初，她把孩子搁在娘家，自己根本不做菜，以买罐头代菜。有一次我到娘家，她款待我的就是半凉的窝头外加罐头果酱。因为发面太麻烦，蒸窝头简单，她家基本就吃窝头。到后来，母亲和父亲相继去世，就把孩子领回，雇了一个保姆。她就把每月工资都交给这保姆。随便人家给她开什么饭她就吃什么。甚至连她自己穿的衣服也委托这位保姆去代买代办，给什么穿什么。见了我面就赞扬这位保姆，说是靠了人家，自己才可能投入工作。他们夫妻俩都是高级工程师，收入不少，负担又轻，倒不像现在这些中年知识分子受经济困难和家务的威胁。她是没工夫去管家务，就干脆采取不管态度，她家的厨房收拾很干净，想必也因为食品简单，没有乱七八糟的砧板菜锅等等物件堆放，她就经常以厨房兼作餐厅，甚至为避免干扰，去厨房里读书。

但是，就是这样，她也未能逃脱"文化大革命"那史无前例的厄运。他们的家被抄了，黄云成了走资派兼特务，她是臭老九、反动学术权威。照片、日记、存款……一切都成为罪证，一扫而空。我的家因为也给抄了，一家人也隔离的隔离，下放的下放了，就有很长时间失去了联系。后来我去干校劳动，四妹曾亲手做了一件的确凉衬衫和一条的确凉短裤寄给我。因为她知道我们那种每天四点钟起来，还只能歇大礼拜(即二周休息一天)的生活，实在连认真洗衣服的工夫也没有。她说："的确凉好洗一些。"她是从来不怎么会做针线活，也没做过成件衣服的。这身衣服做得可不好看，领子也开歪了。但我一直把我妹妹的这件试制品留着，在干校劳动时舍不得穿，专门在进城时当礼服用。

直到我从干校回到北京，才再到她家去看。只见原来的一套单元房(其实也只两间)被减为一间。她的儿子这时已经初中毕业，也只好和父母同室。这夫妇两个工程师用科学方法合理规划这一间屋，把所有的床一字排开，沿墙摆成一长列，在父母与儿子的床中间夹一个柜子，这半边是睡眠区。对墙摆着书桌书架饭桌，也是一长列，这是工作与生活区。椅子则在两区之间流动。黄云再没有事情可干了，就跑到东单信托商店去，买回一些破旧的录音机、洗衣机、旧冰箱……然后天天自己动手把所有破烂都修复，他说这叫家庭技术改革。四妹则钻研起做菜来。曾有一次，她请我们夫妇和李伍同志吃西餐(李伍就是他俩刚进解放区时，广播台接待他们的同志)。真没想到，她竟做出了全份西餐：奶油菜汤、沙拉冷盆、煎肉饼炸鸡排两道热菜，还有尾食品、牛奶咖啡。刀叉齐备，纸巾也有。她煞有介事地严格按照西餐规格一样一样上菜。我们参加"宴会"的不能不惊诧，她这个只会吃罐头的人怎么会干这个的？她挤挤眼扬眉一笑，说："学化学的还能学不会做菜？"噢！她是当作进行化学实验一样地去配菜和下锅的。席间我说："你们这两个'反动学术权威'，倒好像都会动手干活。"她又笑，却带一点儿苦意，说："造了反的工人考工程师，问这活你会干吗？只能回答不会干。然后人家好在报上宣传

说工程师都是废物啊。你怎么敢回答会干呢？"听了她这话，使我当时就想(现在也还在想)：她刚进解放区时，对那些工农学生大有好感的话——知识分子和工农干部之间本来并无芥蒂，现在这样子，到底是怎么造成的呢？

后来，好容易在一九七四年让他们恢复上班了。但是我看这一次他俩的锐气可消磨得快尽了，尤其是四妹，这时她身体已经不大好，可还是天天挤公共汽车上班，仍尽力工作。有一次，由她领导做了一个国外委托的课题，经多次试验做成功了，要她写个总结。她写了出来，却说不行，要写成是怎样经过学习毛主席著作立竿见影才搞成功的。她找遍毛选，也找不出该写上哪句话，后来室里这些"傻里瓜唧"的技术人员们都动员起来帮她找，好容易凑成了这篇总结，交了上去。她竟成了学毛著积极分子。但是，这篇完全不实事求是的总结却把她的思路简直都摧毁了。她痛苦地感到失去了自己苦干的动力。

后来，一九七五年有一次在公共汽车上，一个乘客手里的铁件，把她的脚砸成了骨折。她回家养伤，索性就趁此提出了退休。其实这时她还不到五十五岁，又是个学有专长的知识分子，可是竟然不想再干了。这时我再到她家去，发现他们夫妇都变得唠叨起来。还是谈政治，谈的是机关怎样人浮于事，一个人的工作分十个人做，谈走后门怎样猖狂，谈姚文元一个电话怎样吓得全局上下不安……

她才退休不久，"四人帮"就垮了。她的脚伤也已经好了，这时她也曾想取消退休，再去复职。可是由于我们的退休制度，却不允许她再回去工作了。她又曾想帮助附近小厂搞技术设计，可是，那时候这些小厂并无想实行技术改革的雄心和动力。她有力无处用，只能帮原来单位弄一点研究方案和资料。在家窝了好几年，身体越来越坏，看来比我还老。黄云则先患心脏病后又患癌症。她忙着伺候他，天天跑医院，自己连检查也没有检查。及至检查出来，肾盂肾炎已经到了尿毒症晚期的程度。她倒并不怎么介意。黄云去世之前，两个人就把身后事都研究得有条有理。他去世之后她只活了一年。这一年她就不再看技术书了，改为看文学书，而且专看新作品。到我这里来借书，换得很快，以至她谈起的某些作品，我并没看过。她谈论文学。记得有一次谈到《沉重的翅膀》，我告诉她有的部门认为这本书有影射他们之嫌，很不满意。她忽然正色说道："就算真是影射吧，一个部里的问题就是这些，能算工作很坏的部吗？田守诚除掉有嫉妒心之外，他到底干了什么真坏事？和那些真实的部比比看！我说呀，谁能做到汪方亮那样就是很好的部长了。大家拍拍良心。"她这样的文学评论真是大出我这个干文学的人的意料。是有点愤世嫉俗，却也实事求是。说明她虽已离开了工作，还在一直思索着她所爱的祖国。

  回想她的一生，我感到惘然若失。她是个高级工程师，对于中国的弱粘结性煤和金属中微量元素分析方法有专门研究，有著作。这我都不懂。但是我总想，她还应该能做得出更大成绩而没有做出来，她把分秒时间都当作珍宝，而结果却是大量时间都浪费了。我按常规猜想，党内很多人大概会认为这样一个非党员是个政治上不大开展的，只知技术的知识分子吧。那我就把我所了解的这样一个人记下来。现在已经不能找她自己核对了，自然是为活人看的。让那些使用知识分子的领导干部多少了解一点这些普通知识分子的心吧。

手足

◎蒋子丹

大姐要走了,远涉重洋去加拿大。她打电话来的时候,我无端就鼻子发酸,其实离她正式起程的时间还有一个多月。

自从搬迁到海南岛,我总有一种与亲人失散的感觉。想清楚了不过是中间多隔了一道窄窄海峡,寄信多走一两天,打电话每分钟多收几毛钱,坐飞机延长个把小时路程的事。可是奇怪,感觉不一样,就是不一样。有个朋友告诉我,从物理学的角度出发,海浪频率跟人的心率同步,所以乍来海岛上生活的人常常会产生漂浮不定的感觉。说出这番高深理论的朋友从来没学过物理,她的话可能根本无书可对。倒是我在深夜失眠之际,的确曾把整个岛屿想象成一条大船,正载着我漂向不知终程的远方。

大凡人一清闲就爱东想西想,我比以往任何时候都爱回想往事,尤其想念母亲和同胞手足。我们兄弟姊妹一共六个,阵线拉得很长,最大的哥哥和最小的我之间相差十六七个年头。我满周岁那天,全家六个孩子有一张合影,我整个被大哥捉在膝上,露着两颗刚长的乳牙嬉笑,而大哥已经地道是个英俊青年。也正因为我小成这样,故而自幼备受哥哥姐姐们爱护,直至长到三十多岁。

每次去北京出差,都在大姐、二哥家轮流住,而且不管住谁家,都是进门吃现成的,吃完就看电视,他们体恤我每日奔波劳累,衣服也不要我洗一件。晚上大姐夫总是自愿撤退,成全我们姐妹在枕席上海阔天空神聊。有时无意瞥见大姐头上丝丝白发,而记忆中的童年故事还历历在目仿佛昨天,心中未免怅然。大姐呢,见我忙里忙外工作写作都还像回事,就会说没想到短腿毛丫头也成了点小气候。短腿毛丫头的典故是大姐专利,她上高中时,只要跟同学们出去玩,我就像小尾巴似的跟着。大姐不愿带我,只愿意带长我三岁的二姐。于是就向我解释说,因为我短腿跑不快才不得已为之。害得我哇哇大哭一阵之后,又踢腿又劈叉,发誓要长出二姐那么双长腿。自是枉费心机。

　　平心而论,大姐带二姐出去玩玩实在很应该,即便她腿不长。那会儿她才区区九岁年纪,已经在课余为母亲分担了一半家务。二姐跟我年龄间隔最小,可她事事都迁就我。除非我倚小卖小蛮不讲理地骂她过分,她才忍无可忍给我一巴掌,还嘴道:看是打得痛还是骂得痛。爸爸妈妈总说二姐老实。老实人从来只做扎实事,我算领教了,领教之后就去找二哥告状。二哥比二姐更老实,更少言语,只不过两个老实人之间常常有点小摩擦,比如为一条绸子红领巾的归属或别的小事情。我吃了亏就希望借助二哥的武力报复二姐,人小鬼大可见一斑。如今二姐在广州一家美术学院当差,与我的地理间隔比其他几位仍然最小。我去内地出差,总设法路过广州,去吃二姐做的广式饭菜。她对烹饪有天生的兴趣,调到广州没几年就将菜市场的各类菜蔬尝了一个遍,并把二姐夫和他们的小女儿的胃口调整得很有鉴赏力。

　　妈妈说二姐是个辛苦命,可我觉得二哥比二姐更辛苦。

他当了八年水兵之后复员回北京,赶上"文革"中期我父亲受审查,被当成"黑五类"子女分去一家商场站柜台,一站站了二十多年。那家商场地处著名的王府井,全中国乃至全世界进京的客人都要光临的地界。每天顾客盈门,不得一刻清静,营业大厅早晚空气浑浊人声鼎沸,就连逢年过节也是强制性发给加班费并无节假可休。我进京公干,常去柜台找二哥,他站在里边我站在外边,谈话断断续续总被嘈杂市声打搅。有一回我正在场,一位顾客买货挑三拣四不说,而且态度刁蛮。二哥越是耐心周到,那人越是没完没了。实在看不过去,我跟那人大吵起来。二哥见状,也不劝解,一边应付其它买卖,一边看我们吵。那人吵着吵着,忽然发现我也站在柜台外边,忙煞住话头说:"关你什么事?狗拿耗子!"二哥听了笑,事后还对我说,你的脾气干我这行,三天就给气死了。我哭笑不得,恨恨地说:"就你脾气好,好得气死牛!"

要说我受到所有的哥哥姐姐爱护,那倒也不尽然,起码小哥哥一直受我照顾。他一岁时患乙型脑炎损伤了智力。四十多岁了心态还像个十来岁的儿童,时不时暴躁起来,也只有我喊得住他,到底我从小学一年级起就带他上学、看病乃至做一切事情,直到三十六岁那年搬离长沙迁来海南岛。搬家时,我最不放心的就是这位四十多岁的傻哥哥,尽管他不知把我气哭过多少次,我为他操过多少心。以前碰上他不听话,我就吓唬他:早晚有一天我会搬开住,让你一个人去神气。这回真搬开了,且又搬得这样远,好像实现了一个蓄谋已久的计划,反倒对他生出了满怀的歉意来。按说我带了他三十多年,当妹妹当到这份上也算是尽了心,可就是摆脱不了内疚的感觉。有人回家乡,带些糖果给他,仍将他当成儿童款待。现在他和大哥住在长沙,大哥是个电影导演,大概很难顾得上他,小哥哥的归宿便成为我们家来往家书的主要内容之一,也是一个我预感到要长久谈论的话题。

父亲去世近二十年,母亲年迈七十有五。他们一生辛劳,养育了我们儿女六人。而今我们山南海北,京广铁路的广州——长沙——北京,好像父母的血脉长藤联结着哥哥姐姐。我用这样的想象解释我与亲人离散的感觉——原来我跟他们压根儿不在同一块陆地上生活。

小时候,看过一本关于蒲公英的童话,知道蒲公英的种子一俟成熟便会撑着小伞漫天飘荡就地安身。细想起来,父母亲真像一株蒲公英草,兄弟姊妹真像毛茸茸的草种子。我们曾经聚集在父母温暖的怀抱里,命运之风将我们吹散,去别处生根立命。每到年节,我给哥哥姐姐们写信,爱用一句似乎并不贴切的祝辞:但愿人长久,千里共婵娟。记得读那本童话的时候,我还不怎么识字,大部分章节是由哥哥姐姐给我讲述的。童话里的月亮,每天都是圆的。

敬　　启

因为某些技术上的原因,致使本书的个别作者尚未能联络上。敬请见书后,即与责任编辑联系,以便我们及时奉上样书与薄酬,并敬请见谅。